깊어지는 그리움

금 장 태

지식과교양

머리말

 늙고 보니, 굳이 해야 할 일도 없고, 특별한 취미도 없으니, 그저 하루하루를 아무 하는 일도 없이 무료하게 보내고 있는 형편이다. 친한 사람들과 만나서 정겨운 담소라도 할 수 있으면 좋으련만, 작년과 금년에는 코로나 바이러스 때문에 바깥에 나갈 수도 없어서, 종일 방안에 갇혀 있자니, 심심하기 짝이 없다. 누가 전화라도 해주면 너무 고맙고, 내가 참지 못해 전화를 하여, 몇 마디 주고받는 것으로 위로를 삼을 뿐이다.

 옛날 생각을 하거나, 나를 돌아보다가 무료함을 참지 못하여, 생각나는 대로 글로 써 보는 것으로 심심풀이를 하고 지내왔다. 그런데 나 자신이 세상에 대해 깊은 이해도 없고, 경험도 부족한데다가 생각마저 얕으니, 글을 쓰면서 스스로 돌아보아도, 졸렬하여 한심하다는 생각을 지울 수가 없었다. 그래도 몇 달을 방안에서 뒹굴다가 써놓은 글들이 모여서 책으로 묶어 보기로 했다.

 책의 표제를 '깊어지는 그리움'이라 붙인 것은 특별한 뜻이 있는 것이 아니라, 모인 글 가운데 맨 앞에 있는 글의 제목을 그대로 따온 것일 뿐이다. 모아놓은 글들이 잡다하여, 조금 유사한 글들 끼리 모아서, 3부로 나누어 보았다.

　제1부 '마음을 돌아보며'에 모아놓은 21편의 글들은, 붙잡기도 어렵고 바로잡기도 어려운 자신의 마음을 스스로 돌아보면서 썼던 글들이요, 제2부 '나를 돌아보며'에 모아놓은 19편의 글들은 자신의 생활모습과 생활주변을 돌아보며 썼던 글들이며, 제3부 '허물이 커도'에 모아놓은 17편의 글들은 오다가다 떠오른 생각을 이리저리 풀어서 설명해본 글들이다.

　글이 사람의 마음에 공감을 일으키거나 거부감으로 토론의 여지를 남겨주는 것이라면, 의미가 있는데, 이 글들은 남에게 보이려는 것이 아니라, 그저 나 자신이 심심할 때 읽어보며, 자신의 부끄러움을 확인할 수 있기를 바랄 뿐이다. 사실 나는 2016년 『화합의 길―〈중용〉읽기』라는 책을 간행하고 나서, 그때 스스로 더 이상 책을 쓰는 일이 없을 것이라고 혼자 다짐을 했던 일이 있었다. 공자께서 '알지도 못하면서 글을 쓰는 자'(不知而作之者)를 꾸짖으셨는데, 바로 나를 두고 꾸짖는 말씀임을 잘 알고 있으니, 부끄러움을 어찌 잊겠는가.

오랜세월 나의 원고들을 출판해주신 '지식과교양' 윤석산사장님의 후의에 깊이 감사드린다. 또한 언제나 교정을 맡아준 아내(素汀)에게 고마움 마음을 전하고 싶다.

2021년 2월 4일.

天山亭에서 雲海散人 적음.

차

례

제1부

마음을 돌아보고

1.

깊어지는 그리움

　그리움은 좋아하던 사람이 멀리 떨어져 있을 때, 일어나는 감정임은 틀림없다. 그런데, 친구들이 멀리 떨어져 있었지만, 젊은 날 한창일이 바쁠 때는 몇 달이 가도 그리워할 겨를이 없었다. 그러고 보면 그리움도 여가가 있어야 일어나는 감정임을 알 수 있겠다. 이제 늙어서한가로운 시간이 많으니, 옛 친구들이 그리운 얼굴로 줄지어 떠오른다.

　젊은이는 희망을 먹고 산다면, 노인은 추억을 먹고 사는 것이 아닐까 하는 생각을 하게 된다. 추억 속에 떠오르는 사람들은 대부분 얼굴도 이름도 아슴푸레하고, 주소도 연락처도 모르는 사람들이라 만날가능성은 매우 희박하다는 사실을 잘 알고 있다. 그래도 그들이 모두그립고 또 만나보고 싶은 마음이 간절하다. 나는 원주 대수리마을 산골에 살면서 밤이면 뜰에 나와서 담배를 피워 물고, 별을 헤아리면서그리운 사람들을 떠올릴 때는, 윤동주 시인의 시 〈별을 헤는 밤〉의 구절, "…어머님, 나는 별 하나에 아름다운 말 한 마디씩 불러봅니다/ 소학교 때 책상을 같이 했던 아이들의 이름과/ 패, 경, 옥 이런 이국소녀들의 이름과/ 벌써 아기 어머니 된 계집애들의 이름과/ … 가난한 이웃 사람들의 이름과/ … 이네들은 너무나 멀리 있습니다. 별이 아스라이 멀듯이."를 생각하게 된다.

나도 초등학교 때 학교친구들과 동내 친구들이 많았다. 그들이 그립고 보고 싶다. 4학년 때 연극을 했었다. 그때 함께 출연했던 남자애들과 여자애들을 다시 만나보고 싶다. 그런데 이들은 별빛처럼 아스라이 멀리 있어서 아쉽기만 하다. 중고등학교 다니면서 나름대로 친구들을 많이 사귀었다. 내가 좋아하던 친구들 가운데 몇 명은 벌써 저세상 사람이 되었는데, 그 친구들과 나누었던 대화 한 두 토막이 추억으로 남아 머릿속에서 아스라이 맴돌고 있다. 그래도 그때 사귄 친구들 가운데 몇 명은 아직도 가끔 만나 동심으로 돌아가 즐겁게 담소할 수 있어서 노년에 큰 행복의 하나이다.

별빛처럼 반짝이는 추억들 속에 내가 저질렀던 바보 같은 짓으로 후회도 많이 한다. 워낙 소심하고 숫기가 없어서, 대학생 때도 여학생들에게 접근해볼 꿈도 꾸지 못하고, 멀리서 바라보며 혼자 가슴을 앓았던 사실은 지금 생각해 보아도 한심하고 부끄럽기만 하다. 그래도 그 여학생들의 이름은 하나씩 밤하늘의 별들 속에 붙여 놓았다. 산골마을이지만 가로등이 밝아 별이 총총한 날은 드물다. 그래도 밤마다 내가 헤아리는 별들에는 좋아하는 친구들 이름, 선후배들 이름, 스승과 제자들 이름이, 별마다 하나씩 달려 있다.

밤에만 그리운 사람을 그리워하고 있는 것이 아니라, 낮에도 하늘과 가까이 둘러싸고 있는 산줄기들을 바라보며, 그 하늘 너머에 있는 돌아가신 분들을 생각하고, 그 산 너머에 있는 친구들을 그리워하고 있다. 그래도 누가 찾아와 주기를 바랄 뿐, 선뜻 나서서 찾아갈 용기나 의지는 없다. 어떤 면에서는 그리워하는 사실 자체를 즐기고 있는 것인지도 모르겠다. 문득 소식 없는 친구에게 전화라도 한 번 걸어볼까 하는 마음이 일어났다가도, 어쩐지 그 친구에게 방해되거나 성가시지는 않을까 걱정이 되어 들었던 핸드폰을 도로 내려놓기가 일쑤이다.

왜 이렇게 그리움이 강물처럼 밀려오는 것일까. 곰곰 생각해보니, 역시 늙어가면서 할 일이 없어졌기 때문이라는 생각이 앞선다. 할 일이 없으면 독서라도 하여 삼매경에 빠져든다면, 이렇게 그리움이 가슴에 넘치지는 않을 터인데, 이미 시력도 나쁘고 기억력도 사라져 독서에 빠져들 수가 없는 실정이다.

이백(李白)은 「산중답속인」(山中答俗人)이라는 시에서 "어이 청산에서 사느냐 내게 물어도/ 말없이 웃을 뿐 마음은 절로 한가롭구나."(問余何事栖碧山, 笑而不答心自閑.)라 읊었는데, 그는 이미 속인의 차원을 넘어선 신선의 경지라, 속인의 구차한 말로 설명할 필요도 없었을 터이다. 그런데 산중에 살면서 여전히 속인인 나는 마음이 한가롭지 못하다. 왜 이렇게 그리운 사람도 많고, 만나고 싶은 사람, 보고 싶은 경치도 많은지 마음이 한가할 틈이 없으니 어찌 한심하지 않겠는가.

죽어서 천당이나 지옥에 가는 것이 아니라, 살아가고 있는 지금 이 자리가 천당일 수도 있고 지옥일 수도 있다고 말하기도 한다. 사실 청산에 살면서 항상 바라보는 하늘과 하나가 되고 산줄기와 하나가 된다면 무슨 걱정 근심이 있을 것이며, 어찌 한가하고 즐겁지 않겠는가. 그러나 그 하늘 너머에 있는 사람이 그립고, 이 산 너머에 있는 사람이 그리우니, 나는 속인을 면할 수 없는, 어쩔 수 없이 중생일 뿐임을 잘 알고 있다. 그래도 나는 그리움이 있어서 지금 살아있고, 그리움이 있어서 살아있는 것이 즐거우니 어찌하랴.

생각해보니, 나는 하늘로부터 많은 복을 받았나보다. 내 추억 속에서 어머니가 너무 아름답고 고마웠다. 나에게는 사랑하는 처자식이 있고, 언제나 만나면 반가운 친구들이 있다는 사실이 나에게는 말할 수 없이 큰 축복이라 생각한다. 세상 다 잊어버리고 자연과 일체가 되어 우화등선(羽化登仙)하여 신선으로 노닐기 보다는, 차라리 걱정근심이 그치지 않고, 웃고 울며, 어울리고 부딪치면서 사는 속인의 삶이 더 좋다. 그 속에는 정이 흐르고 그리움이 있기 때문이라 생각한다.

그리움이 깊어지면 가슴이 뛰고, 그리움이 커지면 가만히 앉아 있을 수가 없다. 만약 아무런 그리움이 없다고 하면, 그 가슴은 식어서 얼어붙고 살아가려는 의욕을 잃지 않을까. 『열자』(列子) '탕문'(湯問)편에 거문고 연주의 명인인 백아(伯牙)와 그의 음악세계를 깊이 이해해주는 종자기(鍾子期)의 '지음지교'(知音之交)에 대한 이야기가 수록되어 있다. 종자기가 일찍 죽자, 백아는 '지음'(知音)의 친구를 잃은 설움에 거문고 줄을 끊고 다시 연주하지 않았다는 이야기다. 나에게 나를 아껴주고 이해해주는 가족이나 친구가 있으니, 나는 이들을 그리워하며 살고 있다. 그런데, 그리워할 사람이 모두 사라져 아무도 없다면, 내 삶이 무슨 의미가 있을까. 절망에 빠지고 말지 않겠는가.

2.

헌신적 사랑

한 사람이 다른 사람을 사랑하는데도 여러 가지 양상의 차이가 있기 마련이요, 그 깊이에도 여러 차등이 있는 것 같다. 남녀의 애틋한 사랑이 있고, 가족에 대한 살뜰한 사랑이 있으며, 세상에서 고통 받는 사람들을 사랑하는 마음으로 이들을 위해 봉사하는 인간애(人間愛)나, 나라를 사랑하는 애국심으로, 온갖 고난을 견뎌내는 큰 사랑이 있다. 어떤 사랑이거나 가장 진실하고 감동적인 사랑은 상대방을 위해 자기를 버리는 헌신적인 사랑이라 하겠다.

내 친구 붕서(鵬棲 李雄淵)는 자주 좋은 글들을 찾아서 문자로 보내주는데, 때로는 보내온 글을 읽다가 눈물이 핑 돌기도 한다. 붕서가 최근에 보내온 나태주 시인과 그 아내의 시가 또 한 번 나를 울리고 말았다. 이야기는 나태주 시인이 중병으로 병원의 중환자실 침대에 누워있으면서 주야로 곁에서 보살펴주는 아내가 안타까워 하느님에게 호소하는 시, 「너무 그러지 마시어요」이다. 그는 이 시에서, "저의 아내

되는 여자에게 그렇게 하지 말아 달라는 말씀이어요. 이 여자는 젊어서부터 병과 함께 약과 함께 산 여자예요/⋯한 남자 아내로서 그림자로 살았고/ 두 아이 엄마로서 울면서 기도하는 능력밖엔 없었던 여자이지요."라는 대목에 코끝이 시큰 해지 눈물이 핑 돌았다.

"부모 초상(初喪)에 와서 서럽게 우는 시집간 딸은 그 시집살이가 몹시 고생스러웠던 여자."라는 말이 있다. 제각기 제 사정에 따라 울기도 하고 웃기도 한다는 말이다. 그 시의 이 대목이 내 마음에 깊은 충격을 준 까닭은 바로 내 아내가 살아온 이야기와 너무 닮았기 때문이다. 나는 신혼 초에 치아에 문제 있어서 이빨을 네 개나 뺐는데, 아내는 나를 위해 신혼 초부터 죽을 쑤어야 했다. 오랜 세월 치주염이 심해 차례로 이빨이 빠져나가다가, 드디어 아래 위 전체 틀니가 되고만 지금까지 그 많은 날들에 죽을 쑤는데 이골이 난 여자였다.

나태주 시인의 아내가 쓴 답시(答詩) 첫머리에, "너무 고마워요/ 남편의 병상 밑에서 잠을 청하며 사랑의 낮은 자리를 깨우쳐주신 하나님/ 이제는 저이를 다시는 아프게 하지 마시어요."라는 대목은 나도 모르게 내 눈에서 눈물이 흐르게 하였다. 나는 젊어서 오랫동안 시름시름 앓았는데, 여러 병원의 고명한 의사를 찾아다녔지만 정확한 병명을 찾지 못하고서, 이 약 저 약 먹으며 앓기만 하는 병골이었다.

54세 때인 1996년 한 해 동안 미국 버클리 대학에 방문학자로 가 있게 되었다. 이때 검안과(檢眼科)에서 시야(視野) 검사를 하다가 내 오른쪽 눈의 시야가 절반이 사라진 사실이 밝혀지면서, 마침내 카이저 병원에서 뇌하수체종양으로 진단이 나와, 수술을 받아야 했다. 네 시간의 수술 후 병실에 누워있던 닷새 동안 아내가 내 곁에서 밤낮으로 나를 간호했다. 병원규칙이 면회시간 이외에 가족이 환자 곁에 있을 수 없었지만, 아내가 지성스럽게 보살피는 모습을 보고, 간호사들이 감탄하여, "Good nurse."라 칭찬하면서, 의자를 펼치면 침대가 되는 간이침대를 가져다주기도 하였다. 그야 말로 내 병상 아래에서 아내는 나흘 밤 동안 새우잠을 자며, 나를 보살펴 주었다. 나는 아내의 그 헌신적인 사랑에 고맙다는 말을 했을 뿐, 잊어버리고 살아갈 때가 많았다.

퇴원후 숙소에 돌아와서 재활운동을 할 때는 아내가 나를 부축하여 걸음 수를 세며 매일 걸음 수를 늘려가서, 내가 스스로 걸어 다닐 때까지 헌신적으로 보살폈다. 그때도 고맙다는 말만 했을 뿐, 곧 잊어버리고 지냈다. 그래도 문득 문득 그때를 생각하면 아내의 그 헌신적 사랑에 아무런 보답도 못하는 나 자신이 한없이 부끄럽기만 했다.

이제 80을 바라보는 노인이 되어, 지난 세월을 돌아보니, 나는 결혼 전까지 어머니의 헌신적인 사랑을 받았고, 결혼 이후로 아내의 헌신적인 사랑을 받으며 살아왔다. 그러나 어머니와 아내와 자식들에게 그만한 사랑으로 갚지 못한 것은 물론, 어느 누구에게도 이처럼 헌신적 사랑을 베풀어본 일이 없다. 한마디로 나 자신 속에 매몰되어 살아왔다는 사실을 생각하면, 나 자신이 한없이 초라해지고, 한없이 부끄러워지는 것을 숨길 수가 없다.

한없는 사랑을 받고도 사랑으로 갚지 못하였으니, 그 빚이 쌓이고 쌓여, 나의 두꺼운 업장(業障)이 되고 있음을 느끼게 된다. 중년까지는 일에 매달려 사느라, 사실 나 자신도 잊어버리고 살았던 것 같다. 그러다보니, 나는 내 가까운 가족도 제대로 챙길 줄 몰랐고, 심지어 나자신도 돌볼 줄 모른 채, 허공을 떠다니는 허황한 인생을 살았던 셈이다. 소중한 사람들을 다 방치하고 살다가, 늙어서 한가하여 둘러보니,

모두가 나를 가리키며 원망하고 있는 것 같아 괴롭기 짝이 없다.

자신을 잊고 살았다는 '망아'(忘我)의 생활은 진리를 찾고 '도'(道)를 깨우치는 데로 나아갔다면, 이 또한 큰 보람이요 꿈꾸는 바이겠지만, 나는 자신을 잊고 헤매다가 나 자신을 잃어버리고만, '상아'(喪我)의 처지에 빠지고 말았다는 생각이 든다. 가끔 나는 나 자신이 무엇인지를 묻기도 하는데, 나의 존재가 너무나 공허하여 낙담을 하기도 한다. 내가 나를 잃었으니, 세끼 밥을 먹고, 밤이면 잠을 자고, 쉬지 않고 숨을 쉬고 있다하여, 내 실체를 붙잡을 수가 없어서 안타깝기만 하다.

자신이 확고하게 서야 비로소 진정으로 가족도 사랑하고 세상도 사랑할 수 있음을 알겠다. 나를 분명하게 찾아야 너를 만나 너를 진실로 사랑할 수 있음을 뒤늦게 깨닫게 되었다. 그래서 요즈음은 매일 "나는 누구인가?"를 묻는 것이 아니라, "나는 무엇인가?"를 물으며 나를 찾아다니고 있다. 가끔 허약하고 왜소한 존재로 안개 속에 희미하게 떠오르고 있는 자신을 발견하면, 나라는 존재의 왜소한 크기와 허약한 힘만큼 밖에, 가까운 사람들을 사랑하지 못하고 있을 뿐임을 안쓰러운 마음으로 바라보게 된다.

가을바람에도 휘청거리느라, 제 길도 똑 바로 가지 못하고 있는 늙고 병든 존재이기에, 자신을 다 바쳐 헌신적 사랑을 한다더라도, 그 사랑이 누구의 가슴에 감동을 일으키고, 그 삶에 힘이 될 수 있겠는가. 다만 남은 세월 나 자신을 굳건히 세워, 가족들 앞에 당당하게 마주 서서, 내 가슴을 열고 헌신적인 사랑으로 보답을 하고 죽을 수 있기를 간절히 기원한다. 그 길이 바로 나를 구원하는 길이라 믿는다.

3.

여자는 남자의 영혼인가

    내가 좋아하는 옛날 서양영화로 세르반테스의 소설 〈돈키호테〉를 뮤지컬 영화로 만든 〈라만차의 사나이〉가 있다. 나는 이 영화를 아주 좋아하여 여러 번 보고 또 보았다. 배우 피터 오툴이 분장한 라만차의 사나이 돈키호테가 부른 노래가 언제나 내 가슴에 깊이 파고들었다.

    "불가능한 꿈을 꾸고,   To dream the impossible dream,

    이길 수 없는 적과 싸우고,   To fight the unbeatable foe,

    견딜 수 없는 슬픔을 견디고, To bear the unbearable sorrow,

    감히 갈 수 없는 곳에 뛰어들고, To run where the brave dare not go,

    고칠 수 없는 잘못을 바로잡고, To right the unrightable wrong,

    멀리서 정결하게 사랑을 보내고, To love pure and chaste from afar,

    뻗을 힘도 없는 팔을 들어   To try when your arms are too weary,

닿지 않을 별을 향해 팔을 뻗으리." The reach the unreachable star.

이 노래를 들을 때마다, 비록 잠시 뿐이라 하더라도, 나의 식어가는 심장이 다시 활기차게 뛰어, 가슴이 두근거리는 것을 느낀다. 이런 용기, 이런 도전정신의 불씨를 나 자신 속에서 찾아내어 다시 한 번 살려내고 싶은 마음이 간절하다.

그 옛날 대학시절에는 두려운 것이 없었나보다. 라틴어, 그리스어, 산스크리트어, 불어, 등 무슨 언어든지 겁 없이 도전했었고, 신비주의, 불교미술 등 어떤 생소한 영역의 책이라도 덤벼들었었다. 물론 지금은 다 사라지고 말아 거친 찬바람만 불고 있는 빈 겨울 들판에 나와 망연자실(茫然自失)하여 서 있는 늙은 농부의 가슴처럼 황량하기만 하다. 맥없이 주저앉아 일어설 줄을 모르는 늙은 당나귀 꼴이니 어찌 한심하지 않겠는가.

나는 돈키호테를 무척 좋아한다. 지금은 고인이 되고 말았지만, 대학시절 가장 가까웠던 친구 이동삼(疏軒 李東三)군은 허황한 꿈을 꾸고 무모한 행동을 잘해서, 나는 그에게 '돈키호테'라는 별명을 붙여주었다. 그런데 나는 이 허황하고 무모한 '돈키호테'를 무척 좋아하여, 항상 붙어 다니며 어울리고 있는 나 자신을 돌아보며, 스스로 나의 별명을 '산초 판차'라 붙이고 말았다.

그 친구와 함께 여행도 많이 했고, 그의 무모한 행동에 동행하다가 곤욕을 치루기도 하였다. 그는 방송통신대학 중문과 교수를 하다가 49세에 요절하고 말았다. 그가 죽고 나서 내 마음이 얼마나 쓸쓸하고 허전했던지 모른다. 그는 제자들에게 헌신적인 애정을 기울였으니, 그가 죽고 난 뒤에 그의 제자들은 그를 추모하는 자그마한 문집을 간행했는데, 그 제목이 〈참스승 이동삼 선생님〉이었다. '참스승'이라는 말은 교편을 잡아본 사람에게는 진실로 소중하고 고귀한 명예가 아닐 수 없다.

또 하나의 사실은, 뮤지컬 영화 〈라만차의 사나이〉에서 돈키호테의 "여자는 남자의 영혼이다."(Woman is the soul of a man,)이라는 대사 가 나의 마음을 강하게 끌어당겼다. 나는 이 대목을 들으면서, 과연 나 의 영혼 속에서 여자는 어떤 존재인지를 곰곰 생각해 보았다. 사실 나 는 결혼하기 전까지는 나의 모든 것을 어머니께 의존하고 살았다. 가 난한 살림이었으나, 어머니가 차려주는 밥상이 세상에서 가장 맛있는 음식이었다. 결혼한 뒤로는 나의 모든 것을 아내에게 맡기고 아내에 의지하여 살아왔다. 아내가 끼니마다 차려주는 밥상이 세상에서 가장 맛있는 음식이었다.

그러다보니 결혼 전에 어머니의 경우처럼 이제는 아내가 없는 세상 은 생각할 수가 없다. 마치 내 평생은 어머니의 바다에서 놀다가 아내 의 바다로 옮겨갔으니, 두 여인의 바다를 차례로 떠가고 있는 아주 작 은 요트가 아니었나 하는 생각을 하게 된다. 내가 먹고 자고 입고 밖을 나서는 모든 삶의 과정과 양상이 여인의 손으로 만들어지고 다듬어지 는 것이 사실이다.

만해 한용운(卍海 韓龍雲)은 〈나룻배와 행인〉이라는 시에서, "나는 나룻배/ 당신은 행인/ 당신은 흙발로 나를 짓밟습니다./…당신은 물 만 건너면 나를 돌아보지도 않고 가십니다그려./…나는 당신을 기다 리면서 날마다 날마다 낡아갑니다.…" 라고 읊었다. 아내는 이 시를 읽 을 때마다, "나는 나룻배요, 당신은 행인이구려."라 말한다. 내가 내 일 에 빠져 아내를 외롭게 했기 때문에 받아 마땅한 원망이라 생각한다.

그러나 나는 만해의 이 시가 남편과 아내의 관계를 암시하고 있는 시는 아니라고 생각한다. 나라를 절실히 사랑하는 애국지사의 마음에 비쳐진 조국을 의미하는 것이라 여긴다. 사실 나로서는 아내를 나 룻배라고 비유한다면 남편은 뱃사공이지 결코 행인이 될 수는 없다고 본다. 오히려 남편이 나룻배요 이를 조종하는 뱃사공이 아내일 경우 도 많이 있다고 생각한다. 물론 내 경우도 나는 나룻배요 아내가 뱃사 공이다.

어떤 의미에서 나 자신은 나룻배이기도 하지만, 동시에 내가 노를 젓는 뱃사공이기도 하다. 그러나 나는 이 나룻배를 혼자서 유지하지 못하고, 아내가 뒤에서 키를 잡아주고, 쉬지 않고 손질해주기 때문에 지금까지 나루터를 지키고 있다고 믿는다. 아내 없는 나는 돛대도 삿 대도 없는 나룻배라 강을 건널 수가 없다. 하늘에 뜬 달이야 돛대도 아 니 달고 삿대도 없이 가기도 잘도 가지만, 노둔한 나는 아내 없이 지나 온 반백년을 살아갈 수 없었음이 틀림없다.

그래서 내 영혼에는 여인이 큰 자리를 차지하고 있다는 사실을 솔 직하게 인정한다. '영혼'이라는 라틴어 'anima'는 여성형이다. 그래서 심층심리학에서 남자의 영혼은 여성형인 'anima'이고, 여자의 영혼은 남성형인 'animus'라 말하고 있지 않은가. 따라서 나는 내 영혼이 여 자인 아내임을 당연하다고 받아들인다. 그러나 아내의 영혼 속에 내 가 어떤 자리를 잡고 있는지는 잘 모르겠다.

4.

망각의 늪

    60세 때인 2002년 한 학기동안 교토대학 문학부 중국철학과에 방문학자로 가 있었던 일이 있다. 스페인 풍으로 지은 교토대학 인문과학도서관의 2층 열람실은 아주 쾌적한 공간이라, 나는 노트북 하나 들고 이곳에 와서 매일 아침부터 저녁까지 즐거운 마음으로 일했다. 그래서 『도(道)와 덕(德)--다산과 오규 소라이의 중용 · 대학해석』(2004, 이끌리오) 한권을 집필할 수 있었다. 점심시간이면 아내가 도시락을 만들어 자전거를 타고 와, 둘이서 '철학의 길'(てつがくのみち) 맑은 물이 흐르는 냇가 바위 위에 마주보고 앉아 점심을 먹었다. 나에게는 그 시절이 너무 행복했었다.

    이때 나는 교토대학에서 열어준 외국인학자들을 위한 일본어 강좌에 두 번 나가고 그만둔 일이 있었다. 둘째 날 교재에 나온 일본어 단어 하나를 종일 외우고 돌아서면 잊어버리고, 또 외우고 돌아서면 잊어버리기를 하루 종일 반복하며 다니다가, 마침내 내 기억력에 치명적인 문제가 생겼다는 사실을 깨닫고 큰 충격을 받았던 일이 있었다.

이보다 6년 전인 54세 때(1996) 뇌하수체종양 수술을 받은 이후로 건망증이 심각해졌던 것이 사실이다. 그때부터 내가 그날 하였던 일이나 만났던 사람을 다음날이면 까맣게 잊어버리는 사실을 알았다. 자신이 무엇을 하고 살았는지 다 잊어버린다면 살지 않은 것과 다름이 없다는 생각을 하며, 심각하게 고민하기 시작했다. 그래서 이듬해인 55세 때(1997)부터 그날 있었던 일을 아주 간단히 메모하는 형식으로 일기를 쓰기 시작하여, 일기로 사라진 기억을 남겨두려 했다.

하루를 기억하면 하루가 살아있지만, 하루를 잊어버리면 하루가 사라지고 만다. 평생을 살고 몇 토막의 기억만 남아 있는 사람과, 지나온 일들을 소상하게 기억하고 있는 사람 사이에는 같은 나이를 먹었더라도 인생의 길이가 엄청나게 다를 수밖에 없다. 만약 기억상실증에 걸렸다면, 그 사람이 살아온 평생은 블랙홀 속에 빨려 들어가고 아무 것도 남은 것이 없는 공허한 인생이 되고 만다.

삶의 질은 삶의 길이보다 더 중요하다. 깊은 감동을 지닌 인생은 비록 요절하였다고 해도 보람 있는 인생일 것이요, 단조롭고 무미건조하게 살았다면 아무리 장수했다 하더라도 공허한 인생이 아닐 수 없다. 그래도 기억 속에 남아야 추억도 아름다울 수 있지, 기억에서 사라지고 말면 아무리 감동적이고 풍요로운 인생이라도 허무하지 않을 수 있겠는가. 죽어서 천당에 간다한들 전생을 기억하지 못하면, 전생과 후생은 아무 상관없는 인생일 뿐이 아니랴.

며칠 전 현금이 필요해 은행을 찾아갔는데, 집에서 통장을 찾다 못해 빈손으로 가야 했다. 통장을 재발급 받자니, 주소와 전화번호를 적으라고 서류종이를 내밀었는데, 내 주소도 전화번호도 생각이 나지 않아서 한 참 당황했다. 함께 갔던 딸이 제출했던 주민등록증을 다시 받아 주소를 적고, 딸의 핸드폰에서 내 전화번호를 찾아 적어 넣을 수 있었다. 돌아오면서 마치 내 자신을 잃은 듯 망연자실(茫然自失)한 기분에 한동안 빠져 있었다.

나이 80을 바라보는 지금은 내 젊은 날의 일들이나 내가 했던 말들을 나는 다 잊어버렸는데, 아내와 자식들의 입을 통해 다시 듣게 될 때가 자주 있다. 이런 이야기를 들을 때는 기묘한 감정에 휩싸이게 된다. 내가 잃어버린 나의 인생 토막들이 가족의 기억 속에 남아 있다는 사실을 발견하고, 망각의 늪에 빠져 허우적거리고 있는 나 자신을 돌아보게 된다.

젊은 날 싱싱하게 살아있던 그 기억력을 무절제하게 폭음하고 담배를 피워대다가 다 망가뜨리고 말았다고, 후회하며 자책한다. 요즈음 들어 나의 육신도 정신도 쇠잔해졌음을 노처 앞에서 자주 탄식하였었나 보다. 어제 노처가 TV에서 본 것을 내게 들려주었는데, 미국에서 의사들이 실험을 한 결과라 한다.

노인들을 여러 사람 모아놓고, 주변 환경부터 젊은 날 분위기를 만들어주고, 젊은 날로 돌아가게 의식을 주입하였더니, 얼마 지나지 않아서 그 노인들이 여기저기 아프다는 통증의 호소가 사라지고, 젊은이처럼 생기 넘치게 생활하더라는 이야기다. 이 이야기에 곁들여 노처는 나에게, "늙었다는 타령 그만하고, 마음을 젊게 가져 생활 속에 활력을 찾아보시오." 하고 간곡하게 당부하였다.

아내의 말을 듣고 나서, 혼자 곰곰 생각해 보았다. 내가 그동안 아무 해결책도 찾지 않고 한탄만 많이 했음을 새삼 깨닫게 되었다. 그렇다면 나도 앞으로 마음을 젊게 가지려고 노력하여, 생활의 활력을 찾아야겠다고 마음속으로 다짐했다. 앞으로는 노인의 온갖 병통을 입으로 내뱉지 않고, 젊은이처럼 많이 웃을 것이요, 또 많이 움직이려고 노력하겠다는 다짐을 해본다.

먼저 "나는 늙었다."가 아니라, "나는 젊었다."라고 자기 암시를 계속하려 한다. 또한 아무 하는 일 없이 허송세월로 날을 보낼 것이 아니라, 버려두었던 책들도 다시 찾아 읽고, 친구들을 만나서도, "어디가 아프다."고 호소하는 일이 없을 것이요, 그 대신 "내가 요새 무슨 책을 새로 읽기 시작했는데, 아주 재미가 쏟아진다."고 자랑스럽게 말하려 한다. 그러면 아마 친구들도 나를 부러워할 것이요, 친구들이 부러워하면 나는 더욱 기운을 내어 활기를 찾아갈 수 있으리라 믿고 있다.

5.

부끄러워하는 마음

관자(管子)는 나라를 유지하는데 필요한 네 가지 도덕규범을 제시하였는데, 이를 '사유'(四維)라 하였다. 곧 '예법'(禮), '의리'(義), '청렴'(廉), '부끄러움'(恥)의 네 가지를 '사유'로 들고서, "'예법'은 절도를 넘지 않고, '의리'는 멋대로 나아가지 않으며, '청렴함'은 악에 가려지지 않고, '부끄러움'은 잘못된 길을 가지 않는다."(禮不踰節, 義不自進, 廉不蔽惡, 恥不從枉.〈『管子』, 牧民〉)라 하였다.

그래서 옛사람들은 '예의염치'(禮義廉恥)를 사람이 지켜야 할 가장 기본적인 도덕규범으로 삼아 중시하였으며, 이를 지키지 않는 사람은 사람의 도리를 저버린 자로 비난하였다. 그래서 '예법'을 지키지 않는 사람에게는 "무례하다."라 한마디로 꾸짖고, '의리'를 지키지 않는 사람에게는 "의리를 모른다."고 꾸짖으면, 누구나 고개를 숙였다.

또한 '청렴함'과 '부끄러움'은 흔히 두 가지를 묶어서 '염치'를 강조한다. 청렴한 사람이라면 부끄러움을 알고, 부끄러움을 알면 청렴하기 마련이기 때문이다. '예법'과 '의리'는 묶어서 '예의'라 한다. 예법을 지키는 사람은 의리를 저버리지 않으며, 의리를 지키는 사람은 결코 무례하게 행동하는 일이 없기 때문이다. '예의'를 모르는 사람은 문명인이 아니라 야만인(오랑캐)으로 취급되는 것이요, '염치'를 모르면 사람이 아니라 짐승과 마찬가지로 취급되고 마는 것이 사실이었다. "염치없는 놈."이라는 말은 큰 욕이라, 이런 꾸중을 들으면 누구나 고개를 들 수가 없게 된다.

대체로 자신의 신념이 확고하거나 독선에 빠진 사람들은 '예의'도 무시하기 쉽지만, 무엇보다 '염치'를 모르는 사람이 많다. 염치를 모르는 사람은 양심이 없는 존재이니, 어찌 사람다운 모습을 지키고 있겠는가.

가톨릭교회는 중세에 마녀사냥이니 종교재판을 통해 엄청나게 많은 사람을 살육하고도, 자신이 저지른 죄를 통회하는 모습을 보여주지 않으니 안타깝다.

독일은 나치가 유태인을 대량 학살한 죄를 인정하고 통회하며, 보상도 하였다. 그러나 일본은 식민지 통치를 하면서나 전쟁을 일으키면서 이웃나라에 저지른 참혹하고 난폭한 행위의 죄를 저지르고도 뉘우칠 줄 모르고 있다.

누가 '염치'를 아는 인간의 모습을 가졌고, 누가 '염치'를 모르는 비인간적 행동을 하는지 온 세상이 어찌 모르겠는가.

그러나 '염치'를 모르는 인간의 모습은 다른 나라에만 있는 것이 아니라, 우리사회 안에서도 얼마든지 찾아볼 수 있다. 역사를 돌아보아도, 유교를 통치원리로 삼았던 조선시대의 유교지식인으로 선비를 자처하는 인물들이 권력을 잡으면서 당파를 가르고, 당파가 다르면 온갖 모략과 중상으로 상대방을 유배하거나 죽여서 제거하는데 혈안이 되었으니, 이런 인물들이 결국 나라를 멸망으로 몰아넣고 말았는데도 부끄러워할 줄을 모르고, 그 학설과 공적을 높이 드러내려고 하니, 어찌 염치를 안다고 할 수 있으랴.

우리의 현실을 보아도 이른바 지도층 인사들 가운데 '염치' 없는 인간들이 너무 많아 답답하기만 하다. 국민의 대표라는 이름으로 국회에 앉아 있는 의원들의 행태나, 정부의 고위관리들이 국가에 대한 사명감이나 국민에 대한 책임감은 까맣게 잊어버리고, 이권을 찾는 데만 몰두하는 집단이 되고만 것은 아닌가 하는 의심이 들 정도이다. 그러다가 범죄를 저지른 사실이 드러나면 아무런 부끄러움도 없이, 기억이 없다느니, 그런 일이 없었다느니, 발뺌이나 하려드는 추태를 거리낌 없이 드러내는 경우를 심심찮게 보게 된다.

맹자는, "사람으로 부끄러워하는 마음이 없어서는 안 된다. 부끄러워하는 마음이 없는 것을 부끄러워하면 부끄러워할 일이 없게 될 것이다."(人不可以無恥, 無恥之恥, 無恥矣.〈『맹자』, 13-6:1〉) '부끄러워하는 마음'이 없다면 올바른 사람노릇을 할 수 없다는 말이다. 그렇다면 어떻게 하면 '부끄러워할 일'을 저지르지 않을 수 있을까? 자신의 행동에 '부끄러워할 일'이 없게 하는 방법이 무엇일까? 이 물음에 대해 맹자는 "부끄러워하는 마음이 없는 것을 부끄러워해야 한다."고 대답하고 있다. 잠시라도 '부끄러워하는 마음'이 없는 상태를 부끄러워함으로써, 부끄러워하는 마음이 항상 깨어있어야, 비로소 '부끄러워할 일'이 없게 된다, 곧 부끄러운 짓을 저지르지 않을 수 있다는 말이다.

"무치지치 무치의."(無恥之恥 無恥矣: 부끄러워하는 마음이 없는 것을 부끄러워하면 부끄러워할 일이 없게 되리라.)라는 일곱 글자를 국회의사당과 청와대와 정부 각 부처에 크게 써 붙여 놓고 싶다. '부끄러워하는 마음'은 아래에서 곧 가정이나 학교에서 교육을 시켜야 하겠지만, 동시에 위에서 이 나라 지도층 인사들이 모범을 보여주는 것이 더 빠르고 큰 효과를 거둘 수 있으리라 생각된다.

1984년 여름에 대만을 처음 여행했던 일이 있었다. 대북(臺北) 시내의 어느 초등학교 앞을 지나가는데 눈에 번쩍 뜬 것이 있었다. 초등학교 건물의 정면 중앙에 "예의염치"(禮義廉恥) 네 글·자가 크게 써 붙여져 있던 것이다. 그것을 보고, 그 교육의 이념에 깊은 인상을 받았다. 우리 사회에서 젊은이들은 고등교육까지 교육을 많이 받고 있지만, 그 교육을 통해 길러지는 인격의 성격이 무엇인지 알 수가 없다. 이렇게 교육받은 많은 지식과 수준 높은 기술로 출세하거나, 잘 먹고 잘 살아 보자는 것이 전부는 아닌가 걱정스럽다.

'부끄러워하는 마음'이 살아있는 사회라면, 거리에 쓰레기가 함부로 버려지는 일은 없을 것이요, 남들을 배려하지 않고 아무데서나 고성방가(高聲放歌)하는 일도 없을 것은 당연하다. '부끄러워하는 마음'이 살아있는 사회라면, 서로 양보할 줄 알고, 무례하게 행동하지 않을 것은 당연하다. '부끄러워하는 마음'이 살아있는 사회라면, 거리도 질서가 잡혀있고, 법질서도 잘 잡혀 있을 것은 당연하다. 또한 자연환경이 아름답게 잘 다듬어져 있을 것이요, 사회 환경도 조화롭고 미풍양속(美風良俗)이 이루어져 있을 터이니, 온 세상이 부러워하고 존경하는 나라가 될 것은 어찌 당연한 일이 아니겠는가.

6.

마음의 눈을 떠야

어디서든지 눈만 뜨면, 사방에 있는 사람과 나무나, 건물과 자동차 등이 눈에 들어온다. 눈만 돌리면 그 앞을 지나가는 사람의 옷맵시도 보이고, 빛깔도 선명하게 보인다. 아름다운 꽃이나 밤하늘의 밝은 달을 바라보며, 감흥을 일으키기도 한다. 그러나 눈으로 보이는 사람은 그 사람의 표면일 뿐이다. 그 사람이 무슨 생각을 하고, 무엇을 느끼고 있는지 눈으로는 보이지 않는다. 사물의 경우도 마찬가지다. 그 겉만 볼 수 있을 뿐이요, 속을 볼 수는 없다.

어디 그 뿐인가. 시야에 들어오는 산은 눈으로 보이지만, 그 산 너머는 눈으로 보이지 않는다. 물론 산을 넘어 가서 보면, 그 산 너머의 풍광을 볼 수 있으나, 다시 그 너머는 보이지 않는다. 마찬가지로 바다를 보면서도 바다 속은 눈으로 보이지 않고, 바다 속에 들어가면 물고기나 해초 등을 눈으로 볼 수 있지만, 그 속은 여전히 눈으로 보이지 않는 것은 사실이다. 물론 건물도 그 속으로 들어가 보면 그 안에 있는

가구나 시설이 눈으로 보인다. 그래도 또 그 속은 다시 들어가야 하니, 눈으로 보는 것은 항상 겉이요, 그 속은 눈으로 보이지 않는다.

그런데 눈으로 보고 있다는 것도, 눈만으로 볼 수 있는 것이 아니다. 우리 마음의 관심과 생각과 감정이 함께 작용하지 않으면, "눈을 번히 뜨고도 못 보았다."는 말은 관심이 없었기 때문에 눈에 비친 것을 의식하지 못한 것임을 말한다. 눈을 뜨고 책을 읽는 사람이 눈만 뜨고 있어서는 글자들의 나열만 보일 뿐이다. 글자가 모인 단어의 의미와 문장의 의미를 이해할 때에, 비로소 책이 제대로 눈에 들어온다고 말할 수 있지 않겠는가.

귀로 듣는 것이나 코로 냄새 맡는 것이니 피부로 느끼는 것 등 우리 신체의 감각기관이 감각하는 현상도 모두 동일하다고 할 수 있다. 모든 감각은 감각기관에서 하는 것이 아니라, 감각기관을 통하여 중추신경에서 감각기관의 정보를 종합하여 판단하는 것이라 할 수 있다. 그렇다면 모든 감각을 지각하는 데는 인간의 마음이 이미 깊이 개입하고 있다는 사실을 말해준다.

그래서 꼭 같은 사물이나 상황을 모두 같이 눈을 뜨고 보는 경우에도, 그 사물이나 상황을 인식한 내용은 서로 다를 수 있다. 흔히들 끌어 쓰는 사례로, 컵에 물이 반만 남아 있는 사실을 보면서, '반 밖에 남아 있지 않다.'고 아쉬워하는 사람과 '반이나 남아 있다.'고 만족해하는 사람이 다른 것도, 보는 사람의 관심과 의식이 서로 다르기 때문이라는 말이다.

예수가 "들을 귀가 있는 사람은 알아들어라."(『마태오 복음서』11-15)라고 말한, '들을 귀'란 귀로 듣고 그 의미를 알 수 있는 관심과 이해력이 있는 '귀'를 말하는 것이라 하겠다. '들을 귀'가 없으면 아무리 좋은 말을 해도 그 뜻을 알아들을 수 있는 능력이 없는 것이니, 이른바 '소의 귀에 경전을 읽어주는'(牛耳讀經)의 꼴이 되고 말지 않겠는가. 눈의 경우도 '볼 수 있는 눈'이라야, 보이는 것의 의미를 이해할 수 있으니, 눈만 뜨고 있다 하여, 제대로 볼 수 있는 것은 아니다.

독서를 할 때의 격언으로, "글만 읽지 말고, 글의 행간(行間)을 읽어라."는 말이 있다. '행간을 읽는다.(Read between the lines)는 말은 글 속에 숨겨져 있는 깊은 뜻을 이해하라는 말이다. 세밀한 관심과 깊은 통찰력으로 읽을 때에, 비로소 그 글의 깊은 맛을 느낄 수 있다. 그렇다면 눈만 뜨고 있다고 세상이 제대로 보이지 않음을 알 수 있고, 깊은 통찰력과 이해력이 있을 때에 비로소 세상이 지닌 진정한 의미와 아름다움도 이해할 수 있다는 말이다.

곧 눈을 뜨면서 동시에 '마음의 눈'(心眼)을 뜨지 않으면, 세상을 아는 것이 이른바 '수박 겉핥기'가 되고 말 것이요, '마음의 눈을 뜨면' 수박의 속살의 달고 시원한 제 맛을 즐길 수 있다는 말이다. 그런데 '마음의 눈'을 뜬다는 것은 단순히 눈을 뜨는 것처럼 쉬운 일이 아니다. 오랜 경험과 통찰과 사색이 길러졌을 때 '마음의 눈'도 점점 밝아 질 수 있다. 나처럼 고도근시인 사람은 보통사람이 눈을 떠서 볼 수 있는 것에 미칠 수가 없다. 마찬가지로 '마음의 눈'도 매우 큰 폭으로 시력의 차이가 있을 터이니, '마음의 눈'이 밝아질수록, 세상을 이해하는 정도가 더욱 깊고 넓어질 것이 아니겠는가.

누구의 말인지 어느 글에서 보았는지 다 잊어버렸지만, "눈물의 향기는 마음으로 맡는다."라는 말을 읽었던 기억이 난다. 아무리 후각이 예민한 사람도 눈물에서 향기를 맡을 수는 없으리라 생각한다. 곧 마음이 열린 사람만이 눈물에서 향기를 맡을 수 있다는 말이 아니랴. 그 눈물을 흘리는 사람의 인생에 배어들어 있는 애환(哀歡)을 이해하고, 꿈과 고뇌를 이해할 수 있을 때라야 만이, 그 사람이 흘리는 눈물에 배어 있는 향기가 어떤 것이며, 또 얼마나 깊은 향인지를 맡을 수 있지 않겠는가.

나 자신을 돌아보아도 눈을 뜨고도 제대로 못 알아보고 놓쳤던 일을 여러 번 탄식하기도 했고, 말을 듣고도 그 뜻을 제대로 알아차리지 못해 후회했던 일도 여러 번 있었다. 나의 가장 가까이에 있는 아내가 울 때에도 왜 우는지 조차 이해하지 못했으니, 어찌 그 눈물의 향기를 맡을 수 있었겠는가. 자식이 아비 앞에 와서 울 때에 그 고민을 제대로 살피지 못했으니, 그 눈물의 향기를 어떻게 맡을 수 있었겠는가.

친구가 나와 마주 앉아 이야기를 하다가 갑자기 감정에 북받쳐 눈물을 흘렸을 때, 그저 위로하려고만 하였지, 그 친구의 고뇌와 아픔을 이해하려 하지 않았으니, 어찌 그 눈물의 향기를 맡을 수 있었으랴. 심지어 나 자신이 눈물을 흘렸을 때도, 언제나 떨치고 일어나려고만 하여, 그저 넘어가려고만 했다. 그러했으니 내 눈물에 배어 있는 의미와 향기도 이해하지 못하고 말았다. 다. 생각하면 너무 어리석고 답답할 뿐이다.

눈물은 가슴 깊이 파고드는 슬픔이나, 환희의 기쁨이 있을 때, 감정이 북받쳐서 터져 나온다. 그렇다면 그 감정을 일으키는 원인이 무엇인지, 그 삶의 고뇌가 무엇인지 깊이 살피고 이해할 수 있어야, 비로소 그 눈물의 향기를 맡을 수 있으리라. 이러한 이해는 '마음의 눈'을 크게 떠야만 가능한 일이다. '마음의 눈'을 뜨지 않고는 인생의 향기도 맛도 아름다움도 모르고 살아가는 것이니, 어찌 '헛살았다'고 하지 않을 수 있겠는가.

7.

살아있는 바위의 추억

내가 초등학교에 들어가기 전인 7살 때였다. 나의 고향집은 부산의 수정산 중턱으로 부산항구가 한 눈에 바라보이는 수정산 중턱 산 동내에 있었다. 매일같이 동무들과 어울려 뒷산 산속을 토끼처럼 뛰어다니며 놀았는데, 그해 여름 장마 비가 많이 내린 뒤였다. 동무들과 놀던 뒷산 서쪽 편에 집채만큼 큰 바위가 있었는데, 그 바위가 골짜기로 20여보 굴러내려 동내 사람들이 모두 놀라 구경을 나왔던 일이 있었다.

동내 사람 모두들 굴러 내린 바위가 영험한 바위라 무슨 뜻이 있을 것이라 수군거리는 말을 들었다. 그런데 다시 며칠이 지나서 밤중에 그 바위가 또 굴러내려 동내에서 맨 위쪽에 있는 오두막집을 덮쳐 박살을 내고서 조금 더 내려와 골짜기 깊은 곳에서 멈추었다. 그 오두막에 살던 가족은 모두 자다가 참변을 당하고 말았다. 이 일은 온 동내 사람들이 모두 모여들었던 큰 사건이었다.

그날 이후 이 큰 바위를 사람들이 모두 '살아있는 바위' 곧 '산-바위'라 이름을 붙여서 불렀다. 몇 해가 지나자 사람들은 그 참변을 잊어버린 듯 화제에서 사라졌지만, '산-바위'라는 이름은 그대로 남아 있었다. 나도 잊고 살았는데, 늙어서 한가롭게 옛 추억을 되새기다가 그 '산-바위'가 기억에 살아나서, 그날의 참변을 곰곰 생각해보기 시작했다. 그 바위가 굴러 내린 것이야 물리적으로 빗물에 지반이 물러져서 굴러 내린 것이겠지만, 어찌하여 하룻밤 한 순간에 그 오두막의 가난하고 힘없는 한 가족들의 생명을 잃게 만들었는가 하는 의문이 꼬리를 물고 이어졌다.

이런 비극적 운명에 아무런 뜻이 없을 수 있을까. 아무 죄 없는 선량한 사람들의 한 가족을 죽음으로 몰고 갔던 하늘의 뜻이 과연 무엇일까. 하느님이 착한 사람을 먼저 하늘나라로 데려갔다면, 이 동내에 그 사람만 착했단 말인가. 아무리 생각해도 어떤 해답을 찾을 수가 없다. 때로는 과연 하느님이 존재하기는 하는지 의심이 일어나기도 한다. 옛 사람들도 너무 억울한 일을 당하고 나면, "하늘도 무심하시지."하고 탄식하지 않았던가.

나는 그 오두막에 살던 사람의 얼굴은 전혀 기억하지 못하지만, 그 가난한 산동내에서도 가장 가난한 집이었다는 사실은 기억한다. 그 사람들이 남들이 모르는 무슨 죄를 저질렀단 말인가. 아마 그렇지 않았을 것이다. 그렇다면 세상에서 착한 사람이 먼저 죽고, 간악한 사람이 오래 사는 경우에는 하늘의 뜻이 있기나 한가. 어쩌면 이 세상은 어떤 의지도 원칙도 없이 그저 우연이 지배하고 모순으로 가득한 것인지도 모르겠다.

그동안 나와 절친한 친구 가운데도 선량하기 그지없는 친구가 벌써 둘이나 세상을 떠났고, 셋이나 심한 병고에 시달리고 있는 모습을 안타까운 마음으로 지켜보아 왔다. 하늘은 착한 사람에게 시련을 준다고 하는데, 왜 착한 사람이 시련을 받아야 하는지 이해를 못하겠다. 세상에서는 난폭하고 탐욕스러운 자가 기회를 잘 타서 정상에 까지 올라가 호령하는 경우도 볼 수 있는데, 어찌하여 착한 사람이 꿈도 이루지 못하고 꺾이거나, 고통 속에 살아야 한다는 말인가.

맹자는 "하늘이 장차 이 사람에게 큰 임무를 내리려 할 때는, 반드시 먼저 그 마음과 의지를 괴롭게 하고, 그 근육과 뼈대를 수고롭게 하며, 그 신체와 살갗을 굶주리게 하고, 그 자신에게 아무 것도 없게 하여, 그가 행하는 것이 그가 해야 할 일과 어긋나서 어지럽게 한다. 그 까닭은 마음을 격동시키고 성질을 참게 하여, 그가 할 수 없었던 것을 더욱 많이 할 수 있게 하려는 것이다."(天將降大任於是人也, 必先苦其心志, 勞其筋骨, 餓其體膚, 空乏其身, 行拂亂其所爲, 所以動心忍性, 曾益其所不能.〈『맹자』12-15:1〉)라고 말한 일이 있다. 참으로 좋은 말이기는 한데, 현실에서는 이렇게 시련과 고통을 당하고도 뜻이 꺾이지 않고 살아남을 수 있는 자는 찾기가 어려운 것이 사실이다.

우리 역사 속에서 임진왜란이나 병자호란 등 외침을 당하여 힘없고 선한 백성들의 얼마나 많은 생명이 총탄과 칼날에 죽어야 했던가. 당파싸움 속에 반대당을 제거하기 위해 역모를 조작하여 죽음을 당했던 사람은 얼마인가. '정여립의 난'을 조작하여 송강 정철(松江 鄭澈)의 손에 죽은 동인(東人)의 무리가 천명이 넘었다는 말도 들린다. 일제(日帝)에 의해 징용으로 끌려가 죽거나 정신대(挺身隊)로 끌려가 희생된 여성에 대해 우리 사회는 분노한다. 그러나 동족상잔의 6.25 동란 동안 좌우가 서로 민간인을 학살한 사실에 대해서는 별로 반성하는 기색이 보이지 않는다.

자연이 저지르는 억울한 죽음이나 인간의 잔학함이 저지른 억울한 죽음은 누가 그 억울함을 풀어준다는 말인가. 하늘은 아무 책임도 지지 않고 그저 천국으로 불러주기만 하면 할 일을 다 하는 것인가. 코로나19 바이러스가 전 세계를 휩쓸고 유행하면서 많은 사람이 목숨을 잃었다. 그 가운데 아무 잘못도 없이 죽음을 당한 사람도 적지 않은 터이다. 이처럼 온갖 억울한 죽음이 모두 팔자소관이라고 맡겨두어야 할 것인가.

나 자신은 오래 병에 시달려 왔지만 그래도 할 일을 할 만큼하고 편안하게 노년을 보내고 있으니, 이만하면 복이 터졌다고 해도 부정할 수가 없다. 그래도 억울한 죽음을 막기 위해 아무런 노력도 공로도 없지만, 질병을 치료하려고 애쓰는 의사들에 대해 고마움을 새삼스럽게 느끼게 된다. 굶주린 자나 노숙자, 장애인, 병든 사람들을 위해 봉사활동을 하는 사람들에게는 다시금 고개 숙여 존경하는 마음을 밝히고 싶다.

세상에서 억울한 죽음이나 온갖 모진 고통을 모두 없앨 수야 없겠지만, 이를 막아보고 줄여보려고 애쓰고 있는 모든 사람들에게, 나는 큰 빚을 지고 살아가고 있음을 새삼 느끼며 부끄러움을 감출 수 없다. 나야 평생 나 자신과 나의 가족 속에 갇혀서 살아왔으니, 말하자면 세상에는 있으나 마나 한 인생인지도 모르겠다.

세상을 살아가는 방법은 여러 가지가 있겠지만, 남을 위해 도움을 베푸는 사람과 자기만을 위해 살아가는 사람이 있을 터이니, 진실로 하느님이 계신다면 누구에게 축복을 내려주겠는가. 남을 돕는 삶에 복이 내려지고, 자신만을 위해 사는 삶에 벌이 내려지고, 남을 해치는 삶에 재앙이 내려지지 않는다면, 하느님이란 존재가 과연 무슨 가치가 있는 것일까. 지혜로운 사람에게 묻고 싶다.

8.
너그러운 가슴

　세상을 살아가는 사람들의 모습은 사람에 따라 제각각이지만, 크게 보면, 세상을 향해 '열린 마음'을 지닌 사람과, 자기 자신이나 자기 집단에 사로잡혀 '닫힌 마음'을 지닌 사람으로 구분해 볼 수 있다. 물론 '닫힌 마음'의 사람들은 넘쳐나도록 흔하지만, '열린 마음'의 사람들은 드물어 찾아보기가 쉽지 않은 것이 사실이다.

　'닫힌 마음'의 사람들을 보면, 자기 민족만이 문명인이요, 다른 민족은 모두 야만인이라는 '화이론'(華夷論: 尊中華攘夷狄論)을 내걸기도 한다. 인종이나 민족이 다르면 차별을 하거나 적대시하기도 했던 일을 흔히 볼 수 있다. 사는 지방이 다르다고 차별하는 '지역주의'도 심하고, 학벌이 같거나 심지어 다니는 교회가 같다고 감싸는 '파벌주의', 더 나가면 자기 가족의 이익만을 돌보는 '가족주의', 자기 한 몸만 지키려는 '개인주의'는 우리 자신의 안에서나 우리 주변에서 흔히 볼 수 있는 '닫힌 마음'의 양상들이다.

'열린 마음'의 사람들은 우선 누구에게나 친절하고, 어떤 자리에서도 사람들과 잘 어울린다. 이렇게 '열린 마음'을 갖기 위해서는 남을 포용할 수 있는 '너그러운 가슴'을 지녀야 한다. 남을 포용한다는 것은 남의 용모나 행동이나 성격을 평가하기에 앞서서 누구나 받아들일 수 있어야 한다. 또한 남의 재주나 능력에 대해 자신과 견주어 경쟁심을 갖거나 무능하다고 무시하는 태도가 아니다. 신체적 불구자나 말과 행동에 허물이 있는 사람이라도 너그럽게 감싸주는 마음을 가진 사람이라야 '열린 마음'을 지닌 사람이라 할 수 있다.

 잘난 사람은 칭찬해주고, 못난 사람은 격려해주고, 모자라는 사람은 도와주고, 넘어진 사람은 붙들어 일으켜 주는 마음 곧 사랑의 마음을 가진 사람이라야 '열린 마음'을 지닐 수 있다. '열린 마음'은 누구에게나 친절하고, 남을 배려하는 마음이 깊어 언제나 남에게 양보하는 생활태도를 보여준다. 이렇게 '열린 마음'의 사람은 누구와도 잘 어울리고, 따라서 어떤 자리에서나 사람들이 결속하는 구심점을 이루고 있다.

 노자는 '열린 마음'을 '최상의 선'(上善)이라 말했던 것으로 보인다. 곧 노자는, "최상의 선은 물과 같다. 물은 만물을 이롭게 하지만 다투지 않고, 많은 사람들 이 싫어하는 곳에 머문다. 때문에 '도'에 가깝다."(上善若水. 水善利萬物而不爭, 處衆人之所惡, 故幾於道. 居善地, 心善淵, 與善仁, 言善信, 正善治, 事善能, 動善時.〈『老子』8〉)고 언급하고 있다. 만물을 이롭게 할 뿐 누구와도 다툼이 없고, 항상 낮은 곳을 찾아가는 '물'에서 최상의 선을 발견하고 있는데, 바로 '열린 마음'의 모습이기도 하다.

 너그러운 마음은 그 품안에 모든 사람을 품어준다. '엄격한 아버지,

자애로운 어머니'(嚴父慈母)라는 말이 있다. 엄격함과 자애로움이 자식교육에 양쪽 모두 필요한 것은 사실이나, 실지는 자애로운 어머니의 품안에 모든 자식들이 모여들고, 엄격한 아버지 앞에서는 자식들이 빨리 벗어나려고만 하기 마련이다. 매를 들어 엄격하게 가르치면 효과는 별로 없지만, 어머니의 눈물로 호소하는 자애로움 앞에는 감동되어 자기 잘못을 고치지 않는 자가 드물다.

엄격한 아버지에 대해 자식들은 두려워하지만, 피하려 할 뿐 스스로 자기 잘못을 고치려 하지는 않는 경우가 많다. 그러나 어머니의 다정하게 타이르는 말에는 스스로 잘못을 깨닫고 고치는 경우가 흔히 있다. 그만큼 너그러운 가슴은 차별을 두지 않고 누구나 감싸주며, 고통 받는 자를 위로하고, 소외당한 사람들을 포용하는 힘을 발휘한다. 이처럼 감싸주는 사람 앞에서는 누구나 자신의 허물을 감추려드는 것이 아니라, 솔직하게 고백할 수 있으며, 믿고 의지할 수 있으니, 어찌 큰 덕이 아니겠는가.

지금 와서 나 자신을 돌아보니, 나는 자식들에게도 너그럽지 못했었다. 그래서 자식들이 성장하여 집을 떠나자 부모를 찾지 않아 늘 쓸쓸함을 느끼고 있다. 또 오랜 교편생활을 하는 동안 제자들에게도 너그럽지 못했으니, 나를 찾는 제자가 거의 없어 허전하기만 하다. 더구나 세상을 살면서 가장 가까웠던 친구들에게도 너그럽지 못했었나 보다. 이제는 한 해가 가야 전화 한통 없는 친구가 대부분이요, 얼굴을 마주대하고 회포를 푸는 친구는 손가락으로 꼽을 정도라, 몹시 후회스럽다.

내 마음이 너무 좁아 남들의 여러 사정을 이해하고 용납하지를 못했던 사실이 너무 부끄럽기만 하다. 다시 생각해보니, 내가 너그럽지 못했던 까닭은 나 자신의 속에 갇혀 살았기 때문에, 남들을 향해 열린 관심이 없었고, 또 사랑으로 포용하는 마음이 너무 부족했기 때문일 것이리라. 혹시 관심과 사랑이 있었다 하더라도 효과적으로 작용하지 못했기 때문임을 알겠다.

그렇다면, 지금은 비록 너무 늦었더라도, 남은 세월 나 자신이 너그러운 마음으로 너그럽게 행동하는 방법을 찾아야 하겠다. 이제 누구와 경쟁하거나 대립할 사람도 없고, 그럴 이유도 없다. 그러니 내가 먼저 누구에게나 안부전화를 하여 살아가는 형편을 듣고, 좋은 소식은 함께 기뻐해주고, 나쁜 소식은 걱정하고 격려해주는 일에서 시작해야 하겠다.

또 가능하다면 자주 만나는 기회를 만들어 함께 밥을 먹거나 차를 마시며 담소하면서, 그 사람의 훌륭한 점을 찾아 칭찬하고, 어려운 처지는 위로하면서 정을 나누고 깊이지게 하여야 하겠다. '서로를 깊이 알아주는 친구'(知己之友)가 된다면, 그에게도 큰 위로가 되겠지만, 나에게도 내 인생을 풍요롭게 하는 큰 보람이 되리라 믿는다. 벗을 사귐에는 "자신이 먼저 상대방의 벗이 되어야 한다."고 하였으니, 내가 누구에게나 그를 깊이 이해해주는 벗이 되고자 노력하는 일에 힘쓰고자 한다.

공자는 "대문을 나서서 만나는 사람은 누구라도 큰 손님 뵙듯이 하고, 백성을 부리는 일은 큰 제사 받들듯이 해야 한다."(出門如見大賓, 使民如承大祭.〈『논어』12-2〉)고 하셨다. 바깥에 나가 만나는 모든 사람에 대해 큰 손님 뵙듯이 공경을 다하고, 자기가 남을 부리는 자리에 있으면 남을 부리는 일을 큰 제사 받들듯이 경건한 마음으로 해야 한다고 당부했다. 이렇게 한다면 가정에서나 세상에서나 누가 원망하는 사람이 있겠는가.

누구와의 인간관계에서나 상대방을 공경하고, 신뢰하며, 진심으로 사랑할 수 있는 가슴이라면, 얼마나 너그러운 가슴일 것이며, 세상을 아름답게 가꾸어가는 마음이 아니겠는가.

9.

무심한 마음

사람이 돌이 아닌데, 살면서 어찌 아무런 감정이 없을 수 있겠는가. 바닷가 바위에는 파도가 쉼 없이 밀려와 부서져 하얀 물보라의 꽃무리로 피웠다가 부서져 내리기를 거듭하고 있듯이, 우리 마음에는 '기뻐하고, 노여워하고, 슬퍼하고, 즐거워하는'(喜怒哀樂) 온갖 감정들이 끊임없이 솟아올랐다가 사라지기를 반복한다. 그런데 어찌 감정이 없을 수 있으며, 무심할 수 있다는 말인가.

그래도 감정이 격렬해지면, 책을 읽어도 눈에 들어오는 것이 없고, 밥을 먹어도 맛을 모르며, 잠을 자려해도 편히 잠들 수가 없으니, 심한 괴로움에 시달리게 된다. 격동하는 감정에서 벗어나 마음의 평정을 되찾으려고, 머리를 흔들어 다른 생각으로 바꾸어보려 해도 되지 않고, 잊으려 해도 잊히지 않는다. 마음이 평온을 되찾기 위해, 감정을 가라앉히려 해도, 잘 되지 않는다. 차라리 아무 감정도 생각도 없는 '무심'(無心)의 상태가 되기를 바랐던 경험은 누구나 가지고 있을 터이다.

그러나 감정이 다 가라앉아 무심한 상태에 이른다는 것은 결코 쉬운 일이 아니다. 당(唐)나라 방온(龐蘊)의 선시(禪詩)에서는, "만물을 대하여도 무심해지면/ 만물에 둘러싸인들 무슨 방해리오./ 나무 소가 사자 울음 겁내지 않듯/ 나무 인형 꽃이나 새를 본 것과 무엇이 다르랴."(但自無心於萬物, 何妨萬物常圍遶, 木牛不怕獅子吼, 恰似木人見花鳥.)라고 하였다. 이렇게 무심한 상태가 되고 싶은 마음이 아무리 간절해도, 무심하게 되는 방법을 모른다면, 아무 소용이 없지 않겠는가.

아마 '무심'을 이루는 방법에는 크게 두 가지 길이 있는 것 같다. 하나는 밖으로 모든 만남을 끊고, 세상을 돌아보지 않는 길이다. 사람과 만나면서 감정이 격동하게 되기 쉬우니, 아무도 만나지 않는다면 기쁨도 슬픔도 노여움도 일어나지 않을 것 같다. 신문도 TV도 안보고 세상을 완전히 잊는다면 속상할 일도 화가 날 일도 없어지지 않겠는가. 그런데 나 자신이 산속에 들어가 살면서 사람도 안 만나고, 세상을 잊고 살아보았더니, 감정에 격동이 일어나는 일은 거의 사라졌지만, 외로움과 그리움의 감정이 간절하게 일어나고, 또 지난날의 추억에 잠겨 있다 보면, 회한(悔恨)이 밀물처럼 밀려와 마음을 괴롭혔다. 결국 '무심'을 이루는데는 실패하고 말았다.

또 하나는 안으로 자기 마음을 다스려서, 어떤 자극이나 위협이나 유혹에도 감정의 아무런 움직임이 일어나지 않는 상태, 곧 맹자(孟子)가 말하는 '부동심'(不動心)의 경지에 이르는 길이다. 이 일은 마음을 다스리는 수양(修養)의 훈련이 필요하다. 높은 수양의 수준에 오르는 것은 '도인'(道人)의 경지에서나 가능한 일이니, 아무나 도달할 수 있는 차원이 아니다.

그런데 방거사(龐居士: 龐蘊)가 말하는 '나무로 깎아놓은 소'나 '나무로 깎아놓은 인형'이 아무 감정이 없는 '무심'의 상태라 하지만, 사람이 살아있는데, 어찌 나무토막이 될 수 있다는 말이며, 누가 나무토막으로 살아있기를 바라겠는가. 물론 방거사의 말은 '무심'한 상태를 비유로 들어 말한 것이지만, 나무토막이라면 살아있다는 의미를 찾을 수 없으니, 죽은 것이나 다름이 없지 않겠는가.

　나의 생각에 '무심'에 이르는 이 두 가지 길을 넘어선 새로운 길을 육조 혜능(六祖 慧能)이 제시하고 있는 것 같다. 그는 선(禪)의 세계에서 근본과제로 아무 생각이 없다는 '무념'(無念), 집착하는 형상이 없는 '무상'(無相), 일정한 머무름이 없는 '무주'(無住)를 제시하고, 그 뜻을 설명하면서, "'무상'이란 형상 속에 형상을 떠나는 것이요, '무념'이란 생각 속에서 생각하지 않는 것이요, '무주'란 사람의 본성이 되는데, 생각마다 머물지 않는 것이다."(無相, 于相而離相, 無念者 , 于念而不念, 無住者 , 爲人本性 , 念念不住.〈慧能『六祖壇經』〉)이라 하였다.

　형상이 있는 세상을 떠나는 것이 아니라, 형상에 집착하지 말고, 생각이 일어나는 것을 떠나는 것이 아니라, 생각에 집착하지 말고, 마음속에 일어나는 모든 생각에 머물지 마라는 뜻으로 이해된다. 다시 말하면, 우리가 사는 현실세계를 외면하거나 거부하는 것이 아니라, 그 현실세계 속에 살면서 집착하는 마음을 버리라는 말이다. 그것은 모든 형상, 모든 생각을 다 받아들이되, 우리 마음속에서 집착하려는 마음을 버리라는 것이요, 자유로운 마음을 기르라는 말이라 하겠다.

　길을 가다가 넘어져도, '재수가 없다'느니, '길을 제대로 정비하지 못했다'느니, 하고 불평도 원망도 하지 말고, 가벼운 마음으로 툭툭 털고 일어서서, 길을 가는 대범한 마음이 소중하다. 실패를 했거나, 위기에 빠졌어도, 남을 원망하고 하늘을 원망하며 속을 끓이는 것이 아니라, '하늘이 나에게 더 좋은 기회를 주시려고, 시련을 통해 나를 단련하는 것이리라.'생각하며, 다시 일어나 열심히 일하는 툭 터진 마음이 바로 '무심'의 참모습이 아니겠는가.

봄날 화사한 벚꽃 길을 걸으면서도, 아무 생각도 느낌도 일어나지 않는 것이 '무심'이라면, 그 '무심'은 나무인형이나 돌부처의 마음이지, 사람의 마음이라 할 수는 없지 않겠는가. 아름다움을 아름답게 여기는 것이 당연하지만, 벚꽃이 지고 나서도 아쉬움에 젖어 울고 있다면 집착이 생기기 시작하는 것이 아니랴. 기쁨이나 슬픔도 모두 받아들이고 또 편안하게 내 보낼 줄 알아야, 집착에서 벗어난 '무심'의 자유로운 마음이라 생각한다.

'무심'은 아무 감정도 일어나지 않는 마음이 아니라, 집착에서 벗어나 자유로운 마음이라면, 격렬한 분노나 억울함이나 애통함이 일어나는 것을 억제하려 들지 말고, 그 감정을 분출하더라도 집착하지 않는 데 있다고 하겠다. 흔히 사랑하는 사람이 죽었을 때 애통하여 따라 죽고 싶은 마음에 통곡하지만, 어른이나 친구가 어깨를 토닥거리며, "죽은 사람은 갔으니, 산 사람은 살아가야지."라고 격려해주는 말은 슬픈 감정의 집착에서 벗어나라고 충고하는 말이다.

그렇다고 집착에서 벗어나 자유로운 마음이 되는 것도 쉬운 일은 아니다. 그러나 집착에서 벗어나려고 노력하다 보면 자유로운 마음이 점점 자라서 자리를 잡게 되고, 생활 속에서 '무심' 곧 집착에서 벗어난 자유로운 마음이 작용하고 있음을 느낄 수 있다. 감정은 집착을 유발하기 쉬운데, 집착에 벗어나야 성숙한 마음 곧 자유로운 마음인 '무심'이 나의 마음이 될 수 있고, 또 성숙한 인간이 될 수 있지 않겠는가.

10.

당신을 생각하며

　내가 존경하는 옛 친구 붕서(鵬棲 李雄淵)는 가끔 좋은 글이나 아름다운 경치의 사진을 핸드폰의 메시지로 보내주어, 나의 다 식어버린 허전한 가슴을 다시 따스하게 해주어, 항상 고마운 마음을 간직하고 있다. 그는 요즈음 나태주시인의 시를 보내주는데, 가슴이 저리는 시들이라, 읽고 또 읽기를 되풀이하고 있다. 새로 보내준 나태주시인의 시 「선물」이 또 내 가슴을 먹먹하게 했다. 모두 세 소절인데, 앞의 두 소절만 인용해 본다.

　"하늘 아래 내가 받은/ 가장 커다란 선물은/ 오늘입니다./
　오늘 받은 선물 가운데도/ 가장 아름다운 선물은/ 당신입니다."

　나 자신 늙고 병든 몸이라, 그의 시 한 구절 한 구절 마다 가슴을 날카롭게 파고든다. '오늘' 하루가 하늘이 내려주신 커다란 선물인데, 시인은 이렇게 절절히 느꼈지만, 나는 깨닫지도 못하고 너무 많은 '오늘'들을 세월의 강물에 떠내려 보내고, 허공에 날려 보냈던 허송세월한 사실이 뼈아프게 후회된다. 하늘도 나에게 그 소중한 '오늘'들을 그렇게 많이 선물로 보내주셨는데, 이 선물을 발로 짓밟고 엉덩이로 깔고 앉아 뭉개버리고 말았으니, 어찌 하늘이 진노하여 나에게 벌을 내리지 않으시겠는가. 어쩌면 이미 그 하늘의 징벌을 받고 있는 것인지도 모르겠다.

나는 청년시절 군복무를 하면서부터 술에 취해 세월을 낭비했으니, 이미 '오늘'들을 무수히 낭비한 죄가 무겁다. 그 업보가 장년기와 중년기에 내 길을 찾아가고 있는 동안 항상 무거운 굴레처럼 나를 짓눌렀다. 그래서 정년퇴직할 때 고별사(告別辭)를 하면서, 사람들 앞에서 세월을 낭비한 나의 죄를 고백하고 통회(痛悔)하였던 일이 있었다. 그러고 나서도 그 '오늘'들을 또다시 물 흐르듯이 아낌없이 흘려보내고 말았다. 또 한 번의 무거운 업보를 짊어지게 되었음을 인정하지 않을 수 없다.

그런데 이제는 '오늘'을 지키고 다듬어 갈 기운이 가라앉아 버리고 말았으니, 어찌하랴. 그것은 죽을 날이 머지않았다는 뜻인 줄을 알고 있다. 그래도 해가 지기 전에 노을이 화려하듯이, 촛불이 꺼지기 전에 더욱 밝게 빛나듯이, 마지막 남은 '오늘'들을 있는 힘을 다하여 더욱 소중하고 곱게 다듬어보고 싶은 마음 간절하다. 세상만사가 뜻대로 되는 것이 없다지만, 안간힘을 써서라도 소중한 것을 다듬다가 가고 싶을 뿐이다.

또 하늘이 주신 큰 선물인 '오늘' 가운데도 가장 아름다운 선물이 '당신'이라는 그 말 한마디는 크게 공감이 되고, 가슴 깊이 울려온다.

물론 '당신'에는 내가 사랑하는 아내가 가장 가깝고 소중한 존재이다. 나아가 가족이나 가까운 친구도 한 사람 한 사람이 모두 '당신'이라 할 수 있다. 이렇게 '당신'이 아름답기에 '오늘'이 더욱 아름답게 빛날 수 있는 것도 사실인 것 같다. 또한 '당신'이 없다면, 지금 나의 존재도 있을 수 없다고 해야겠다.

생각해보니, '오늘'에 포함된 것으로 무엇이 있는지를 묻지 않을 수 없다. 바로 '당신'과 더불어 '나 자신'이 있다는 사실을 발견할 수 있다. 내가 없으면 당신을 사랑할 수도 그리워할 수도 없지 않은가. 그렇다면 '나'와 '당신'이 마주하고 있는 것이 바로 '오늘'의 모습이라 하겠다. 또한 '나 자신' 속에는 나의 '삶'과, 그 바탕에 '사랑' 내지 '열정'을 간직하고 있는 나의 '마음'이 있음을 알겠다. 그래서 튼튼한 '나 자신'이 있음으로써, '당신'을 믿고 감싸고 사랑할 수 있음을 새삼 깨닫게 된다.

'나'의 삶이란 노년에 마음을 편안하게 하고 하루하루를 즐겁게 살아가는 것이 가장 바람직하다 생각한다. 이제는 노심초사하며 양(量)을 높고 크게 쌓아 가는데서 벗어나, 한가하고 여유로운 가운데 자신을 맑고 향기롭게 정화(淨化)하는 일이 중요하다고 생각한다. 늙어서도 욕심을 버리지 못하고 쌓아 가는데 골몰하면, 그것은 늙은이의 추태(老醜)가 아닌가. 이제는 가진 것을 나누고 버려서 몸과 마음을 비워야, 죽는 날 그 영혼이 가볍게 날아올라 하늘나라에라도 가는(羽化登天) 복을 누릴 수 있지 않을까.

또 사랑하는 '마음'은 자신의 마음이지만, 지기 생각 자기 욕심 속에 빠져 있으면 일어나지 않는 것으로 보인다. 자기의 생각이나 욕심을 버리면 '당신'을 사랑하는 마음이 깊은 산속 바위 아래에서 달고 시원한 샘이 솟아나오듯이 '당신'을 향한 사랑이 가슴에서 터져 나온다고 믿는다. 마음을 비운다는 것은 자기 속에 갇혀서 마음을 세상으로 나가도록 풀어주는 일이 아니라. 자신의 주변에 가까이 아내와 부모와 자식에서 가까운 친구로 나가고 멀리 모든 사람에게로 사랑이 흘러넘치게 하는 것이라 생각한다.

마음을 비우면 허심탄회(虛心坦懷)하게 '당신'도 세상도 바라볼 수 있다. 자식들에 대해서도 나의 요구는 사라지고, 자식의 뜻이 분명하게 보이기 시작하며, 자신의 뜻에 맞지 않는다고 불만이나 분노는 사라지고 세상 모든 사람과 모든 일이 아름답게 보이기 시작하니, 이때부터 자기 가슴 속에서 사랑이 솟아나고 펼쳐져 나오게 됨을 볼 수 있다. 세상의 모든 것, 풀꽃 하나까지도 아름답게 보이기 시작한다. 이렇게 사람도 세상도 사랑스럽고 아름답게 보이면, 그때야 내 마음이 때를 모두 벗고(離垢) 깨끗이 씻어져(洗心), 하늘로부터 받고 태어난 마음(本心·良心)을 회복할 수 있지 않겠는가.

나아가 '당신'도 내 마음이 맑게 정화되었을 때, 비로소 온전한 아름다움과 사랑스러움으로 드러나게 되지 않겠는가. 내 마음이 당신의 아름다움과 사랑스러운 제 모습을 발견할 때, 당신은 향기로운 꽃으로 피어나, 나 자신을 더욱 행복하게 해주지 않겠는가. 서로 원망하고 미워하는 것은 자기 욕심에 사로잡혀 온전한 제 모습대로 보아주지 않을 때 생기는 것이 아니라. 마음을 비우고 맑은 마음으로 '당신'을 바라본다면, 어찌 원망이나 미움이 생길 수 있겠는가.

결국 '당신'의 아름다움과 사랑스러움을 못 보는 것은 나 자신의 욕심 때문이니, 모두가 '내 탓'이라 해야겠다. 자신을 돌아보니, 영생 내 일에 빠져 당신에게 눈을 돌려 바로 바라보지를 못했고, 또 내 욕심 때문에 자식들의 마음에 원망을 쌓고 말았으니, 모두 나의 어리석음 탓

일 뿐이다. 나태주시인의 시 한 구절이 내 평생을 돌아보고 내 마음의 병을 제대로 짚어주었으니, 이제부터라도 '나'를 찾아 정화하고, 다시 눈을 떠서 '너'의 아름다움과 향기로움을 발견하여, 진정으로 '당신'을 사랑하는 '나'로서 거듭 태어나기를 간절히 소원한다.

11.

어두운 곳에 손을 내밀어

누가 나더러 '팔불출'(八不出)이라 비웃는다 해도, 아내 자랑을 좀 하고 싶다. 나는 아무 재능이 없는 우둔한 사람이라 너무 부끄러웠다. 중·고등학교를 다닐 때에도 음악·미술·체육 과목은 언제나 기본 점수만 받았을 뿐이니, 노래를 못하는 '음치'요, 그림을 못 그리는 '화치'요, 운동을 못하는 '몸치'라 남 앞에서 무안할 때가 많았다.

그런데 아내는 노래를 잘하여, 나는 아내를 '꾀꼬리 띠'라 불렀다 악기도 피아노를 잘 쳤으며, 플루트와 클라리넷을 불기를 잘 했다. 서예에도 솜씨가 있어서 붓글씨와 사군자(四君子)를 그린 그림이 그럴듯했다. 운동은 물찬 재비라, 같이 수영을 다녀도, 나는 25m를 가면 숨이 차서 쉬어야 하는데, 아내는 한 시간 내내 쉬지 않고 수영을 계속했고, 바다에서는 보이지도 않을 만큼 멀리 나가 돌아오지 않아서 내가 모래톱에서 초조하게 기다리며 걱정하기도 했다. 그래서 나는 이내를 '물고기 띠'라 부르기도 했다. 어디 그뿐인가. 아내는 바느질 솜씨가 있어서 나도 바지·저고리와 두루마기까지 한복 한 벌을 얻어 입었다. 그 밖에도 내가 감탄하는 재주가 여러 가지가 있다.

아내가 원주의 시골집을 좋아하는 이유는 여러 가지인데, 그 중에 하나는 목청껏 노래해도 이웃에서 방해받는 일이 없다는 점이다. 그러니 집 안에서는 늘 노래를 달고 사는 '꾀꼬리'였다. 중국어를 공부할 때는 중국노래도 여러 곡을 부르기도 했다. 올 겨울 내가 추위를 못 견뎌 서울에 올라와 있는 동안 아내가 볼일이 있어서 잠간 서울로 올라왔는데, 요즈음 새로 익힌 노래를 불러주었는데, 그 노래가 마음에 들어, 아내가 원주에 내려간 다음에도 전화로 청해 노래를 듣기도 했다

그 노래 제목은 「사랑으로」이고, 이주호씨가 작사도 하고 노래를 부른 곡으로, 그 가사에서 내 마음을 사로잡은 대목은 다음과 같다.

"…우리 타는 가슴 가슴마다 햇살은 다시 떠오르네./
아아, 영원히 변치 않을 우리들의 사랑으로/
어두운 곳에 손을 내밀어 밝혀 주리라."

마지막 소절인 '어두운 곳에 손을 내밀어 밝혀 주리라.'는 말을 오랫동안 음미하게 되었다. 내가 그대에게 손을 내민다면, 그대의 어두운 곳은 무엇인지를 생각하지 않을 수 없었다. 그동안 나는 아내가 처한 어두운 곳이나, 자식들이 처한 어두운 곳이 어디인지를 제대로 깊이 알지 못하고 있었음을 깨닫게 되었다. 또한 그대가 나에게 손을 내민다면, 나의 어두운 곳이 어디인지를 생각하게 되었다. 내가 괴로워하고 답답해하는 나의 어두운 곳이 이렇게 많고, 또 이렇게 깊다는 사실에 나도 새삼 놀랐다.

그러고 보니, 사람마다 그 마음 깊은 곳에 어두운 구석이 있을 것이라는 사실을 새삼 의식하지 않을 수 없었다. 서로 마주 보여 웃고 떠들지만, 제각기 자기 가슴 속에는 눈물로 젖어있는 어두운 곳이 보일 것이고, 잠을 이루지 못하고 뒤척여야 하는 어두운 곳의 비명소리가 들리기도 할 것이 아니랴. 내가 할 일은 나의 마음속 어두운 곳을 세밀하게 살펴서 손을 내밀어 빛을 비춤으로서 치료하는 일이요, 너의 마음속 어두운 곳을 살펴서 따뜻한 손길을 뻗어 환하게 밝혀주는 일이 아니겠는가.

입으로 아내나 자식들에게 "사랑한다." "걱정하고 있다."고 하지만, 그 마음의 그늘지고 어두운 곳을 살피지 못한 나의 허물이 선명하게 보이기 시작한다. 또 내가 나 자신을 방치하여 병들고 일그러지고 피를 흘리는 나의 어두운 곳을 외면한 죄도 뉘우치지 않을 수 없다. 이렇게 사랑하는 그대에게 그대의 어둠을 밝혀주는 작을 불빛이 되고, 또 나 자신의 병들고 망가진 어둠에 빛을 보내고 치유의 손길을 내밀어야 하지 않겠는가.

겨울날 길을 걸으면서 햇볕이 들어 따스한 양지쪽을 골라 걷듯이, 나도 나 자신속의 밝은 쪽만 보고 살았던 것 같다. 자신 속의 어두운 곳은 외면하고 살아가는 동안, 나의 어둡고 음습한 곳에서 온갖 곰팡이가 자라서 독을 뿜어내면서, 내가 병들고 또 병이 깊어지는 것을 눈치 채지 못했던 것이라는 생각을 하게 된다. 병이 깊어진 다음에 자신을 돌아보면, 그 때는 온 몸이 통증으로 비명을 지르고 있을 때는, 어쩌면 치료하기에도 너무 늦은 것일 수 있음을 깨닫게 된다.

몸이 병이 들어 자각하면, 병원에 가서 고칠 수도 있지만, 자신의 마음이 병이 들면, 스스로 고치지 않으면 고칠 길이 없을 것이 아니겠

가. 물론 어려운 일이지만 가족이나 친구들이 내 마음이 병을 발견하고, 사랑의 손길로 빛을 비춰주면, 훨씬 더 빨리 치료효과를 볼 수 있으리라 믿는다. 몸이나 마음의 병을 치료하는 가장 좋은 약은 바로 사랑의 손길이 아니겠는가.

힘들어 주저앉으려 할 때, 일으켜 세워주는 사랑의 손길, 좌절하여 방황하고 있을 때, 제 길을 가르쳐주는 사랑의 손길, 절망의 구렁텅이에서 허우적거리고 있을 때 건져 올려주는 사랑의 손길이 있을 때, 우리는 희망을 다시 찾고 용기를 다시 살려낼 수 있다. 마치 물에 빠진 사람을 건져주듯이, 우리의 삶을 어둠 속에서 밝음으로 나올 수 있도록 건져주는 사랑의 손길은 바로 구원의 손길이기도 하지 않겠는가.

세상에는 볕이 드는 곳이 있으면 어둠의 그림자가 있기 마련이다. 모든 어둠이 악에 빠지거나 병이 든 것은 아니다. 우리가 열심히 일하고 나서는 쉬어야 하고, 낮에 깨어 있으면 밤에 잠을 자야 하는 것처럼 자연스러운 일이다. 여름날 무더우면 누구나 그늘을 찾아들기 마련이다. 그렇다면 인간에게는 볕이 드는 곳과 함께 그늘진 어둠이 필요한 것이 사실이다.

그러나 문제는 어둠이 계속되고 볕이 들지 않는 음습한 곳이 우리를 괴롭히고 병들게 한다는 사실이다. 어둠이 깊은 바다 밑이나 동굴 속처럼 깊어지면, 우리는 두려움에 빠지고 좌절하여, 길을 잃고 말게 된다는 점이다. 칠흑처럼 어두운 밤중에 산속에서 길을 잃어본 경험이 있는 사람은 멀리 희미하게나마 작은 등불 하나를 발견하게 되면, 두려움을 떨치고 길을 찾아 나서는 용기를 회복할 수 있다. 바로 사랑의 손길은 우리가 길을 잃고 두려움에 빠져 당황할 때에, 우리를 구원해주는 생명의 손길이기도 하다. 내가 번민하고 방황할 때에 나를 어

둠에서 이끌어내어 주는 사랑의 손길을 자주 만나며 살아왔던 것이
사실이다.

12.

울고 싶은 데

아이들이야 자주 울지만, 인생을 다 살고 난 노인이 울 일이 무엇이 있으랴. 그런데 노인이 오히려 더 서럽게 우는 사람을 볼 때가 있었다. 고등학교 다닐 때, 학교에서 극장에 데려가 〈엄마 찾아 삼만 리〉라는 영화를 보았는데, 어린 소년이 천신만고 끝에 남미로 일하러 간 엄마를 찾아가서 만나는 장면인데, 눈물이 나서 눈물을 닦으며 보고 있는데, 뒷자리에서 누가 엉엉 소리를 내어 울고 있지 않은가. 놀라서 돌아보니 체육을 담당한 노인 선생님이셨다. 그 뒤로 그때 체육선생님은 왜 그렇게 서럽게 우셨을까 여러 번 생각해 보았던 일이 있다.

어린아이야 제가 원하는 것을 얻지 못했을 때 우니, 원하는 것만 해결해주면 울음을 쉽게 그친다. 그런데 노인은 평생을 살아오면서 온갖 경험을 다 해보았으니, 그 섭섭하고 억울함이 골수에 맺혀 있어서, 가슴 속에서 터져 나오는 서러움을 쉽게 달랠 길도 없는 것 같다. 그동안 속상하고, 화나고, 원통한 일이 한 두 가지가 아니었을 터이니, 가장 깊은 곳에서 터져 나오는 눈물이 아니겠는가.

여인들이 쉽게 우는 것도 남자와 달리 마음이 약해서 눈물을 참지 못하는 것이 아니라, 너무 많은 고생을 하게 되고, 너무 자주 자신의 뜻이 꺾여서, 억울하고 원망스러움이 많기 때문이라 생각이 든다. 젊은 날 눈물을 흘리는 때는 슬픈 영화나 소설을 읽다가 감동이 되어 눈물이 나는 것이니, 다른 사람의 인생에 대한 공감에서 오는 눈물이라 할 수 있다. 그러나 노인이 우는 것은 자신의 인생이 너무 고달팠거나, 너무 외롭거나, 너무 서운하기 때문에 우는 것으로 짐작된다.

아내는 신혼시절 매일 울고 있어서, 왜 우는지 이해를 할 수 없었다. 그러다가 세월이 지나면서 이해하게 되기 시작했다. 사실 남편이라는 자는 아침에 일어나 밥만 먹으면 가방을 들고 집을 나가서 한 밤중이 되어야 돌아오니, 결혼생활에 대한 꿈이 산산이 부서져 버린 데 대한 절망감으로 울었던 것이리라 짐작이 되었다. 그 시절 나는 오전에 시간강사로 이 대학 저 대학을 돌아다녀야 했고, 직장이 야간대한 연구소 연구원이라 오후에 출근하여 밤 10시에야 퇴근하였으니, 아내에게 나는 하숙생이나 다름이 없었다.

나 자신도 내 인생의 꿈이 여지없이 깨어져 좌절당했더라면, 어찌 울기만 했겠는가.

내가 군복무를 할 때였다. 서해안 어느 해변 산마루에서 근무를 하던 시절인데, 어느 날 장교숙소에서 같은 방을 쓰고 있는 법과대학을 졸업한 동료하나가 술에 만취되어 돌아와서는, 침대에 걸터앉아서, "내 인생을 돌려다오."하고 부르짖으며 통곡하는 모습을 보고, 남의 일 같지 않아서 마음이 무척 아팠던 적이 있었다. 꿈이 꺾였을 때, 포기하고 순응하면 그만이지만, 그 좌절감을 견디지 못하면 울고 싶지 않겠는가.

또 백령도에서 군복무를 할 때였다. 쉬는 날 나와 같은 근무조의 사병 한 사람이 숙소로 나를 찾아왔다. 내가 "오늘 무엇하고 지냈느냐."고 물었더니, 그 사병이 뜻밖에도, "바닷가에 나가서 모래를 먹고 왔습니다."라고 대답했다. 나는 놀라서, "무슨 일로 모래를 먹었느냐."고 다시 물었더니, "맹장염이라도 걸려서 육지로 후송되고 싶어서 먹었어요."라 말하며, 울먹였다. 절해고도(絶海孤島)에서 살고 있는 심정은 나도 그와 조금도 다를 바가 없었다. 위로를 하고 그를 돌려보냈지만, 두고두고 잊혀지지 않았다.

지금 생각하면, 백령도 시절의 기이한 풍조는, 장교들이 모두 근무에 들어가기 전, 술집에 모여 술을 마시다가, 술집으로 찾아온 차를 타고 근무장인 산마루로 올라갔다. 산마루에 올라서면, 북쪽으로 발밑을 바라보면, 앞은 심청이 빠져죽었다는 '임당수'(인당수)요, 바다 건너는 북녘 땅인 '장산곶'(長山串)이었다. 그 산마루에 올라 있으면 마치 고래 등을 타고 앉아 있는 듯 한 위태로운 느낌이 들었다. 세상에서 버려졌다는 고적감(孤寂感)을 잊어버리고 현실에 순응하기 위해, 매일 술에 취해 살았던 것 같다. 그 시절 소위 봉급이 한 달에 1만원인데, 매사에 낙천적인 내 동기생 한 사람은, "매일 술에 취해 사는데, 봉급 만원으로 해결이 되니, 참으로 신통하단 말이야."라 하여, 동료들을 웃겼던 일도 있었다.

울고 싶은 자리를 먼저 찾아준 사람으로 연암 박지원(燕巖 朴趾源)이 있다. 그는 1780년 사신(使臣) 행렬을 따라 북경을 다녀왔던 여행기인 『열하일기』(熱河日記)에서 '좋은 울음 터'를 가르쳐 주고 있다. 압록강을 건넌 마운령(摩雲嶺) 산마루에서 요동벌판의 아득한 광야를 바라보며, "좋은 울음 터로다. 한 번 울 만하도다."라 하였다. 사방이 산으로 둘러싸여 있는 비좁은 한 반도에 갇혀서, 당파싸움이나 하며 서로 모함하고 죽이기를 쉬지 않는 양반 관료들이 망쳐가고 있는 나라에 있다가, 툭 터져 아무 것도 거칠 것이 없는 광야를 바라보니, 그동안 눌러두었던 통한(痛恨)이 눈물로 쏟아져 나오게 되었다는 말이다.

박지원은 우리나라 땅에 있는 좋은 울음 터를 짚어주면서, "저 비로봉(금강산) 산마루에 올라가 동해를 바라보면서 한바탕 울 만하고, 장연(황해도) 바닷가 금모래 밭을 거닐며 한바탕 울 만하다."고 하였다. 두 곳이 모두 지금은 북녘 땅이다. 지금의 우리나라는 남북으로 갈라지고, 좌파와 우파가 갈라져 밤낮으로 다투며, 권력을 잡을 생각을 하는데, 아무도 백성들의 고된 삶으로 흘리는 피눈물을 닦아줄 생각이나 하는지 모르겠다.

우리에게도 이스라엘인들이 마음껏 우는 '통곡의 벽'처럼, 울고 싶은 사람들이 모여서 우는 자리가 필요할지도 모르겠다. 한 바탕 울고 나면, 막혔던 가슴이 풀릴 수 있으니, 답답한 사람, 억울한 사람, 분통이 터지는 사람들이 모두 나와 울 수 있으면, 큰 위로가 될 수 있을 것 같다. 서러움을 참기만 하면 가슴에 한(恨)으로 맺힐 터이니, 자주 울어서 풀어가는 것도 현명한 방법이 아니겠는가.

나 자신도 젊어서는 몰랐던 일이지만, 늙고 나서 지난 세월을 자주 돌아보게 되는데, 그 때마다 회한(悔恨)이 파도처럼 끝없이 밀려와서, 울고 싶을 때가 자주 있다. 모두 자신의 어리석음과 용렬함이 빚어낸 결과이니, 누구를 탓할 수도 없다. 오직 나 자신을 탓하며, 때로는 땅을 치거나 벽을 두드리며 울고 싶다. 그런데 어쩌랴. 눈물이 나오지 않으니 어쩌랴. 안구건조증(眼球乾燥症)으로 눈물 약을 눈에 넣고 지내는 처지라, 울고 싶은 데, 눈물이 나오지 않으니, 어찌하랴.

13.

마음에 새긴 말

사람이 살아가면서 어떤 말 한 마디에 깊은 감명을 받고서, 그 말 한 마디를 가슴에 간직하여, 지키고자 하는 경우가 많이 있다. 그래서 옛 사람들은 자기가 마음에 새겨두고 싶은 말을 잊지 않고자, 구리거울(銅鏡) 뒷면이나, 세발 솥(鼎)이나, 바위에 새겨놓았던 일이 있었다. 중국의 탕(湯)임금은 "진실로 날로 새로워져야 하고, 날로 날로 새로워져야 하며, 또 날로 새로워져야 한다."(苟日新 日日新 又日新.〈『大學』2:1〉)라는 아홉 글자를 욕조(盤: 浴槽)에 새겨놓고, 목욕할 때마다 되새기며, 자신을 끊임없이 새롭게 하겠다는 결심을 다졌다고 한다.

내가 중학교 2학년 여름 방학에 고향 부산에 내려가 있을 때, 한문 공부를 하고 싶은 생각이 들어, 『명심보감』(明心寶鑑) 등 두세 가지 책을 사다가 읽으며, 마음에 드는 구절을 노트에 적어놓았던 일이 있었다. 어느 책에서 읽었는지 누구의 말인지는 모르겠는데, "나를 선하다고 말하는 사람은 나의 적이요, 나를 악하다고 말하는 사람은 나의

스승이니라."(道吾善者, 是吾賊, 道吾惡者, 是吾師.)라는 구절을 좋아
하여, 지금껏 마음에 담아두어 잊지 않고 있다. 나는 이 구절이 『명심
보감』에서 읽은 것이 아닌가 하여, 원문을 확인해 보았으나, 찾을 수
가 없었다.

이 구절을 풀어 보면, "나를 칭찬하는 사람은 나를 해치려는 사람이
요, 나를 비난하는 사람은 나를 바르게 이끌어주려는 사람이다."라는
뜻으로 이해할 수 있다. 그동안 살면서 한문 경전이나 고전에서 좋은
말들을 많이 발견하였지만, 대부분 잊어버리고 말았는데, 가장 어릴
때 읽었던 이 구절 하나가 잊혀지지 않았으니, 내 마음에 새긴 말이라
할 수 있을 것 같다.

사실 나에게는 단점이 참 많다는 것을 스스로 깨닫고 있는데, 그 단
점은 다른 사람의 칭찬으로는 고칠 길이 없고, 오직 다른 사람의 아
픈 비난이나 비판이 있어야, 자신을 반성하여 고쳐나가게 할 수 있음
은 분명하다. 칭찬이 즐겁기는 하지만, 자칫 사람을 방심하게 하고 심
하면 오만에 빠지게 할 수도 있다. 이에 비해 비난은 화가 나게 하거나
마음에 상처를 줄 수도 있지만, 잘 소화해 내기만 하면, 자신의 단점을
고쳐서 바로잡을 수 있는 기회를 얻을 수 있는 것은 분명하다.

"나를 선하다고 말하는 사람은 나의 적이요, 나를 악하다고 말하는
사람은 나의 스승이니라." 라는 말을 마음속으로 한 번 외우면, 칭찬하
는 말을 듣더라도, 자신을 경계하는 마음이 생기고, 비난하거나 질책
하는 말을 들어도 화가 나지 않을 수 있음을 자주 경험하게 되었다. 그
런데 가끔 이 격언을 잊어버리고 있다가, 칭찬을 듣고 우쭐하거나, 야
단을 맞고 화가 나는 일이 있었다. 그래도 나 자신의 반응태도에 대해
바로 자신을 돌아보고 잘못된 반응이었음을 뉘우칠 수 있게 하여, 다

행이라고 생각한다.

그런데 칭찬을 듣고 감정의 동요가 일어나지 않기는 비교적 쉬운데, 비난을 듣고도 화가 나지 않기는 어려울 때가 많았던 것이 사실이다. 그래서 비난에 대해 화가 나거나 속상했던 일은 훨씬 많은데, 뒤늦게 라도 뉘우칠 수는 있었지만, 자신의 결점을 고치기는 참으로 어려웠던 것 같다. 그러다 보니, 같은 비난을 다시 받게 되었을 때, 내가 자신의 허물을 고치지 못하고 있는 사실에 대해, 몹시 부끄러웠던 일이 자주 있었다.

자신이 난관에 봉착하여 요기를 잃고 주저앉았을 때, 손을 내밀어 일으켜 세워주고 격려해주는 사람에게는 누구나 감사하는 마음을 갖게 된다. 그러나 자신을 실상에서 벗어나 과도하게 칭찬하면, 흔히 "비행기 태우지 마시오. 너무 어지럽소."라 웃으며 대답하곤 한다. 그래도 기분은 좋은지, 화를 내는 일은 별로 없다. 사실은 바로 이렇게 과도한 칭찬을 하는 사람이나 그 말을 경계할 필요가 있다. 별 볼일 없는 자신을 대단한 사람처럼 착각하도록 빠뜨릴 위험이 있기 때문이다.

나로서는 나를 과도하게 칭찬하는 사람을 만나면, "이 사람은 나의 실상을 전혀 모르는 사람이구나. 그저 '입에 발린 말'(lip service)일 뿐이니, 귀담아 들을 말이 아니다."라 속으로 중얼거리고 넘어간다. 그렇다고 적(賊)으로 까지 여기지는 않는다. 좋은 인간관계를 맺자고 우호적 발언을 한 것인데, 이에 대해, 지나치게 예민한 반응을 한다는 것은 나 자신이 유치해지고 말 것이라 생각한다.

그런데 나의 허물이나 단점을 정확하게 찾아내어 드러내 주는 사람은 의외로 드물어서 아쉽다. 이런 사람을 만나면, 내가 '스승'으로 까지 받들지는 못하더라도, '진정한 친구'라 여기고 고마워할 터인데 말이다. 그러나 나의 단점을 잘 알고 있는 친구들도 나에게 충고하기를 꺼린다. 혹시 내가 상처받을까 염려하는 까닭이 아니겠는가. 드물게나마/이나마 친구의 단점을 지적했다가 상대방이 화를 내는 경우도 보아 왔기 때문에 충분히 이해는 된다.

그렇다면 나는 친구에게 그 사람의 단점을 쉽게 말할 수 있을까. 친구의 단점을 지적하여 충고하는 일이 몹시 조심스러워지는 것이 사실이다. 친구의 감정을 건드리지 않고 받아들일 수 있도록 세련된 화법에 익숙하지 못함을 스스로 알고 있기 때문이다. 직설적인 혹은 공격적인 충고는 역효과를 일으키기 쉬운 것이 사실이다. 그렇다면 내가 친구에게 충고를 못하는데, 어떻게 친구가 나에게 충고하기를 기대할 수 있다는 말인가.

사실 나는 남의 장점을 보고 배우려 노력하기는 하지만, 남은 단점을 살펴서 충고하거나 나 자신을 반성해 보는 데는 매우 소홀하다. 공자는, "세 사람이 같이 가는 데는 반드시 내가 스승삼아야 할 사람이 있으니, 그 선한 점을 가려서 따르고, 그 선하지 않은 점을 보면 반성하여 자신의 허물을 고쳐야 한다."(三人行, 必有我師焉, 擇其善者而從之, 其不善者而改之.〈『論語』7-22)고 하였는데, 나는 한쪽 스승만 다르고 한쪽 스승은 버린 셈이다.

내가 마음에 새겨두고 있는 한 구절의 말이 어느 문헌의 누가 한 말인지도 모르지만, 평생 마음에 새겨두고 살아왔는데도, 아직 제대로 실행하지 못하고 있으니, 그래서 내 사람됨이 아직도 이 수준에 머물고 있음을 절실히 느낀다. 그 말의 뜻은 안다고 생각하는데, 실행이 제대로 되지 않고 있으니, 그것은 그 말의 뜻도 겉만 알고 속으로 깊이 알지를 못하고 있다는 사실을 말해주는 것이 아니랴. 마음에 새겨도,

깊이 새기지 못하고, 얕게 새기고 말았으니, 이 또한 나의 허물이 아니
랴.

14.

바람소리 물소리 들으며

소리는 혼자 나는 것이 아니라, 무엇과 부딪치면서 나게 되니, 일종의 마찰음(摩擦音)이라 생각한다. 우주선이 대기를 뚫고 올라가는 동안은 공기와 부딪쳐서 엄청난 소리를 내겠지만, 진공의 우주공간에서는 아무 소리도 없이 정적 속에 날아갈 터이다. 바람이 빠르게 불면 공기와 부딪쳐 소리가 날 것이요, 솔가지와 부딪치면 솔바람(松風) 소리가 나고, 대나무와 부딪치면 대바람(竹風) 소리가 나기 마련이다.

내가 대학을 졸업하기 직전인 1966년 2월 중순쯤에 혼자 경주여행을 갔었다. 목적의 하나는 토함산에 올라가 석굴암 앞에서 정월 대보름의 밝은 달을 바라보려는 것이요, 또 하나는 경주 남산의 동쪽 기슭을 올라, 신라 때의 석조 불상들을 찾아보려는 것이었다. 먼저 남산 동쪽 기슭에 들어가 깊은 솔숲을 거쳐서 산마루를 향해 올라가기 시작했는데, 솔바람 소리가 어찌나 거센지, 마치 '귀신이 곡하는 소리'(鬼哭聲)를 듣는 것 같았다. 너무 두려워 산마루까지 오르려던 계획을 포기하고, 허급지급 달려 내려왔던 일이 있었다.

그래도 나는 대부분의 바람소리를 좋아한다. 폭풍이 몰아칠 때도 안전한 실내에만 있으면, 그 소리에서 대자연의 억센 힘을 느낄 수 있어서 좋았다. 언젠가 오래 전에 강연이 있어서 제주도에 갔었는데, 시간이 많이 남아 바다를 보려고 제주항 앞의 2층 다방 창가에 앉아 커피를 마시며 창밖으로 바다를 내다보았다. 태풍이 불고 있는지, 창문이 요란하게 흔들리기도 하고, 파도가 방파제를 넘어오는데, 높은 파도는 바람에 휩쓸려 수평으로 날아가는 경이로운 광경을 보면서 즐겼던 기억이 남아있다.

바람이 약하면 물론 소리는 나지 않지만, 그래도 느낄 수는 있다. 바람 한 점 없는 무풍(無風)으로, 나뭇잎도 풀잎도 전혀 흔들리지 않으면, 평온하다고 느끼기 보다는, 오히려 답답하다고 느끼게 된다. 마치 친구들이 다 떠나버리고, 나 혼자 남아있는 쓸쓸함에 빠지게 된다. 바람에 소리가 나면, 바람이 내게 하려는 말이 무엇인지 귀를 기울이기도 한다. 바람이 소리 없이 두 뺨을 스치고 흘러갈 때에도, 바람이 들릴듯 말듯 소곤거리는 말에 귀를 기울인다. 바람은 언제나 내가 지금 고민하고 있는 문제에 대해 이야기를 하고 있음을 느끼고 있다. 나는 바람의 말을 듣기도 하고, 또 내 말을 바람에게 들려주기도 한다.

물론 바람에도 '맑은 바람'(淸風), '혼탁한 바람'(濁風), '부드러운 바람'(順風), '거센바람'(强風), '서늘한 바람'(涼風), '싸늘한 바람'(寒風) 등 여러 가지가 있다. 그 바람마다 바람의 제각기 다른 소리가 있는데, 귀를 기울이고 마음을 집중해야만 바람이 하는 말을 들을 수 있다. 대부분 바람은 나의 허물을 꾸짖거나, 내가 부딪치고 있는 문제에 대해 충고하는 말을 한다. 때로는 바람이 멀리서 찾아오는 친한 친구처럼 반갑기도 하다.

　노년에 산골에 들어와 아내와 둘이사 살다 보니, 무료한 시간이 너무 많다. 친구가 찾아오는 일도 드물고, 전화조차 걸어오는 일도 드물다. 많은 시간 마당에 나가 혼자 그네에 앉아서 하늘을 떠가는 구름이나 바라보고, 사방을 애워싸고 있는 산줄기들을 바라보고 지낸다. 그러다보니, 바람이 언제나 나를 찾아오는, 나의 가장 친한 친구 된 것 같기도 하다. 바람소리를 듣거나, 바람에 흔들리는 풀잎과 나뭇잎을 바라보고 있노라면, 친구와 마주한 듯 마음을 다 풀어놓고 즐겁게 담소하듯 바람과 이야기를 주고받기도 한다.

　나는 현관문을 열고 밖으로 나오면 가장 먼저 가까이 있는 경로당의 국기게양대를 바라보며, 바람이 부는지, 얼마나 강하게 부는지, 어느 방향으로 부는지를 살핀다. 바람이 불지 않아서, 깃발이 축 늘어져 있으면, 나도 따라 기분이 가라앉는 것을 느끼게 된다. 그러나 바람이 많이 불어 깃발이 함차게 펄럭이고, 앞산의 나뭇잎들이 일제히 흔들리고 있으면, 마치 경기장에 나간 선수가 많은 관중들의 함성소리를 듣는 듯이, 힘이 절로 솟아나는 것 같다.

　나는 또 물소리 듣기를 무척 좋아한다. 그러나 물소리는 집에서 나와 조금 걸어나가야 앞산 자락을 흐르는 냇물소리를 들을 수 있다. 여름날 장마비가 쏟아져 내릴 때라야, 집에서도 냇물소리를 들을 수 있을 뿐이다. 그래도 비가 오면 나는 마당에 있는 아궁이 부뚜막에 앉아서, 지붕에 비듣는 소리 듣기를 너무 좋아한다. 냇가에 나가서 돌틈으로 돌돌거리며 흐르는 물소리를 듣고 있노라면, 나도 이 냇물과 함께 흘러서 강으로 바다로 멀리 떠나가면서, 긴 이야기를 주고받는 것 같은 느낌에 빠지게 된다.

물소리로는 산사(山寺)를 찾아 올라가는 길가 넓은 바위틈을 흘러 내리는 계곡물소리를 유독 좋아한다. 절의 법당에 앉아 부처님의 가르침인 불경을 읽거나, 고승이 불경을 해설하여 강론하는 말씀을 들을 때에는 사실 이해하기 어렵기만 하다. 그러나 계곡물소리를 듣고 있노라면, 부처님의 마음에 훨씬 더 가까이 다가가는 듯한 느낌을 받는다. 이 물소리를 잘 알아들을 수만 있다면, 지금 이 순간에 바로 깨우쳐 성불(成佛)할 수 있을 것 같기도 하다. 문제는 내 귀가 어두워 계곡물소리를 제대로 알아듣지 못하는 것이 안타깝기만 하다. 그래도 깊은 산 계곡물소리를 듣는 것만으로도 온갖 죄와 두꺼운 업장(業障)을 다 씻어내어, 마음이 순결하게 정화(淨化)되고, 마음속에서 환희(歡喜)의 기쁨이 솟아나는 것을 느낄 때가 있다.

또 하나 내가 가장 좋아하는 물소리는 바닷가의 파도소리이다. 정결한 모래톱을 철석거리며 씻고 또 씻어내는 파도소리를 듣고 있으면, 영겁의 세월동안 되풀이하는 대자연의 노래 소리처럼 들리기도 한다. 파도가 바닷가 바위벼랑에 부딪치며 물보라를 일으키고 솟아오르며 포효하는 파도소리는 나의 굳게 닫힌 마음을 활짝 열어주기 위해 울부짖는 간절한 기도소리처럼 들리기도 한다. 파도소리를 듣고 있는 동안, 바다는 내 맴마를 가슴으로 흘러들어 나를 바다의 품속으로 깊이 감싸안아주는 느낌에 젖어들기도 한다.

젊었을 때 조세프 콘라드(Joseph Conrad)의 해양소설을 영화화한 〈로드 짐〉(Lord Jim)이란 영화를 흥미있게 보았던 일이 있었다. 그 첫 장면에서, "인간의 깊은 마음속을 알고 싶으면 태풍이 몰아치는 바다 한가운데로 나가보라."는 서사(序辭)가 아직도 대강 기억이 난다. 바다야 상쾌하고 찬란한 아름다움을 노래하기도 하고, 무시무시한 공포의 죽음을 노래하기도 하는데, 그 노래들이 모두 인간의 마음속에 깃들어 있는 노래이리라. 그래서 파도소리를 잘 들을 수 있으면, 사람의 마음도 꿰뚫어 알아볼 수 있으리라는 생각이 든다.

15.
우주와 일치를 꿈꾸다

조선시대 왕궁의 하나로 창경궁(昌慶宮)과 함께 '서궐'(西闕)이라 불리던 창덕궁(昌德宮)의 후원(後苑) 숲 속에 아름답고 의미 깊은 공간이 열려 있다. 정조(正祖) 즉위년(1776) 이곳 언덕바지에 2층 누각(樓閣)인 주합루(宙合樓)가 세워졌다. 주합루의 1층에는 왕실도서관으로 수 만권의 서적을 보관한 규장각(奎章閣)이 들어있었고, 2층에는 어진(御眞: 임금의 초상화)·어제(御製: 임금이 지은 글), 어필(御筆: 임금의 글씨) 및 보책(寶冊: 군왕·왕비 등에게 諡號나 廟號 를 추증하면서 그 행적을 기록한 문서)과 인장(印章) 등을 보존하였다고 한다.

주합루가 세워지면서 그 남쪽의 평지에는 네모진 연못 부용지(芙蓉池)가 만들어졌는데, 물속에는 잉어와 붕어가 놀고 있으며, 물 위에는 연꽃이 피어올랐다. 부용지 남쪽 물가에는 두 다리를 부용지 물속에 담그고 있는 아(亞)자 모양의 아담한 정자인 부용정(芙蓉亭)이 세워졌다. 주합루가 당당하게 일어서 있는 임금의 형상이라면, 부용정은 두 손으로 땅을 짚고 엎드려 임금을 배알하는 신하의 형상을 보여준다고 하겠다.

부용정에서 부용지 연못가를 돌아 주합루로 오르는 문은 어수문(魚水門)이요, 주합루 서쪽에는 규장각의 부속 건물인 서향각(書香閣)이 있고, 부용정 동쪽에는 인재를 선발하는 과거시험을 위해 시관(試官)이 머물던 영화당(暎花堂)이 있다. 전체적으로 보면 어수문을 중심으로 주합루와 부용지·부용정은 남북으로 대응하고 있으며, 서향각과 영화당은 서북과 동남으로 대응되고 있으니, 배열의 균형과 의미의 조화를 잘 이루고 있음을 보여준다.

여기서 규장각에서 '규장'(奎章)은 임금의 글이나 글씨를 가리키는 말이니, 주합루의 기능과 규장각의 기능이 원래 일치하는 것으로 보인다. 또한 별 가운데 28수(宿)의 하나인 '규수'(奎宿)는 문장을 관장하는 별이라, 임금의 글이나 글씨 등을 보관하는 기능에서 확장하여 왕실도서관의 역할도 무리가 없을 것이요, 정조임금이 이곳에서 개혁정책을 뒷받침할 학문이 뛰어난 학자와 인재를 배양했던 사실도 엿볼 수 있다.

또한 주합루에서 '주합'(宙合)이라는 말은『관자』(管子)의 한 편명(篇名)으로, "'주합'의 뜻은 위로 하늘 위까지 통하고, 아래로 땅 아래까지 내려가고, 밖으로는 네 바다를 벗어났으며, 합하면 하늘과 땅을 싸서 한 보따리로 만들었고, 흩어도 틈이 없는 데까지 이른다."(宙合之意, 上通于天之上, 下泉于地之下, 外出于四海之外, 合絡天地以爲一裹, 散之至于無閒.〈『管子』, 宙合〉)고 하였다. 마치 천지(天地)가 만물을 담은 자루이듯이, 주합(宙合)은 천지를 담고 있는 자루라는 것이다. 그렇다면 '주합루'는 우주를 포괄하겠다는 큰 뜻을 지닌 것임을 알 수 있다.

주합루로 오르는 문에 붙은 '어수문'(魚水門)이라는 이름도 뜻이 깊다. 유비(劉備)가 공명(孔明 諸葛亮)을 얻음을 물고기가 물을 얻는데 비유했었는데, 이처럼 '어수문'은 임금과 신하가 서로 뜻이 맞아 화합한 모습을 의미한다. 바로 여기에 임금은 우주를 가슴에 담은 큰 뜻을 지녔으며, 물고기를 길러주는 물처럼 신하들이 제 역할을 할 수 있도록 포용하는 역할을 지니고 있음을 보여준다. 정조는 부용지에서 배를 타고 뱃놀이를 하였다 하니, 물고기와 물이 어울려 즐기는 모습이라 하겠다. 그런데 정조는 배를 타고 낚시질도 즐겼다 하니, 임금이 물 위에서 놀며 그 물속의 물고기를 잡아 올린다는 것은 어찌된 역설이란 말인가.

이렇게 아름다움과 깊은 뜻을 간직한 공간에서도 무엇보다 '주합'(宙合)이라는 말의 뜻이 가장 크게 와 닿는다. 서명응(徐命膺)에 의하면, "정조(正祖)는 세손(世孫)시절에 학문을 연구하고 깊이 젖어드는 곳을 '주합'이라 이름을 붙였다."(王世孫邸下以宙合名其玩繹游泳之所.〈『保晚齋集』, 弘齋記〉)하고, 세손시절 동궁(東宮)의 작은 누각에 '주합루'라는 편액을 붙인 적이 있었음을 전해준다.〈『保晚齋集』, 권8, 宙合樓記〉

정조는 세손시절 이미 가슴 속에 육합(六合: 천지와 사방)을 모두 안으로 거두어들이겠다는 '주합'의 뜻을 세웠으니, 그 뜻이 얼마나 컸었는지를 넉넉히 짐작할 수 있게 한다. 그는 도학의 정통성을 강경하게 고수하고 있는 유학자들의 대세에 휩쓸리거나 꺾이지 않았다. 따라서 그는 실학(實學)이 새롭게 싹터나오고, 서학(西學: 서양종교와 문물)이 흘러들어오면서 세상이 활짝 넓어지는 변화의 시대에서, 세상의 모든 것을 받아들인다는 '주합'의 그 큰 뜻을 밝혔던 것이다.

그렇다면 어떻게 모든 것을 감싸 안는 '주합'을 실현할 것인가. 먼저 자신의 가슴을 열고 도량을 크게 하지 않으면 안된다. 여기서 정조는 세손시절에, "이 도리는 아직 응집된 도리에 이르지 못했도다. 무릇 도리를 응집함에는 어진 덕을 몸소 실행하는 것만 함이 없다. 어진 덕을 응집함은 오직 증자가 말하는 '도량을 크게 함'(弘)이 아니겠는가."(是道也未及乎凝道也, 夫凝道莫如體仁, 體仁其惟曾子之言弘者乎.)라 말했으며, 이에 따라 자신이 공부하는 방에 편액을 '홍재'(弘齋)라 지었다 한다.〈『保晩齋集』, 弘齋記〉'홍재'(弘齋)는 바로 정조임금의 호이기도 하다.

'도량을 크게 한다.'(弘)는 뜻은 증자가 "선비란 도량이 크고 뜻이 굳세지 않으면 안되니, 임무는 무겁고 갈 길은 멀다. 어진 덕을 자기 임무로 삼았으니 무겁지 않겠는가? 죽은 다음에야 끝나니 멀지 않겠는가?"(士不可以不弘毅, 任重而道遠. 仁以爲己任, 不亦重乎? 死而後已, 不亦遠乎.〈『논어』8-7〉)라고 한 말에서 끌어온 것이요, '도량을 크게 함'이 바로 사람을 사랑하는 '인'(仁)의 실현을 바탕으로 하는 것임을 잘 보여준다.

주합루-부용정을 중심으로 하는 공간을 설계한 정조임금의 가슴 속에는 조경(造景)의 아름다움을 추구하는데 그쳤던 것은 아니다. 다양한 사상조류가 부딪치는 새로운 변화의 시대에 우주를 끌어안겠다는 '주합'(宙合)의 큰 이상을 제시하고, 당파로 갈라져 대립하는 현실에서 군신이 화합해야 한다는 '어수'(魚水)의 당면과제에 대한 인식을 밝히고 있으니, 이 작은 공간에서 이 시대에 정조가 지녔던 포부와 철학을 읽을 수 있겠다.

16.

물질문명과 인간 영혼

물질문명의 발달과 정신문화의 성장은 비례하는가, 그렇지 않으면 반비례하는가. 의견이 분분할 수도 있을 것 같다. 그렇지만 대체로 보면 비관적인 관점이 우세한 것으로 보인다. 물질문명이 발달할수록 인간의 정신문화는 위축되어간다는 견해가 지배적이 아닌가 생각한다.

평균수명이야 오늘날에 와서 많이 늘어났다. 그런데도 옛 사람들은 빈곤한 생활 속에서 짧은 인생을 살면서도 여유작작하게 시를 읊거나 거문고를 타며 살았던 모습을 볼 수 있다. 이에 비해 우리시대에 와서는 길어진 수명에도 불구하고 청년기 장년기 중년기를 눈코 뜰 사이 없이 분주하게 돌아다니고 일에 매달려 살아왔었다. 그 덕택에 우리가 더욱 풍요로운 삶을 누리고 편리하게 살 수 있게 된 것은 사실이다.

그런데 우리는 엄청난 기술문명의 혜택을 입고 물질의 풍요를 누리지만, 우리가 더 인격적으로 건강하고 성숙하였다고 주장하기는 어려운 것이 사실이다. 오히려 향락에 젖어있는 퇴폐적 사회가 되고 만 것이 아닌가. 그래서 물질문명의 성장과 인간영혼의 성숙은 반비례하는 것으로 보는 견해가 많다는 사실을 부정할 수는 없다.

왜 그렇게 되는 것일까? 아마 물질문명이 발달함에 따라 사람의 감각을 자극하고 흥미를 유인하는 동기가 크게 확장되었기 때문이 아닌지 모르겠다. 텔레비전이 온갖 오락성 프로그램으로 넘치고, 거리에는 온갖 오락을 위한 시설이 넘쳐나기 때문에 사람들은 감각의 자극 속에 빠져서 헤매다가, 영혼의 깊이를 잃어버리게 된 것인지도 모른다.

음식은 맛있는 것이 지천이니, 먹고 마시며 즐기다가 비만해지고, 이를 해결하기 위해 뛰고 달리다보니 차분히 생각할 틈이 없게 된 것 같기도 하다. 풍요로움과 향락은 사람을 타락시키고 영혼을 좀먹게 하기 마련이다. 이런 향락의 생활이 계속되면 영혼이 없는 인간, 곧 '좀비'가 사방에 널려있게 되는 것도 무리한 일은 아닌 것 같다.

성(性)의 개방도 현대사회의 생활양상이 되었으니, 옛날의 감추어진 애틋한 사랑으로 가슴을 앓는 일이 없어졌으니, 이제는 옛날의 연애소설을 읽어도 어느 별의 이야기처럼 아득하게만 느껴질지도 모르겠다. 젊은이들이 결혼을 않고 지내는 경우가 많아졌고, 결혼을 하고도 이혼이 하도 많아졌으니, 가정이라는 소중한 삶의 기틀이 그 뿌리에서 흔들리고 있는 것이 현실이다.

피에르 볼(Pierre Boulle)의 소설 『혹성탈출』(Planet of the Apes)에서처럼 인간은 자동화된 기계에 모든 일을 맡기고 안락함에 빠지다가 마침내 지능이 쇠퇴해지고, 사람을 대신하여 노동을 하던 원숭이가 지능이 발달하여, 원숭이가 사람처럼 세상을 지배하고, 사람은 원숭이처럼 벌거벗고 산속으로 쫓겨나는 상황에 놓이게 되었다는 이야기가 현실이 될 수 있을까? 기술문명이 고도로 발달하여 모든 일이 자동화되어 사람은 아무 신경도 쓰지 않고 먹고 마시며 잠만 자는 세상이 올 수 있다는 말인가?

나는 결코 그렇게는 될 수 없다고 믿는다. 인간은 문제가 발생하면 이를 해결하는 방책을 제시해왔기 때문이다. 모든 것이 자동화되어 사람이 할 일이 없어졌다 하더라도, 사람은 끊임없이 자기개발을 하기 위해 노력할 것이다. 육체적 노동이 전혀 필요 없이 되었다면, 더욱 인간은 정신적 기능을 계발하고 향상시켜갈 것이라 생각한다.

가장 걱정스러운 것은 대량살상무기가 갈수록 계발되어, 어느 순간 정신이상자의 손으로 단추를 한번 누르자 모든 것이 잿더미로 변하여, 인류가 파멸되고 말 수도 있다는 걱정이다. 그 때에 살아남은 사람이 있다면, 아마 원시인의 수준에서 다시 시작해야 할지도 모르는 일이다.

또 하나 걱정스러운 것은 영화 〈Tomorrow〉에서처럼 지구 온난화의 영향으로 지구에 다시 빙하시대가 닥쳐와서, 모두 얼어서 죽고 단지 적도지대에 몇 사람만 살아남는다면, 역시 원시인의 처지에서 다시 시작해야하는 상황이 될 수도 있다는 사실이다. 자연의 재해는 어떤 형태로 나타날지 알 수 없으며, 인간이 만들어내는 파괴력도 어떤 결과를 초래할지 알 수 없으니, 어찌 미래를 밝게만 볼 수 있겠는가.

너무 극단적인 가정이라고 나무랄 수도 있지만, 이렇게 인류가 파탄에 빠지는 상황이 아니라면, 인간은 과학기술과 물질문명의 발달의 결과로 정신문화가 상실되어 추락하도록 방치하지는 않을 것이다. 그렇다하더라도 오락에 빠져 아무도 시를 읽지 않고, 또 아무도 시를 쓰지 않는 상황에 놓인다면, 그것은 분명 인간영혼이 상실의 위기에 빠졌다는 중요한 증거가 될 것이다.

　대중이 향락에 빠져 헤어 나오지 못하더라도 이 세상에는 깨어있는 지성이 눈을 부릅뜨고 있으니, 대중도 한계를 넘지는 못할 것이라 생각한다. 그러나 향락보다 더 무서운 것은 폭력이라 생각된다. 아무 이유도 없이 총을 난사하여 많은 사람을 살상하는 일은 이념 때문에 세계각지에서 폭탄테러를 감행하는 것보다 더 무서운 일로 보인다. 그 정신병적 폭력이 강력한 대량무기를 가진다면 어떻게 될지, 생각하기도 끔찍하다.

　영화 〈Gladiator〉에서처럼 로마의 콜로키움에서 검투사들이 서로 찌르고 죽이는 것을 보면서 환호하는 광경을 보면, 인간의 잔혹성의 뿌리가 얼마나 깊은지 걱정스럽다. 그 잔혹성이 어디에서 폭발하여 터져 나올지 두려운 일이다. 일본인들이 남경에서 대학살을 저지르거나, 동남아시아에서 '인종청소'를 하는 짓은 광기(狂氣)의 발작이요, 정상적인 인간으로서 할 수 없는 일을 저지른 것이다.

　정신문화의 파괴는 인간의 광기에서 오는 것이지, 도구에 불과한 과학기술과 물질문명이 저지르는 것은 아닐 것이다. 기술문명이 발달하면 할수록 이에 상응하는 인간의 정신문화를 연마하고 향상시키는 것이 인간의 중대한 과제임을 각성하는 것이 중요하다. 인간이 기술문명에 지배되는 것은 인류역사에 가장 큰 비극이 될 것은 분명하다. 그만큼 이를 경계하고 인간 영혼의 성숙을 위해 노력하는 것이 바로 우리 인간의 당면한 과제라 하겠다.

17.

무엇이 진정한 강함인가

"조화로우면서 휩쓸리지 않는다."(和而不流.〈『중용』10:5〉)

이 구절은 자로(子路)가 스승 공자에게 '강함'(强)에 대해 묻자, 공자가 군자의 강함을 4조목으로 제시하여 대답했던 구절 가운데, 그 첫째 조목으로 언급한 말이다. 둘째 조목으로 언급한 "중심에 서서 기울어지지 않는다."(中立而不倚)는 것은 자신의 내면에서 흔들리지 않는 굳은 심지를 세우고 있음을 말한다면, 가장 먼저 제시한 이 구절은 세상에 나가 활동할 때 모든 사람들을 포용하여 이끌어가는 모습을 보여준다.

실제로 한 사람의 인격에서는 안으로 자신을 지키는 지조와 밖으로 세상을 경영하는 역량이 서로 상응하여야 한다. 속으로 심지가 허약하면 겉으로 아무리 거센척해도 쉽게 주저앉기 마련이요, 밖으로 남을 감싸주는 도량이 있는 사람은 안으로 그 흉금이 넓음을 알 수 있다.

그래서 "겉볼안"이라 하지 않는가.

우리가 사는 세상에는 다양한 사람들이 함께 살고 있는데, 사람마다 제각기 생각이 다르고 욕심이 다르다. 더구나 제 생각을 내세워 고집을 부리거나, 제 욕심을 채우려고 억지를 쓰는 광경은 우리 주변에 흘러넘치고 있다. 그러니 입만 열면 서로 비난하는 소리가 시끄럽고, 잘못이 드러나도 뻔뻔하게 변명만 하니, 우리 가슴을 한없이 답답하게 한다. 과연 한 사람이 대중을 모두 포용하여 화합시킬 수 있다면, 그 사람은 천하를 짊어질 수 있는 진정한 지도자일 것이다. 이런 어려운 일은 제각기 제소리 밖에 못내는 악기를 들고 다니는 악사들을 한 자리에 모아서 아름다운 음률의 조화를 이루어내는 명지휘자와 같지 않을까.

모든 악기를 조화시키려면 모든 악사들이 공감하는 가장 아름다운 음률을 찾아내어 제시해야 한다. 마찬가지로 제각기 생각과 욕심이 다른 대중들을 하나로 결합시켜 조화를 이루게 하려면, 모든 사람이 공감하는 공통의 이상을 제시하고, 모두가 믿고 따라올 수 있는 신뢰를 보여주어야 한다. 이때 지휘자나 지도자가 한 순간이라도 사사로운 생각이나 욕심에 빠지면, 그 순간에 조화는 산산이 깨어지고 만다. 휩쓸린다는 것은 우리 자신의 마음속에 항상 출렁거리고 파도치는 사사로움에 빠지는 것이다. 개인적인 기호, 친분, 이해관계에서 완전히 벗어나 가을하늘처럼 투명한 정신을 중심에 세울 수 있는 인격이라야, 작게는 자신을 조화로운 인격으로 세우고, 자기 집안을 화목한 가정으로 이끌고, 자기 직장과 자기 이웃, 자기 나라를 조화롭게 이끌어가야 한다. 조화로움을 확고하게 유지하려면 무엇보다 온갖 유혹과 압력과 욕심에 휩쓸려 떠내려가지 않아야 한다는 조건이 요구된다는 말이다.

18.

선을 실현하는 길

"선한 행동을 하는 사람을 권장하고, 악한 행동을 하는 사람을 징계한다."는 뜻으로 '권선징악'(勸善懲惡)이라는 말을 흔히 듣는다. 선을 권장하여 일어나게 하고, 악을 징계하여 가라앉게 해야만, 이 사회를 선한 사회로 실현할 수 있다는 희망을 보여주는 말이다. 그렇다면 선을 권장하는는 방법은 먼저 선한 행동을 찾아내어 칭찬하고 포상해주어야 하며, 마찬가지로 악을 징계하는 방법은 악한 행동을 찾아내어 질책하고 처벌해주어야 한다.

'권선징악'이라는 말은 『춘추좌전』(春秋左傳, 成公14년)에서 "악을 징계하고 선을 권장함은 성인이 아니라면 누가 이를 닦을 수 있겠는가."(懲惡而勸善, 非聖人, 雖能修之.)라고 한 말에서 나온 것이다. 그러면 누가 권장하고 징계할 것이며, 동시에 누가 권장 받고 징계 받아야 하는지가 분명하게 정해져야 한다. 집에서는 부모가 자녀를, 학교에서는 선생이 학생을, 사회에서는 관리가 백성을 권장하고 징계한다는 질서로 나타난다.

『춘추좌전』(成公14년)에서는 "성인(聖人)이 아니라면 누가 이를 (勸善懲惡을) 닦을 수 있겠는가."(非聖人雖能修之)라는 말을 붙여놓았다. '권성징악'을 실현하는 주체는 온전한 인격을 지닌 '성인'이 아니면 불가능하다는 말이다. 그런데 보통사람은 윗자리에 올라서기만 하면, '권선징악'하겠다고 칼을 휘두르며 나서지만, 실상은 아무도 제대로 할 수 없다는 사실을 말해준다. 그만큼 선과 악을 판별하는 인식능력이나, 이를 공정하게 실행하는 실행능력이란 아무나 갖출 수 없다는 말이기도 하다.

물론 부모가 자식을 사랑하고 잘 가르치기 위해 노력한다. 그러나 부모가 올바른 판단능력을 갖지 못하면 권장과 징계가 제대로 되지 않는다. 대중이 모인 식당이나 기차 안에서 어린 아이가 큰 소리를 내거나 뛰어다닐 때, 요즈음은 어른들이 고개를 돌리고 모른채 하는 풍조가 대세를 이루고 있다. 모르는 어린 아이의 잘못된 행동을 나무라기라도 하면, 부모가 나서서 왜 남의 자식을 나무라고 기를 죽이느냐고 달려드는 경우가 허다하니, 모두가 참고 모른척할 수 밖에 없다. 과연 이런 부모가 자식을 제대로 가르치고 권장하거나 징계할 수 있겠는가.

마찬가지로 학교도 선생이 스승의 도리를 제대로 갖추지 못하면 권장과 징벌이 제대로 되기 어렵고, 정치가도 부패하고 독선적이면 어찌 백성을 권장하고 징계할 수 있겠는가. "돈이 있으면 죄가 없고, 돈이 없으면 죄가 있다."는 뜻으로, '유전무죄, 무전유죄'(有錢無罪, 無錢有罪)라는 말을 자주 듣는다. 가정이나 학교나 국가에서도 지도층이 부패하고 무능하면 '권선징악'을 제대로 할 수 없을 뿐만 아니라, 오히려 선한 자를 억압하고 악한 자를 용납하여, '권악징선'(勸惡懲善)이 일어나는 사실을 보게 되는 것도 드문 일이 아니다.

드라마 〈불멸의 이순신〉을 보면, 임진왜란에 일본군이 전국토를 유린하는 상황에서도, 선조임금과 서인(西人)을 이끄는 윤두수(尹斗壽)는 압록강변 의주까지 피난 가서도 남해바다에서 연전연승을 하며 왜적을 물리치고 있는 이순신장군에게 실정에 맞지 않는 왕명을 따르지 않는다고, 몇 번이나 역모(逆謀)로 몰아 죽이려 눈에 핏발을 세우며 발악하는 모습을 보여주며, 끝내 이순신을 혹독하게 고문하는 모습을 생생하게 보여준다. 결국 그 왕명을 따라 전장에 나갔던 원균에 의해 수군이 전멸당하게 되었을 때는, 아무도 책임지는 사람이 없었다.

잘못된 군주나 관리는 '권선징악'을 제대로 할 이치가 없다. 이들은 나라와 백성의 안위에는 관심이 없다. 그들은 오직 자신의 권력을 유지하거나 이익을 추구하는데만 관심을 기울인다. 바로 이런 자들이 나라를 망치듯, 가정에서나 학교에서 부모나 선생이 바른 도리를 잃으면 자녀교육이나 학생교육을 제대로 못할 것이요, 결국 가정과 학교를 망치는 경우가 얼마든지 있다는 사실이 안타깝다.

이에 비해 『중용』(6장)에서는 "남의 악한 점을 덮어주고, 착한 점을 드러낸다."(隱惡而揚善)이라 하여, '은악양선'(隱惡揚善)을 제시하고 있다. 여기서 '남의 선한 행동을 권장하는 것'(勸善)과 '남의 착한 점을 드러내는 것'(揚善)은 거의 같은 것이라 하더라도, '남의 악한 행동을 징계하는 것'(懲惡)과 '남의 악한 점을 덮어주는 것'(隱惡)은 전혀 상반된 대응방법이다. 악에 대해 이렇게 상반된 대응이 어떤 의미를 지닌 것이며, 선을 실현하는 방법으로서 어떻게 기능하는 것인지 살펴볼 필요가 있다.

'권선징악'은 가정이나 집단이나 나라를 이끌어가기 위한 '의로움'(義)을 가치기준으로 삼는 '교화'(敎化)의 방법으로, 교육적이요 권위적이다. 이에 비해 '은악양선'은 '어진 덕'(仁)을 가치기준으로 삼는 인격을 수련하는 '수양'(修養)의 방법으로 포용과 화합을 지향한다고 할 수 있다. 그런데 '권선징악'을 수행하는 주체는 이를 제대로 실행하기 위하여, 그 바탕에 인격적 역량이 요구된다. 그렇다면 포용적 인격을 수련하는 수양으로서 '은악양선'이 공동체의 질서와 정리를 실현하는 '권선징악'을 선행해야할 과제요 조건이라 할 수 있다.

  선악을 올바로 분별할 수 있는 판단능력과 권장하고 징계하기를 공정하게 할 수 있는 실행능력이 없다면, '권선징악'은 공허한 구호가 되고 말 것이다. 그만큼 '권성징악'을 수행하는 주체는 인격적 역량이 있어야 한다는 말이다. 따라서 가족이나 집단이나 국가를 운영하는 주체는 먼저 자신의 도덕적 인격을 확보하기 위한 '수양'이 요구된다.

  '은악양선'은 인격수양의 실현이니, 자신에 대한 성찰의 자세요, 타인과의 관계에서도 권위적이 아니라 수평적인 인간관계와 포용적 인격을 요구한다. '법치'(法治)와 달리 '덕치'(德治)를 표방하는 유교정치의 이상은 백성을 다스리기에 앞서서 다스리는 자의 인격으로 '덕'을 갖추어서 '덕'으로 백성을 다스려야 한다는 말이다. 올바른 인격과 판단력이 없는 정치지도자는 그 자체가 사회악(社會惡)이 아닐 수 없다. 나의 허물은 철저히 반성하여 바로잡아야 하지만, 남의 허물은 감추어주고 덮어주어 남을 사랑하고 포용하는 '덕'을 갖추어야 한다는 말이다. 그래서 자기만이 선하다는 '독선'과 자기 만이 옳다는 '독단'에서 벗어나, 비판의 목소리도 귀 기울여 듣고, 타인의 악을 거울삼아 자신을 바로잡아가며 '선'을 길러가기를 요구한다.

남의 악이나 허물을 덮어준다는 '은악'의 자세는, 허물을 보기만 하면 징계하려 드는 '징악'의 자세를 넘어서, 허물을 고쳐서 선으로 나아갈 기회를 열어주는 일이기도 하다. 미워하거나 나무라면 반발하여 마음을 더욱 굳게 닫지만, 용서하고 격려하면 감동하여 스스로 착하게 변할 수 있는 것이 인간이기 때문이다. 세상에 허물없는 사람은 없고, 죄 없는 사람은 없으니, 처벌의 방법에 앞서서 사랑과 감화의 방법이 더욱 소중하게 여겨질 필요가 있지 않겠는가.

19.

실행이 동반하는 말

　고매한 경지와 심원한 문제를 논의하는 고담준론(高談峻論)으로 세월을 보내면서, 눈앞에 마주하고 있는 현실을 외면한다면, 그 주장이 아무리 고상하고 거룩하여도 공허한 말에 지나지 않음을 드러내줄 뿐이다. 입으로는 아무리 선량하고 고상한 말을 하더라도, 남에게 내미는 손과 발이 거칠고 무례하면, 남을 속이는 것임을 드러내고 말지 않겠는가.

　선거철이 되면 거리에서는 후보자들이 허리가 꺾어지도록 인사를 하고, 만나는 사람마다 악수를 청하면서, 간과 쓸개를 모두 내놓을 듯이 마냥 겸손하다가, 막상 그 자리에 오르면 권력을 이용하여 자신의 이익을 챙기기만 하니, 그 말과 행동이 전혀 실지와 일치하지 않는다. 목청을 다하여 남을 위해 봉사하겠다고 하늘과 땅에 걸고 조상과 자손에 걸어 거듭 맹서를 하지만, 막상 그 자리에 오르기만 하면, 다 잊고 말아, 공약(公約)은 공약(空約)이 되고 만다.

거액의 수표를 마구 발행하듯, 자신을 바쳐 온몸으로 봉사할 것을 약속하거나, 자신의 말을 믿어달라고 간곡하게 호소한다. 그러나 그 약속은 하나같이 이행된 일이 없으며, 시작부터 한 가지 신용도 쌓았던 일이 없다. 민주주의라는 제도가 모두 공수표(空手票)일 뿐이니, 어찌하랴. 정치인들의 말이야 허공에 뜬 누각에 불과한 줄을 알지만, 그래도 믿고 싶은 마음이 아직도 조금 남아 있는 것은 희망을 버릴 수 없기 때문이요, 절망에 빠지기 싫기 때문일 것이다.

선거가 끝나고 얼마 안가서 선량들은 벌써 약속을 까맣게 잊어버리고, 권세를 키우거나 이권을 차지하기 위해 눈에 불을 키고 사방으로 뛰어다니는 모습을 부끄럼 없이 보여주고 있다. 이제까지 여러 번 속아왔으니, 정치가의 약속이란 모두가 허황한 거짓임을 알고 체념할 수밖에 없다. 이러고도 민주주의라는 이름이 무슨 의미가 있다는 말인지.

평소에 아무에게도 봉사하여 덕을 쌓은 실적이 없는데, 높은 자리를 차지했다고 탐욕에 젖은 인물들이 갑자기 성인군자로 변할 이치야 없지 않은가. 한결같이 권력욕을 성취하기 위해 몸부림치고 있으니, 더 높은 자리를 차지하면 더 큰 힘을 휘두르면서 더 많은 이익을 차지하려고 달리고 있을 터이다. 그래서 정치인을 '모리배'(謀利輩)라 일컫고 있지 않은가. 조선시대에는 상업(商業)을 이익이나 탐한다고 천시했는데, 이제는 정치인이 우리 사회의 가장 비천한 인간집단이 아닐까 하는 생각이 든다.

우리는 작은 일에도 마음을 쓰거나 낮은 곳을 보살피는 일을 소홀히 하면서, 큰 일을 논의하거나 나라 일에 대해 말하기 좋아하는 병통이 있는가 보다. 간판에다 커다랗게 '민주'라는 말을 써 붙여놓은 국가의 정부라도, 시민의 기본권을 외면하면서 권력을 강화하는 데만 열중하고 있다면, '민주'라는 말은 장식물에 지나지 않게 된다. '사회정의'를 부르짖는 운동권 대학생들이 대학의 시설과 잔디밭을 마구 파괴하고 있다면, 아마 그 '사회정의'도 공허한 관념에 불과할 위험이 있다.

우리 사회에는 너무나 아름답고 좋은 말이 많다. '자유', '민주', '정의', '민생', '평화', '통일'……. 그러나 이 좋은 말들이 난무하고 홍수를 이루었지만, 이 말들을 모두 쓸어다 쓰레기통에 버린다 한들 백성들의 삶에 무슨 차이가 있을까. 말은 분명 사람을 현혹시키는 힘이 있다. 그래서 말만 듣고서 감동을 받기도 하고, 희망을 품기도 한다. 그렇지만, 그 말을 하는 사람조차 실행하지 않는 말이라면, 그 말은 알맹이는 사라지고 껍질만 남아, 말의 무게는 사라지고 말 것이다. 옛말에 '남아일언 중천금'(男兒一言重千金)이라 했는데, 이렇게 무거운 말을 언제 들어보았던 일이 있는지 기억이 나지 않는다.

말을 하면 그 말이 반드시 실행이 되어야 한다. 그래서 공자는 "옛사람이 말을 함부로 내놓지 않는 것은 자기의 행실이 미치지 못함을 부끄러워하였던 것이다."(古者言之不出, 恥躬之不逮也.〈『논어』4-22〉)라 하였고, 또 군자란 "말하기에 앞서 실행하고, 그 다음에 말이 따라가야 한다."(先行其言而後從之.〈『논어』2-13〉)고 하여, 말이 실행에 앞서는 사실을 거듭 경계하였다.

실행이 따르지 않는 말은 거짓말이거나, 공허한 말일 뿐이다. 이렇게 실행을 하지 않고 내뱉는 말은 믿음을 잃어버린다. 믿음을 뜻하는 '신'(信)자는 '사람의 말'(人+言)이란 뜻이다. 사람의 말이란 믿음이 있어야 하는데, 사람이 실행을 벗어나는 말을 자꾸만 하고 있다면, 사람의 말을 뜻하는 '믿을 신'(信)자는 언젠가 '못믿을 신'자가 될 지도 모를 일이다. 우리가 '거짓-위'(僞)자라는 글자의 원래 뜻은 '사람의 행동'(人+爲)을 가리키는 글자였는데, 사람의 행동에 거짓이 많다보니 마침내 '거짓-위'(僞)자가 되고 말았던 사실을 알 필요가 있다.

믿어달라고 호소한다고 믿어지는 것은 아니다. 그 행실을 보면 아무 말을 하지 않아도 그 사람에 믿음이 가기도 한다. 오늘날 사람들은 말을 잘하는 것을 그 사람의 장점이나 미덕으로 삼는 경우가 많다. 그래서 '웅변'(雄辯)을 장려하고 있는지도 모른다. 그러나 옛 사람들은 유창한 '달변'(達辯) 보다는 차라리 말이 어눌한 '눌변'(訥辯)이 더 낫다고 생각했던 것 같다.

달콤한 말 곧 '감언'(甘言)과 이로운 조건에 관한 말 곧 '이설'(利說)을 좋아하는 사람들이 많다. 그러나 '감언이설'(甘言利說)은 남의 마음을 미혹시키려는 속임수이니, 오히려 경계해야 할 말이다. 이런 말들은 언제나 실지와 어긋나기 마련이다. 이에 비해 귀에 거슬리는 쓴 충고의 말 곧 '고언'(苦言)은 듣기 괴롭더라도 자기 자신에게 유익하다. 그것은 마치 '몸에 좋은 약이 입에 쓰다'(良藥苦口)는 경우와 마찬가지이다.

진실한 말이란 언제나 실행을 동반한다. 그만큼 진실한 말은 드물 수밖에 없다. 따라서 진실한 말을 얻고자 하면, 말에 귀 기울이기 전에, 그 실행과 실지를 잘 살펴야 한다. 실행이 말의 진실을 보장하지만, 아름다운 말이 실행과 실지를 보증하지는 않기 때문이다. 지식(知)과 실행(行) 사이에는 새의 두 날개처럼 '병진'(竝進)하거나, 걸을 때 두 발이 차례로 앞서가듯 '호진'(互進)하기도 한다. 그러나 말(言)과 행동(行) 사이에 언제나 행동이 기준이요, 앞서가는 것임에 틀림없다.

20.

미세먼지 속에서

언제부터인가 중국으로부터 불어오는 황사(黃砂)에 대한 경계심이 일어나더니, 관심이 더욱 세밀해져서 미세먼지에 대한 경보가 나오고, 뒤이어 초미세먼지에 대한 경계가 사람들의 관심을 깊이 파고들기 시작했다. 그래서 먼지를 막겠다고 마스크를 쓰더니, 마스크도 더욱 정교하게 되고, 어떤 사람은 방독면 비슷한 마스크를 쓰고다니는 사람까지 눈에 띄고 있는 실정이다.

그런데 황사나 미세먼지는 옛날에도 있었던 것 같다. 옛사람들도 흙먼지를 포함한 바람이 불면 '토풍'(土風)이 분다고 불렸으며, 흙먼지를 포함하는 비가 내리면 '토우'(土雨)가 내린다고 했다. 이 세상은 본래 '풍진'(風塵)세상이니, 태초(太初)부터 인간은 흙먼지 속에서 살아왔다고 할 수 있을 것이다. 오늘에도 흙은 뒤집고 주무르며 사는 농사꾼은 흙먼지와 함께 살 수 밖에 없다. 그런데 누구나 건강에 관심이 높아지고, 과학기술이 발달하여 측정이 정밀하게 이루어지니, 사람들의 먼지에 대한 경계심이 더욱 예민하게 될 수밖에 없는 것은 지극히 당연한 일로 보인다.

먼지는 분명 우리의 호흡을 담당한 폐에 부담을 주고, 심하면 심각한 병을 일으킬 수도 있다. 비온 뒤에는 가을하늘처럼 하늘이 맑아지고 서늘하고 맑은 바람이 불어오는 청량(淸凉)한 날이면, 우리의 정신도 상쾌하니, 폐의 건강에만 좋은 것이 아니라, 정신의 건강에도 좋은 것임을 누구나 느낄 수 있다. 아마 항상 바람이 맑고 서늘하면 그 고마움을 모르고 지낼 것이다. 여러 날 황사와 먼지바람에 시달리다가 숲속이나 해변의 맑은 공기를 마시게 되면 그 바람의 맑음이 고마운 줄을 절실하게 알게 되고, 삶이 행복함을 경험하게 된다.

도시에 살면서 거리에 나가면 줄지어 달리는 자동차들이 내뿜는 매연을 피할 길이 없다. 그 매연 속에는 분명 인체에 해로운 화학성분이 풍부하게 들어있는 미세먼지가 많이 있을 터이다. 그런데 이 매연의 미세먼지는 어쩔 수 없는 일이라 각오해서인지 크게 문제 삼지 않는데, 황사와 더불어 불어오는 미세먼지에 특히 민감한 것은 그 미세먼지의 성분이 나빠서인지, 분량이 많아서 인지 궁금하다. 아직은 모든 먼지나 미세먼지를 처리하여 대기를 맑게 하는 기술이 없으니, 제각기 마스크를 쓰고 다니는 수밖에 없나보다.

그런데 또 하나의 방법은 인구가 밀집한 도시가 아니라, 한적한 시골이나 해변에 나가는 방법이 있다. 산촌에 살다보니 황사나 미세먼지 경고가 내린다고 마스크를 쓰고 다니는 사람을 거의 볼 수 없다. 그만큼 숲이 우거진 산속에는 '시원한 바람'이 불 것이요, 강가에서는 '서늘한 바람'이 불 것이니, 가슴까지 서늘함을 느끼게 할 것이다. 그래서 도시를 벗어나 전원주택에서 사는 사람이 늘어가는 추세인 것 같다.

그런데 바람은 산이나 강이나 바다에서만 불어오는 것이 아니다. 자신의 가슴에서도 맑고 시원한 바람이 불어나올 수 있다. 마음을 번거롭게 하는 온갖 걱정과 근심을 떨쳐내고 마음을 평온하고 고요하게 지닐 수 있으면, 분명 가슴에서 맑은 바람이 불어오는 것을 경험할 수 있다. 마음이 번다하면 먼지바람이 분다한들 괴로움은 바람에 있지 않고, 맑은 바람이 불어도 그 시원한 줄을 모르게 되는 것이 사실이다.

황사가 심하게 불어와도 집안에 있거나 마스크를 쓰고 나가면 어느 정도 해결될 수 있는데, 마음이 분노나 원망이나 걱정으로 가득차서 평온하고 고요함을 잃으면, 가슴이 터질듯이 답답함을 느끼게 되기도 한다. 바깥에서 불어오는 먼지와 미세먼지에는 온갖 대책을 세우면서, 가슴에서 일어나는 번뇌의 뜨거운 회오리바람을 잠재울 수 있는 방법을 찾고 있는 사람은 얼마나 될까.

맹자가 "사람이 닭이나 개를 잃어버리면 찾을 줄을 알지만, 마음을 잃어버리면 찾을 줄을 모른다."(人有雞犬放, 則知求之, 有放心而不知求,〈『孟子』11-11:1〉)고 통탄했던 사실도, 자기 마음을 잘 챙기는 것이 더욱 중대한 일임을 잊어버리고, 사소한 바깥의 대상에 관심을 쏟아 붓고 있는 사실을 걱정한 것이라 하겠다. 무엇이 더 중요하고 무엇이 덜 중요함을 각성하도록 당부하는 말이기도 하다.

미세먼지의 농도가 높은 바람에 노출되는 것이 우리의 건강을 크게 해칠 수 있으니, 결코 무시하거나 소홀히 여길 수 없는 일이요, 경계하고 조심하지 않을 수 없다. 그러나 미세먼지에 온통 관심을 기울이면서, 더 크고 중요한 문제인 우리 자신의 마음이 황폐해지고 있는 사실에 무관심하다면, 그것은 큰 것을 버려두고 작은 것에 매달려 있는 것과 다름이 없다. 마치 큰 집을 지어놓았지만, 가족의 유대가 무너져 뿔뿔이 흩어지면, 그 가정은 속이 텅 비고 껍질만 남는 꼴이 되고 만다.

정치인이 당파적 입장이나 이해에 사로잡혀 끝없이 대립하고 갈등을 일으키고 있으면서, 그 사회의 통합이라는 근본적인 문제를 소홀히 하고 있으면, 큰 것을 버려두고 작은 것에 매달리는 꼴이 아닐 수 없다. 성직자가 사람의 영혼이 선하고 아름답게 다듬어지도록 이끌어가기보다, 종파적 세력 확장에 몰두하거나, 지옥으로 위협하고 축복으로 유인하여 성전을 화려하고 거대하게 짓는데 관심을 기울인다면, 그것은 바로 물질을 외형을 취하고 영혼의 내면을 버려두는 어리석은 일이 아니겠는가.

누구나 눈앞의 작은 이익을 쟁취하려고 몰입하기는 쉬우나, 멀리 내다보고 큰 이익을 추구하기는 쉬운 일이 아니다. 바둑판에서도 "작은 이익을 탐내다가는 큰 이익을 놓쳐버리게 된다."(小貪大失)라 경계하고 있지 않은가. 작은 것 미세한 것을 살필 때에는 더 큰 것 더 중대한 것에 대한 관심을 잃지 말아야 할 것이다. 우리사회에 분명 미세먼지가 중요한 문제의 하나인 것은 사실이다. 그러나 우리사회에 도덕의식의 해이(解弛)나,, 포용과 화합의 실종은 더 심각하고 중대한 문제임을 각성하는 것이 시급한 당면과제가 아닐까 하는 생각이 든다. 2019.6.2.

21.

사람 만남이 두려운 세상

전날에야 낯선 사람이라도 우연히 함께 문을 들어서려고 하면 몇 번씩 서로 사양하였지만, 이제는 서로 먼저 들어가려고 밀치지 않는 것만도 다행이다. 전철이나 엘리베이터를 타려는데도, 문이 열리면 다 내리고 난 뒤에 들어가면 좋으련만, 내리기도 전에 파고들어오는 사람이 있고, 문앞을 가로막고 서서 내리는 사람이 곁으로 피해서 나와야 하는 경우도 흔히 볼 수 있다.

어디서나 도착한 순서대로 줄을 세우지 않으면, 잠간 사이에 난장판이 되고 만다. 동물이 먹이를 찾는데서 부터 생존경쟁이 있겠지만, 그래도 사람들 사이에서는 남을 소중히 여기고 서로 양보하며, 반가워하던 시절이 있었다. 모르는 사람이면 몇 시간 같이 타고 가면서도 말 한마디 건네지 않는 것은 서로 경계하는 마음이 있기 때문이 아니겠는가.

이제는 사람과 맞닥뜨리기가 두려울 때가 자주 있다. 불량기가 있는 청년이 앞으로 다가 올 때나, 술이 취해 비틀거리는 취객이 마주 올 때도 길을 비켜주는 것이 편하다. 어느 모임에서도 목소리가 유난히 큰 사람이 말을 걸어오면 무슨 시비라도 걸지 않을까 겁이 난다. 호젓한 산길에서도 마주 사람이 다가오면 반갑기보다 우선 경계심이 일어나는 것을 어찌할 수 없다.

어린 아이는 낯선 어른의 친절이 두렵고, 어른은 불량한 젊은이들을 외딴 곳에서 만나기가 두렵다. 승객은 택시기사가 두렵고, 택시기사는 승객이 두려웠던 시절도 있었다. 내 친구도 밤늦게 술에 취해 택시를 탔다가 주머니는 다 털리고 외진 골목에 버려졌던 경험을 토로했던 일이 있었다.

옛말에도 "서울은 눈 감으면 코 베어 가는 곳." 이라 하였으니, 도시의 인심이란 언제나 각박한 것은 사실인가 보다. 그렇다고 시골의 인심이 후하던 시절은 지나간 것 같다. 내가 사는 원주 산골에서도 내가 사는 집 앞집 할머니가 이웃집 개에 물렸는데, 그 아들이 개주인인 이웃집 혼자 사는 할머니를 질타하고 경찰까지 불렀다 하니, 이제는 시골 인심도 기대하기 어려운 형편인 것 같다.

어느 시대 어느 사회에 범죄가 없으랴마는, 오늘날처럼 범죄와 폭력, 탐욕과 이기심이 난무하고 있는 현실을 보고 있노라면, 우리 사회가 뿌리까지 심각한 병이 들은 것이 아닐까 걱정스러워진다. 어쩌면 사람들 사이가 서로에 대해 의심하고, 서로에 대해 난폭하게 변해가는 것이나 아닐까 하는 생각이 들기도 한다. 약하고 순한 짐승이 강하고 거센 짐승의 먹이가 되고 마는 금수(禽獸)의 법칙이 지배하는 세상으로 돌아가는 것으로 보이기도 한다.

동료들과 일본여행을 하는 동안 어디에나 삼(杉)나무가 울창한 숲을 이룬 광경을 보고 감탄하며 부러워했다. 그런데 나로서는 어디를 가나 친절한 일본인들을 보면서 그 친절한 풍속이 정말 부러웠다. 우리도 옛날에는 예의바르고 품위가 있어서 '동방예의지국'(東方禮義之國)이라 자부했었는데, 어쩌다 이렇게 각박하고 난폭해졌단 말인가. 참으로 안타까운 일이 아닐 수 없다.

조선말기에 탐관오리가 성행하여 백성을 학대하고 착취하면서 예절바른 풍속이 무너지고 사람들이 난폭해진 것은 아닐까. 나라가 망하고 식민지 지배를 받으면서 일본의 폭압 속에서 더욱 거칠고 난폭해졌을 것이요, 해방후에도 민족상잔의 전쟁 통에 백성들의 삶이 각박하다보니 난폭해질 수 밖에 없었던 것이라 생각된다.

경제기반이 마련되고 백성의 살림이 한결 여유로워졌지만, 사방에 술집이요 폭음하는 취객들이 많아지면서, 정서적 안정을 잃고 술독 속에서 허우적거리는 풍경이 만연하고 있는 것 같다. 술에 취하면 감정의 절제를 잃어 서로 욕설을 퍼붓거나 싸움판을 벌이는 것이 다반사(茶飯事)가 되고 만다.

상대방을 공경하는 마음은 사라지고, '이 새끼', '저 새끼'가 호칭이 되고, '개새끼'까지 나오면, 사람을 사람으로 대하는 것이 아니라, 짐승 보듯 하는 꼴이니, 참담하기만 하다. 어린 학생들이 폭력배가 되어 친구를 괴롭히는 학교폭력이 사회문제화 되었고, 부모가 자식을 학대하고 죽이기까지 하는 사건이 일어나니, 사회가 막장드라마의 무대가 되고 만 것이 아니겠는가.

어디에선가 맑은 바람이 불어오고 맑은 물줄기가 흘러들어 사회를 정화하지 않으면, 우리사회에 희망이 없을 것이다. 그래도 사회봉사활동을 하는 사람들이 상당수 나오고 있으니 소중한 희망의 싹이 아니겠는가. 자신의 이익만을 추구하는 삶에서 어려운 이웃을 돕는 일을 보람으로 삼는 아름다운 마음이 우리 사회를 정화시켜주는 맑은 바람임에 틀림없다. 정치인들의 위선과 간교함만 부각시키는 언론이 아니라, 이러한 봉사정신에 우리 사회가 더욱 관심을 가져주는 것이 언론의 책임이 아니랴.

경주를 여행하다가 길을 물었을 때, 버스를 탈 수 있는 곳 까지 자기 차로 데려다 준 사람을 두 번이나 만났던 일이 있는데, 감사하는 마음에 그치지 않고 머리가 숙여졌다. 예전에 그렇게 무뚝뚝하고 사무적이었던 구청 직원이 자신이 직접 전화를 걸어 어려운 문제를 해결해주는 친절을 받고서, 내가 감사의 표현으로 전해준 음료수 한 꾸러미조차 몇 번이고 사양하는 모습을 보고, 우리 사회에 희망을 보는듯하여 정말 기뻤었던 일이 있다.

그동안 비정상적인 가파른 격변기를 살아오면서 거칠고 삭막해진 사람들의 가슴에 친절이 넘쳐흐르기 시작하면, 경제적인 성장보다 몇 배나 더 소중한 건강하고 품격있는 사회, 사람과 사람이 만나면 반갑고, 서로를 배려하는 사회가 열릴 것이라 기대한다. 그때야 비로소 우리나라도 선진국이라 당당하게 말할 수 있을 것이다.

제2부

나를 돌아보며

1.

노년의 여유로움

젊은 날에는 자신이 맡은 책임을 수행하느라, 성취를 위해 노력하느라, 항상 바빠서 마음에 여유가 없었다. 가족들과 산책을 나가거나 친구들과 여행을 가서도 머릿속에는 자신이 할 일이 맴돌고 있었으니, 한가롭게 쉬지도 못하였던 것 같다. 더구나 우리사회는 '빨리 빨리 문화'가 만연되어 있어서, 전철역에서도 뛰어다니는 사람들이 많은데, 나 자신도 급히 흐르는 강물에 떠내려가고 있었으니, 여유를 누려볼 생각을 하기도 어려웠던 것이 사실이다.

그러나 늙고 나서 돌아보니, 자신도 모르는 사이에 얽매이는 일들이 썰물처럼 다 빠져나가, 텅 빈 바닷가 아득한 개펄에 나와 서 있는 사람처럼 어리둥절하고 당황스러웠다. 시간은 있는데 할 일이 아무것도 없다는 사실이 무척 무료하고 심심하게 만들었다. 그래서 오랫동안 만나지 못했던 옛 친구들을 찾아가기도 하고, 함께 어울려 바닷가나 산사를 찾아 나들이를 다니기도 하고, 바둑을 두며 이른바 '소일'(消日)을 하면서 하는 일 없이 바쁘게 왔다 갔다 하였다.

그러다가 무슨 인연이 있었던지 원주 흥업면 대안리의 산골 청향당 (淸香堂)을 빌려서 노처와 둘이 살게 되면서, 갑자기 울타리 안에서만 세월을 보내면서 정적(靜寂)에 빠져들었다. 이제 눈에 들어오는 것은 사방을 둘러싸고 있는 산들과 하늘과 뜰에서 자라는 꽃나무나 채소와 잡초들뿐이다. 그래도 내 시야에 오고 가는 것은 하늘에 떠가는 구름 과 사방에서 지저귀며 날아다니는 새들이나 꽃을 찾아드는 나비와 벌 들이 있을 뿐, 찾아오는 손님이 없으니 대문은 한 달이 가도 열어보지 않을 때가 허다했다.

처음에는 이렇게 둘러싸고 있는 정적이 답답했지만, 점점 익숙해 지자, 편안해지고, 작은 즐거움들이 허전한 마음을 위로해주고 있었 다. 봄부터 가을까지 피고 지는 꽃들의 아름다운 모습을 평생에 이렇 게 자세히 살폈던 일이 없다. 꽃눈이 터져 나와 꽃이 피어날 때까지 하 루에도 몇 번씩 살펴보며 기다리며, 꽃나무와 친구로 사귀기 시작했 다. 앵두나 매실이나 자두처럼 열매가 맺는 나무는 꽃이 지고 나서도 열매가 맺고 자라고 익어가는 것을 아침저녁으로 살피며 친해지고 있 다.

이렇게 여유로운 생활에 대해 옛 사람도 그 소중함을 인정했던 것 같다. 제자 이담(李湛: 字 仲久)이 스승 퇴계가 편찬한 『회암서절요』 (晦菴[朱子]書節要)의 문제점으로, "간혹 긴요하지 않은 것도 수록되 었다."고 지적하자, 퇴계는 유교의 학문적 특징이 바로 긴요함과 여유 로움의 양쪽을 모두 지니는데 있음을 밝히면서, "『논어』에 기록된 것 에는 정밀하고 깊은 곳도 있고, 거칠고 얕은 곳도 있으며, '긴요하게 수작한 곳'도 있고 '한가하게 수작한 곳'도 있다."(論語所記, 有精深處,

有粗淺處, 有緊酬酢處, 有間酬酢處.〈答李仲久書〉)고 말한 일이 있다.

　정약용(茶山 丁若鏞)은 퇴계의 이 말씀에 깊이 공감하면서 그 뜻을 자세히 설명하고 있다. 곧 "의리(義理)와 심신(心身)에 나아가 언제나 강론 확립하는 것이 진실로 절실할 것이다. 그러나 그 성령(性靈)을 편히 쉬게 하고 기르며 정신을 펼쳐내어, 혈맥이 통하게 하고 손과 발이 뛰고 춤추게 하는 것은 반드시 산에 오르거나 물가에 나아가며, 꽃을 찾아다니거나 버드나무 늘어선 길을 따라가는 즈음에 있는 것이니, 이것이 '기수(沂水)에서 멱을 감고 무우(舞雩)에서 바람 쐬겠다.'는 증점(曾點)의 대답이 홀로 공자(孔子)에게 인정을 받은 까닭이다."(就義理心身上, 常加講確, 固爲切實, 然其休養性靈, 發舒精神, 使血脈動盪, 手足蹈舞者, 必在乎登山臨水訪花隨柳之際, 此曾點浴沂之對, 獨見許於夫子者也.〈『與猶堂全書』, 1-22권, 「陶山私淑錄」〉)라 하였다.

　여기서 정약용이 들고 있는 '한가로운 수작'(間酬酢)의 사례로서, 꽃을 찾아다니거나 버드나무 늘어선 길을 따라간다는 '방화수류'(訪花隨柳)는 바로 한가롭게 산책하면서 심신을 쉬게 하여 원기를 기르는 일을 말한다. 그가 젊은 날 수원 화성(華城)을 설계하면서 성벽 위 전망이 좋은 곳에 세운 정자의 이름을 '방화수류정'(訪花隨柳亭)이라 붙이고 있는 사실에서도 한가로움의 소중함을 잘 보여주고 있는 것이라 하겠다.

　송나라의 도학자 정명도(明道 程顥)가, "구름 옅고 바람 가볍게 부는 한낮에/ 꽃을 바라보고 버드나무길 따라 걸어 앞 냇가를 지나가니/ 곁의 사람은 내 마음의 즐거움 알지 못하고/ 한가함을 찾는 것이 어린 아이를 배우는 것이라 말하려 하네."(雲淡風輕近午天, 望花隨柳過前

川, 旁人不識予心樂, 將謂偸閒學少年.〈『二程集』, 권1, '偶成'〉라고 읊은 시에서도, '꽃을 바라보고 버드나무길 따라 걸으며'(望花隨柳) 한가로이 산책하는 즐거움의 소중함을 제시하고 있다.

한가로움이 심신을 휴양(休養)하는 시간이라면, 부지런히 공부하거나 맡은 일을 처리하는 시간을 위해 꼭 필요하고 유익한 시간이라 할 수 있다. 그런데 노년에 한가롭게 지내는 시간은 잠시 쉬는 휴식이 아니라, 날마다 온종일 쉬기만 하니 어찌할 것인가. "자벌레가 움츠리는 것은 펼쳐 나가기 위한 일"(尺蠖之屈, 以求信也.〈『周易』, 繫辭下〉)이라 했는데, 노년에 한가롭게 쉬는 일도 어디론가 뻗어나가기 위한 쉼이 될 수 있다는 말인가. 그렇다면 어디로 뻗어나가야 하는지 깊이 생각해 볼 필요가 있을 것 같다.

물론 밖으로 세상 속으로 뻗어나가기는 어렵다. 이미 세상에서 물러났는데, 다시 세상 일에 관여할 수도 없는 노릇이다. 그렇다면 노인의 한가로움이 뻗어갈 수 있는 길은 하나 뿐인 것 같다. 속으로 깊어지는 길이다. 한가롭게 산을 바라보고 구름을 바라보거나, 꽃을 살펴보고 열매를 살펴보면서, 삶의 이치를 깊이 깨닫는 길이 열려 있다. 젊은 날은 관심이 밖으로 집중되어 있었기 때문에, 자신의 내면을 깊이 성찰하고 돌아보기가 쉽지 않다. 이제는 사물을 조용히 관조(觀照)하면서, 삶의 의미와 자기 존재의 의미를 깊이 돌아볼 수 있는 소중한 기회가 주어진 것이다.

무엇보다 노년에 여유로우면 자신이 살아왔던 지난 평생의 일을 되새기게 된다. 미래를 내다보고 설계를 하며 계획을 세우는 때는 지나갔다. 과거를 돌아보며 추억을 되씹으면서, 자신의 허물을 뉘우치기도 하고, 자신이 저지른 과오의 원인을 성찰할 수도 있다. 이렇게 뉘우치고 성찰하면서, 노년의 삶을 보다 선하고 아름답게 가꾸어 갈 수 있는 소중한 기회가 눈앞에 열려 있는 것이다. 그렇다면 노년의 한가로움은 평생의 마지막을 잘 다듬을 수 있는 소중하고 값진 시간이니, 어찌 헛되게 보내다가, 평생을 그릇치고 말 것인가.

2.
속박에서 벗어난 삶

우리 생활 속에는 알게 모르게 많은 속박이 있기 마련이다. 아무리 쾌적한 일등석을 타고가도, 마음대로 내렸다 탔다 할 수는 없고, 아무리 고급 식당에 가도 테이블 매너에 속박을 받는다. 사람이 밀집하여 사는 도시에서는 옆 사람에게 방해될까봐, 큰 소리로 말하거나 노래 부르기도 어렵다. 예절이 속박하고, 문화가 속박하고, 규칙이 속박하니, 마음대로 한다는 것은 비난의 대상이 되고 만다.

안정된 생업을 얻기 위해 직장을 구하려고 애쓰는 젊은이들이 많지만, 막상 직장을 얻고 보면, 출퇴근 시간이나 주어진 업무가 자신을 구속하기 마련이다. 심한 경쟁의 분위기에서 남들에 뒤쳐질까 노심초사하며 살아가기 마련이다. 그러다가 정년퇴직을 하게 되니, 내 경험에는 직장을 잃었다는 섭섭한 감점은 전혀 없었다. 도리어 모든 속박에서 한꺼번에 풀려난 듯이 자유로워서 너무 좋았다. 그 무렵에는 다른 친구들도 대부분 은퇴하였으니, 자유롭게 만나서 한가롭게 담소하거나 어울려 사방으로 돌아 다니면서 즐겼던 것이 사실이다.

옛 사람들도 힘들게 공부하여, 용문을 오르기(登龍門) 만큼 어렵다는 과거시험에 합격해 벼슬길에 나가더라도, 기쁨은 잠간뿐이다. 오히려 벼슬길에서 물러나, 벼슬살이의 속박에서 벗어났을 때, 그 자유로움을 만끽하며 즐거워했던 모습을 볼 수 있다. 조선중기 서익(萬竹 徐益, 1542-1587)의 시조, "녹초(綠草) 청강상(晴江上)에 굴레 벗은 말이 되어/ 때때로 머리 들어 북향(北向)하여 우는 뜻은/ 석양(夕陽)이 재 넘어가매 임자 그려 우노라."고 읊었다. 비록 승하하신 임금을 그리워하지만, 그 자신이 벼슬에서 물러나 고향에 돌아와 살고 있는 처지를, '녹초(綠草) 청강상(晴江上)에 굴레 벗은 말'에 비유하여, 그 자유로움을 읊고 있다.

중국 동진(東晋)시대의 시인 도연명(陶淵明, 365-427)은 「귀거래사」(歸去來辭)에서 상급자들 앞에서 굽실거려야 하는 구차스러운 벼슬살이를 버리고, 고향으로 돌아가 전원생활을 즐기는 삶을 생생하게 그려내고 있다. 그는 벼슬길에서 속박을 받았던 지난날이 잘못되고, 앞으로 벼슬을 버리고 전원으로 돌아가는 길이 속박에서 벗어나 자유를 찾는 올바른 삶임을 역설하였다.

"전원이 황폐해지려는데, 어찌 돌아가지 않으랴. 이미 스스로 마음을 육신의 노예로 삼았다고, 어찌 실망하여 홀로 슬퍼하랴. 지나간 일은 탓해야 소용없음을 깨달았고, 앞으로 가야할 길이 따라야 함을 알겠도다. 길을 잃은 지 오래되지 않았으니, 지금 판단이 옳고 지난 날이 그릇됨을 깨달았노라.…"(田園將蕪胡不歸, 旣自以心爲形役, 奚惆悵而獨悲, 悟已往之不諫, 知來者之可追, 實迷塗其未遠, 覺今是而昨非.…〈「歸去來辭」〉)

조선시대에도 벼슬에서 물러나 고향으로 돌아가면서 도연명의 「귀거래사」를 읊었을 선비들이 많았을 것이요. 애초에 벼슬에 나가는 것을 거부하였던 '산림처사'(山林處士)들은 더 많이 있었다. 그만큼 벼슬길에 나가서 출세하려는 인물들과 벼슬길에서 물러나 고향에 돌아가 전원생활을 즐기거나 학문과 수양에 힘썼던 인물들의 두 부류가 있었던 것으로 보인다. 실제로 16세기의 대표적 유학자로, 퇴계(退溪 李滉)는 벼슬에 나갔지만, 붙잡아도 끝내 물러나 고향으로 돌아갔으며, 남명(南冥 曺植)은 끝내 벼슬에 나가기를 거부했던 인물이고, 율곡(栗谷 李珥)은 생을 마칠 때까지 벼슬길에서 큰 공적을 이루었던 사실이 좋은 대조를 이루고 있다. |

노인이란 직장생활을 하다가도 물러나야 하니, 한가하게 노닐고 여유로운 마음으로 인생을 정리해야 할 시기이다. 물론 많은 사람들과 어울려 정신없이 살다가 물러나오면, 갑자기 쓸쓸함에 젖어드는 수도 있다. 심하면 홀로 남겨졌다는 외로움에 빠져들기도 한다. 여기에도 병마가 파고들어 몸을 마음대로 가누기도 어려워지면, 가슴에 파고드는 노을빛의 허망함에서 헤어나지 못하고 괴로워하기도 한다.

노년에 빠지기 쉬운 이러한 허무감은 노년을 위한 마음의 준비가 부족했음을 말해준다. 도연명은 「귀거래사」의 끝에서, "동쪽 언덕에 올라 나직이 휘파람 불고, 맑은 냇가에 나가 시를 읊으니. 자연의 조화 따라 돌아가려 하고, 천명을 즐길 뿐 무엇을 의심하리오."(登東皐以舒嘯, 臨淸流而賦詩. 聊乘化以歸盡, 樂夫天命復奚疑.)라 하였다. 자연 속에서 한 세상 즐겁게 살다가 훌훌 벗고 떠날 뿐이니, 천명을 따를 뿐이요, 아무 다른 욕심이 없음을 밝히고 있다.

더구나 노년은 속박 받을 일이 별로 없는 때이지만, 초등학교 때는 숙제 걱정, 고등학교 때는 대학입시 걱정, 대학 때는 군복무 걱정, 제대 후에는 취직 걱정, 결혼 후에는 집장만 걱정, 자식이 커 가면 걱정도 많아진다. 이렇게 보면 인생이란 걱정의 바다에 둥둥 떠다니며 걱정만 하다가 가는 것이라는 생각이 들기도 한다. 그렇다면 노년은 어느 때 보다 걱정거리가 없이, 자유로운 시절이라 하겠다.

물론 걱정이 팔자라, 쓸데없는 걱정에 사로잡혀 있는 사람이 없지는 않다. 극심하게 걱정에 빠진 경우로 『열자』(列子)에서는 "기(杞)나라 사람에 하늘과 땅이 무너지고 추락하여, 자신이 의탁할 곳이 없어질까 근심하다가, 먹고 자는 것도 그만둔 사람이 있었다."(杞國有人, 憂天地崩墜,身亡所寄,廢寢食者〈『列子』,「天瑞」〉)는 구절이 있다. 이러한 기나라 사람의 쓸데없는 걱정을 '기우'(杞憂)라 한다.

그 기나라 사람의 걱정은 아니더라도, 사람이 살아가면서 하는 걱정근심에는 쓸데없는 걱정들이 많다. 이제 노인이 되면 자식들도 제 갈길 가고 있으니 바라보기만 하면 되고, 그동안 일에 몰두하다가 잊고 있었던 자연을 다시 찾아 꽃 한 송이, 풀 한 포기에도 세심한 눈길을 주고, 바람 따라 구름 흐르고, 물길 따라 꽃잎 떠가는 자연의 품에서 즐거운 나날을 보내며 안식하는 노년의 아름다움을 다시 발견해야 할 필요가 있지 않겠는가.

3.

홀로 즐거워하는 삶

당나라의 시선(詩仙) 이백(李白)의 시 〈월하독작〉(月下獨酌)을 읽으면, 달 아래 홀로 술잔을 기울이는 시인의 운치와 낭만을 쉽게 엿볼 수 있다.

"꽃 사이에 두었던 술 한 병/ 벗도 없이 홀로 마시네./
잔을 들어 밝은 달 맞이하고/ 그림자 마주하니 셋이 되었네./
달은 본래 술 마실 줄 모르고/ 그림자는 그저 내 흉내만 낼 뿐./
잠시 달과 그림자를 벗하여/ 봄날을 마음껏 즐겨보노라./
내가 노래 부르면 달은 서성이고/ 내가 춤추면 그림자는 어지럽구나./
깨어 있을 때는 함께 즐겼지만/ 취한 뒤에는 각기 흩어져버렸네./
정에 얽매임 없는 사귐 길이 맺어/ 아득한 은하에서 다시 만나세나."
(花間一壺酒, 獨酌無相親, 擧杯邀明月, 對影成三人, 月旣不解飮, 影徒隨我身, 暫伴月將影, 行樂須及春, 我歌月徘徊, 我舞影零亂, 醒時同交歡, 醉後各分散, 永結無情遊, 相期邈雲漢.)

어울리던 친구도 없이 홀로 술을 마시는 모습은 외롭고 쓸쓸하게 느껴질 수도 있다. 그러나 시인은 하늘에 떠있는 '달'과 달빛에 비친 자신의 '그림자', 이 둘을 술자리에 끌어들여, 홀로 마시는 술자리에 마주 앉게 하여 함께 즐기고 있다. 취흥이 도도하여 그가 노래부르면 달도 흥겨워 이리저리 빙글빙글 돌고, 그가 춤추면 그림자도 함께 어지럽게 뛰고 있다. 달과 그림자 같은 친구는 자신을 번거롭게 하는 일이 없는 좋은 친구니 죽은 뒤에도 함께 어울리자고 다짐한다.

홀로 있다는 것은 쓸쓸하고 고독한 처지이다. 그러나 홀로 있는 자리에서도 시인 이백은 하늘에 뜬 달과 자신의 달그림자를 벗 삼아 즐길 줄 아는 지혜를 가졌다. 외롭다고 괴로워하거나 절망하는 것은 어리석은 일이다. 오히려 홀로 있는 외로운 시간에는 아무도 모르는 자기만의 세계 속에서 즐거움을 만끽 할 수 있어야 한다. 독일어에서 '고독'이라는 말이 'Einsamkait'인데, 그 고독의 실상을 들여다보니, 자신이 그 내면의 자신과 대화를 하고 있으니, 나와 내 속의 나, 둘이 있음을 확인하여, '고독'의 실상은 둘이 있는 'Zweisamkait' 해석하기도 하였다. 다시 말하면, 고독한 시간에는 자신의 내면에 깊이 침잠하여 자신의 내면과 마주할 수 있는 소중한 기회임을 말해주고 있다.

한 세상 열심히 살아왔는데, 마지막에 돌아보니 자기 자신을 잃어버렸다는 사실을 깨닫게 되기도 한다. 밖으로 향한 관심에 매몰되어 있다가, 내면의 진실한 자기 존재를 망각하고 말아, 말할 수 없이 허무함을 자각하게 되는 사실을 말한다. 그 반면 세상에서 버려지다시피 되어, 사회적으로 아무런 성취한 바가 없더라도, 자기 자신을 확고하게 정립하였다면, 유유자적(悠悠自適)하면서 만족스러운 인생을 만끽하는 경우도 있다.

맹자는 "사람이 닭이나 개를 잃어버리면 찾을 줄을 알지만, 마음을 잃어버리면 찾을 줄을 모른다."(人有雞犬放, 則知求之, 有放心而不知求.〈『맹자』11-11:1〉)고 언급했던 일이 있다. 누구나 자기가 가진 작은 물건이라도 잃어버렸을 때는 찾으려 나서거나 아까워하여 기분이 상하지만, 정작 자신의 마음이 넓이도 깊이도 잃고 공허해졌다하더라도, 전혀 관심을 두지 않는 경우가 허다하다. 그만큼 자기 마음, 곧 내면의 자기 존재를 찾는 일은 너무 중요한 일임에도 불구하고, 우리가 주의를 기울이지 않고 지내기 쉽다는 사실을 말해준다.

그렇다면 어떻게 해야 자기 마음, 곧 자기 존재를 찾아서 간직하고 길러낼 수 있을까. 그 방법은 무엇보다 홀로 고요하게 있으면서, 자신을 성찰하는 시간을 가져야 한다. 잡다한 세상일을 위해 바쁘게 뛰어 다니거나, 사람들과 어울려 술잔을 기울이며 즐겁게 웃고 놀았다면, 그 결과는 자신을 돌아보고 성찰할 시간을 잃어버리고 말게 된다. 자신을 찾으려면 사람들의 연결고리에서 풀려나고, 일의 무거운 짐을 내려놓고서, 홀로 외롭게 있는 시간을 가야 한다.

남전불경(南傳佛經)인 『숫타니파타』(Seurat-Nikita)에는 "무소뿔처럼 혼자서 가라."라는 말이 나온다. 이 말을 제목으로 공지엔(孔枝泳) 작가의 소설도 있다. 무엇에도 걸림이 없이 혼자서 자신을 찾아 나아가는 삶이 진정한 자기실현의 삶이요, 충만한 삶이라 할 수 있겠다. 깊은 산속에서 면벽참선(面壁參禪)하는 수도승이 아니라면, '무소뿔처럼 혼자서 가라'는 말을 따라 살기는 어렵다. 또 그러한 삶이 꼭 바람직한 삶이라고도 하기 어렵다.

오히려 세상 속에서 사람들과 어울려 살면서, 홀로 자신을 찾아가는 시간을 잃지 않는 것이 더 바람직한 삶이라 하겠다. 홀로 자신을 찾는다면, 사람들과 어울리고 일 속에 살더라도, 제 길을 잃고 한쪽에 빠져드는 경우는 없을 것으로 본다. 또한 세상 속에서 사람들과 어울리고 일에 열중하며 사는 삶이라야, 홀로 가다가 자기 속에 폐쇄되어 길을 잃지는 않을 수 있지 않겠는가.

홀로 가는 길과 함께 가는 길에서는 어느 한쪽을 버리는 것이 바람직하지 않다. 오히려 서로 빛을 비추어주고 서로 바로잡아주어 균형을 잃지 않은 길을 찾아가는 것이 올바른 삶의 모습이라 하겠다. '도'(道)를 닦는 사람들도 '도'를 닦는 길이 자신의 내면으로 침잠하는 길만으로 온전하지 않음을 말하고 있다. 부처는 법당에만 있는 것이 아니요, 거리의 장터에도 있다. 곧 부처는 자신의 마음속에 있을 뿐만 아니라, 모든 사물과 모든 일, 모든 사람 속에 있음을 말한다.

따라서 홀로 자신을 찾아가는 길을 중요하게 역설하는 것은, 세상에서 살아가다보면 자신을 잊어버리기가 쉽기 때문에, 잊어서는 안 됨을 강조한 것이라 하겠다. 안으로 자신을 찾고, 밖으로 세상에 나가 활동하는 두 가지 일이 어느 쪽에도 기울어지지 않고 균형을 이루며, 또 조화를 이루는 것이 바로 '중용'의 도리이다. 홀로 자신을 찾아내는 일에는 기쁨(悅)이 따르고, 세상에 나가 어울리는 일에는 즐거움(樂)이 따르니, 진정으로 나를 찾고 세상과 어울리는 두 가지가 조화를 이룬다면, 그 삶이 어찌 기쁘고 즐겁지 않겠는가.

4.
취미생활의 즐거움

직업으로서 일이나, 자신을 성취하기 위한 일은 즐거울 경우도 더러 있지만, 많은 사람들의 경우에는 긴장하고 인내해야 하는 고된 일이 아닐 수 없다. 그래서 힘든 일에서 오는 피로감을 벗어나 심신을 쉬게 해주고 즐겁게 해주는 놀이가 바로 취미생활이다. 때로 취미생활이 심화되어 직업이 되기도 하고, 직업의 일을 진정으로 즐긴다면 취미생활과 혼용될 수도 있지만, 대부분 직업의 일과 여가에 즐기는 취미생활은 분명하게 구별되는 것이 현실이다.

요한 호이징하(Johan Huizinga, 1872-1945)는 『호모 루덴스』(Homo Ludens, 1938)를 저술하여, 인간존재의 기본성격 하나로 '놀이하는 인간'을 조명하여 '호모 루덴스'(Homo Ludens)라는 개념을 제시하였다. 사실 인간의 삶과 문화 속에 놀이는 빼놓을 수 없는 중요한 요소의 하나인 것은 사실이다. 놀이와 휴식이 없는 삶이란 너무 억압되어 질식할 상태에 가까울 것 같다.

'놀이라는 인간'이란 인간의 본성 속에 '놀이'가 있음을 말하는 것이요, '놀이'가 인간의 본성이라면 결코 소홀히 무시하거나 외면할 수 없는 것임을 확인해주고 있다. 그렇다면 인간의 문화 속에는 '놀이'문화가 매우 중요한 자리를 차지하리라는 사실을 인정하지 않을 수 없다. 기뻐서 놀고, 심심해서 놀고, 속상해서 놀고, 지쳐서 놀고, 놀아야 할 때도 많고 놀아야 할 이유도 많다.

남송(南宋)의 진백(南塘 陳柏)은 「숙흥야매잠」(夙興夜寐箴)에서 새벽에 일어나서부터 밤에 잠들 때까지 심신을 수양하고 학문을 연마하는 과제를 시간에 따라 구체적으로 제시하고 있다. 그런데 이 수양과 학문의 중간에 수양과 학문과는 아무 상관없어 보이는 일이 제시되고 있다. 곧 "글을 읽다가 여가에 간간이 놀이에 푹 젖어, 정신을 풀어주고 감정을 쉬게 하라."(讀書之餘, 間以游泳, 發舒精神, 休養情性.)고 하였다. 수양과 학문도 중요하지만, 때때로 푹 쉬면서 정신의 긴장을 풀어주고, 감정을 억눌린 데서 벗어나 쉬게 하는 유연함을 중요한 과제로 지적하고 있다.

휴식이 없는 노력은 오래 가기도 어렵고 끝내 크게 이루어지기도 어려움을 말해준다. 그렇다면 휴식과 놀이는 노력하는 일을 더욱 활기 있게 해주는 역할을 하는 것으로 강조되고 있음을 알겠다. '휴식'은 단지 쉬기만 하는 것이 아니라, 일을 할 수 있는 원기를 길러주는 것이기에, '휴식'(休息)인 동시에 '휴양'(休養)이라 일컫고 있다. 군인들이 행군할 때에도 계속 걷게 하는 것이 아니라, 한 시간에 10분씩 쉬게 하면, 결과적으로 더 멀리 더 빨리 갈 수 있다고 한다.

물론 놀이에 빠져서 일을 잊어버리거나 쉬는 것이 편하다고 쉬려고만 든다면, 아무 일도 이룰 수 없다. 우리가 밤에 잠을 자고 낮에 일을 하는 사실도 밤의 휴식이 있기에 낮의 노동이 가능하다. 밤에 잠도 재우지 않고, 주야로 계속 일을 시킨다면 며칠 못가서 쓰러지고 만다는 것은 누구나 알고 있는 사실이다. 그만큼 일과 놀이나 휴식은 적절히 균형을 이루어야 그 효과가 극대화될 수 있음을 쉽게 받아들일 수 있다.

물론 놀이도 혼자서 노는 놀이와 여럿이 어울려 노는 놀이가 있다. 그런데 주로 혼자서 노는 놀이는 그 사람의 기호(嗜好)와 긴밀하게 연력 되어 있다. 그래서 그 사람이 재미를 들인 놀이가 바로 취미생활이 되고 있는 것이 사실이다. 사람은 어릴 때의 놀이와 청년시절의 놀이와 중년시절의 놀이와 노년의 놀이가 상당히 달라지는 것을 볼 수 있다.

나 자신의 기억을 더듬어보면, 어릴 때는 동네 아이들이 함께 모여서 놀았다. 청년시절에는 그림을 그리거나 악기를 연주하거나 운동을 하는 등, 혼자 할 수도 있고, 어울려 할 수도 있었던 것 같다. 나는 학생시절 무취미한 사람이라, 유일한 취미는 소설을 읽는 것인데, 혼자서 즐겼지만, 때로 가까운 친구들과 책을 돌려보면서 감상이나 의견을 나누기도 했었다. 중년에 나의 취미는 산책이나 여행이었다. 주로 혼자서 다녔지만, 가끔 가족이나 친구가 함께 하는 경우도 있었다.

노년에 들어서니, 주위의 지인들이 취미생활을 개척하여 전문가 수준에 접근하는 경우를 보면서 무척 부러워했다. 그림을 그리거나 붓글씨를 쓰거나, 사진을 찍는 친구들은 가끔 전시회를 열기도 하는데, 가보면 내 안목이 너무 어둡기는 하지만, 놀라울 만큼 높은 수준에 이른 것을 감탄하고 부러워했다. 또 등산하는 친구들은 건강하고 활기에 넘쳐, 무릎이 나빠 등산(登山)은 못하고 관산(觀山)만 하는 나로서는 부럽지 않을 수 없다.

드물지만 뒤늦게나마 시나 수필을 써오다가 등단한 문인이 되어 출판한 시집이나 수필집을 받아볼 때, 취미생활에서 시작하여, 이미 취미생활의 수준을 넘어선 것으로 보이지만, 경탄을 금할 수가 없다. 나는 그 작품의 탁월함에 감탄하기 보다는 은퇴한 이후에 연마한 솜씨로 등단 시인, 등단 수필가가 되었다는 사실에 경의를 표한다. 그동안 취미로 그림도 그려 와서, 자신의 시집이나 수필집에 자기가 그린 그림까지 곁들여 놓은 것을 볼 때, 그가 직장에서 자신의 역할에 얼마나 신명을 다했을지도 짐작이 간다.

나의 일상생활은 너무 단조로워서, 취미생활이라 내세울 것이 거의 없다. 그래도 찾아보면, 노년에 선배나 친구들과 어울려 좋아하는 여행을 비교적 자주해 왔다. 그래서 여행일기로 적은 것을 모아『바람따라 떠도는 구름』(2019)으로 묶어보기도 했었다. 내가 운전도 못하고, 노처는 운전하기를 싫어해 마음대로 여행도 못하는데다가, 코로나19가 유행하면서, 그동안 자주 나를 데리고 바람 쏘이러 나갔던 선배 영서(穎棲 南基英)형도 밖에 나가지를 못하고, 친구들도 예전처럼 운전하고 다니기를 어려워하니, 나도 여행을 취미생활에서 접을 수밖에 없다.

산촌에 살다보니 남는 것은 시간뿐이었다. 허구한 날 뜰에 나와 하늘을 바라보고 산줄기를 바라보며 시간을 하염없이 흘려보낸다. 그러다가 너무 심심하면 수필 비슷한 글을 써보기도 하였다. 그래서 산골에 들어온 뒤, 수필집 모양으로『靑山에서 사르리라』(2018),『진흙소가 달을 머금고』(2019),『꽃보다 붉은 단풍』(2020)의 3권을 묶어내기도 하였다. 너무 무료해서 억지로 쓴 글들이라, 투박하고 재미도 없어 가까운 친구들에게나 보여줄 뿐이다.

그래도 내가 산촌에 살면서 즐거운 마음으로 하는 취미생활이 한

가지 있다. 마당가에 있는 아궁이에 불을 피우는 '불목하니'의 일이다. 불을 피워 큰 솥에다 옥수수·고구마·감자·호박과 여러 가지 나물을 삶거나 목욕물을 끓이지만, 내가 좋아하는 것은 불을 때는 일이다. 그래서 노처에게 아궁이에 불 피울 일이 없느냐고 자주 재촉하기도 한다. 잘 말린 나무가 활활 타는 불길을 바라보고 있으면 황홀경에 빠진다. 그래서 누가 나에게 요새 주로 하는 일이 무엇이냐 물으면, '불목하니'의 일이라 하고, 누가 나에게 종교가 무엇이냐 물으면, '배화교'(拜火敎)라 농담 삼아 말하고 웃는다.

5.

눈길을 걷던 추억

서울에 올라와 겨울을 보내면서 두 번째 눈이 내린 날을 맞았다. 첫 번째는 2020년 12월 중순, 이른 아침 눈을 떠서 베란다 창밖을 내다보니 눈이 내리고 있었다. 길도 자동차들 지붕도 하얗게 눈이 덮여 있었고, 나뭇가지마다 설화(雪花)가 만발하여 눈부시게 아름다웠고, 바람에 날리는 눈발의 화사한 설무(雪舞)도 환상적이었다. 그런데 두 시간쯤 뒤에 다시 베란다 창밖을 내다보니, 백설(白雪)의 세상이 햇볕에 녹아 감쪽같이 사라지고 말아 얼마나 아쉬웠는지 모른다.

어제(2021.1.6) 밤에 눈이 내려 길과 자동차들은 하얗게 덮어주었으나, 가루처럼 뿌리는 분설(粉雪)이라 그런지, 나뭇가지에 설화가 피어나지 않았고, 눈발이 바람에 날리는 모습도 보이지 않았다. 그래도 혹한의 날씨라 눈이 녹지 않아 오늘 종일 빈약하나마 설경을 즐겼다. 어릴 때부터 겨울이면 자주 눈이 내리는 것을 설레는 마음으로 바라보았고, 함께 어울려 눈사람을 만들어 보기도 하고, 눈싸움을 벌이기도 했다. 어쩌다 눈길에서 미끄러져 가볍게 다치기도 했지만, 나에게는 눈길을 걷던 잊을 수 없는 두 번의 추억이 남아있다.

한번은 충청남도 서산의 어느 산마루에서 군복무를 하던 시절이다. 부대는 산자락에 있었지만 근무장(radar site)은 산마루에 있었다. 산마루로 오르는 구불구불한 길로 군용트럭을 타고 근무장을 오르내렸다. 어느 겨울밤에 근무장에 올라가 밤새 근무를 하고 아침에 다음 근무조와 교대를 하고 산을 내려오려는데, 눈이 너무 많이 쌓여 트럭도 올라갈 수 없고, 걸어 올라갈 수도 없다는 연락이 왔다.

어쩔 수 없이 이틀을 꼬박 산마루에 갇혀서 근무했으니, 사흘 밤낮을 제대로 잠을 자지 못해서 녹초가 된 상태였다. 사흘째 낮에 다음 근무조가 무릎까지 빠지는 눈 속을 헤치고 걸어 올라와, 산마루에서 내려왔다. 산을 오르내리는 차도는 너무 멀리 빙글빙글 돌아야 하는데, 동료들은 그래도 산길을 따라 걸어 내려갔지만, 나는 혼자 계곡을 따라 직선으로 내려가려 했다. 너무 피로하여 빨리 내려가 숙소 침대에 눕고 싶었기 때문이다.

그런데 눈이 덮인 계곡을 걷는다는 것이 얼마나 위험한지를 몰랐다. 눈이 바람에 날려 깊이 쌓인 계곡에 발을 들여놓았다가 가슴까지 눈 속에 빠지고 말았다. 한참을 허우적거리다가 겨우 빠져나왔는데, 내려오는 도중에 어느 양지바른 무덤이 눈이 바람에 날려가고 햇볕에 녹아 말라버린 잔디가 너무 포근해 보였다. 사흘 밤을 못잔 나는 너무 피로해 그 무덤가 마른 잔디 위에 잠시 누워서 쉬려고 했는데, 이불속처럼 포근하여 깜박 잠이 들고 말았다. 그냥 계속 잠들었더라면 얼어 죽었을지도 모를 일이다. 천지신명(天地神明)이 굽어보시다가 젊은이 하나가 얼어 죽는 것을 안타까이 여겨서 잠을 깨웠는지도 모르겠다. 정신없이 내려와 숙소에 돌아와서는 기절하듯 침대에 쓰러졌다.

또 한 번은 제대를 하고 대학원을 다닐 때였다. 당시 지금은 고인이 되었지만 나와 절친한 대학시절 학과친구(疏軒 李東三)가 울진중학교 삼근분교에 교사로 근무하면서, 10리쯤 떨어져 있는 불영사(佛影寺)에서 방을 얻어 지내고 있었는데, 나는 방학을 네 번이나 불영사에서 친구와 한방에 머물렀다. 불영사는 백두대간(白頭大幹)의 깊은 산속에 있어서 겨울이면 눈이 참으로 많이 내렸다.

당시는 길이 너무 가팔라서, 오가는 길에 산사태로 길이 막히면 분천역까지 70리길을 걸어 나가기도 했고, 길에 쌓인 눈이 얼어서 버스가 산비탈을 오를 수 없게 되면, 승객들이 모두 내려 버스를 밀며 산고개를 넘기도 했다. 어느 해 겨울 내가 이 친구에게 며칠날 찾아가겠다고 편지를 미리 보낸 뒤, 청량리역에서 중앙선으로 영주까지 가서, 다시 영암선으로 분천역에 12시 무렵 내렸는데, 눈 때문에 버스가 끊겼다고 하여, 분천에서 자고가기도 어렵고, 그렇다고 돌아갈 수도 없으니, 70리 길을 걸어가는 수밖에 없었다.

외줄기 길을 따라 여러 고개를 올라가고 내려가는데, 눈이 너무 쌓여 무릎까지 빠졌지만, 햇볕은 밝아 천지를 뒤덮은 설경(雪景)이 눈부시게 찬란했다. 길에는 인적이 끊어졌으니, 내 세상이었다. 기분이 너무 좋아 심한 음치이지만 학교 다닐 때 음악시간에 배운 노래를 목청껏 부르기도 했다. 그런데 산골짜기는 깊고 겨울 해는 짧아 40리쯤 갔을 때에는 날이 어둑어둑하기 시작했다. 잠간 사이에 어둠은 짙어져 두려움이 밀려오니, 30리를 더 걸어갈 수가 없을 것 같아서, 산골마을을 찾아가 하룻밤 자고 가게 해달라고 사정을 해봐야 하겠다고 마음을 먹었을 때였다.

고개를 넘어 비탈길로 내려가고 있는데, 저만큼 떨어진 곳에서 사람의 그림자가 보였다. 가까이 다가오자 바로 내 친구였다. 그는 버스가 끊겨졌는데 혹시 오면 어쩌나 하고 마중을 나오는 길이었다. 얼마나 반가웠는지 얼싸안았다. 관세음보살이 손을 내밀어 나를 구원해준 것만 같았다. 과연 내가 버스가 끊겨 올지 안 올지 모르는 친구를 마중하러 눈길 속을 30리나 나올 수 있었을까를 생각해보니 자신이 없었다. 그날 눈길을 걷던 생각을 할 때마다, 그 친구의 깊은 우정을 잊을 수가 없다.

오늘도 오래도록 창밖으로 하얗게 길을 덮고 있는 눈을 대다보고 있자니, 내가 왜 이렇게 눈을 좋아하는지를 생각하게 된다. 눈이 내리면 강아지도 좋아서 뛰어다니는데, 눈을 좋아하지 않는 사람이 어디 있겠는가. 아무도 지나간 흔적이 없는 눈 위에 첫발자국을 내는 기분은 미지의 신천지로 들어서는 듯 가슴 설렌다. 눈이 내리고 있는 것을 알면 바로 바깥에 뛰어나가 눈을 밟기도 하고. 가지마다 피어있는 설화를 황홀한 눈빛으로 오래도록 바라보기도 한다.

그런데 나는 지금 추위가 겁나고, 미끄러질까 겁이 나서, 대문 밖을 나갈 엄두도 못 내고 있다. 그저 베란다 창밖으로 하염없이 빈약한 설경을 바라보기만 할 뿐이다. 비록 내가 소심한 성격이지만, 그래도 전날에는 바깥으로 여러 가지 일에 부딪치며, 때로 실패하기도 하고 때로 성공하기도 하면서 살아왔으며, 이를 통해 좌절도 하고 보람을 느끼기도 했다. 그러나 지금은 세상의 무슨 일에도 부딪혀 볼 의지도 욕심도 없이, 그저 무기력하게 주저앉아서 바라보기만 하고 있는 것이 사실이다. 그 까닭이 단지 내가 노쇠했기 때문일까,

6.

행복했던 순간들

내 평생을 돌아보면서 더듬어 보니. 과연 나 자신이 행복했다고 느꼈던 순간이 언제이고 얼마나 될까. 정말 찾아내기가 힘들었다. 어릴 때는 동무들과 즐겁게 놀았던 기억이나, 서러워 울었던 기억은 있지만, 행복했던 순간이 기억 속에 남아 있지 않다. 소년시절 혼자 서울에 올라와 외갓집이나 이모 집을 떠돌며 학교에 다녔으나, 즐거웠던 기억보다 괴로웠던 기억이 더 많은 것 같다.

고등학교 3학년 1학기 동안은, 중학교 1학년인 여동생을 데리고 자취를 했는데, 너무 힘들었다. 그래서 고향 부산에 계신 어머니께 어려움을 호소했더니, 어머니께서 두 동생을 데리고 서울로 올라오셨다. 처음에는 서대문 네거리에서 가까운 냉천동 단칸방에 세 들어 어머니와 세 동생과 모두 다섯이 한 방에서 복작거렸다. 그래도 나는 어머니가 해주시는 밥을 먹고 학교에 다닐 수 있었는데, 이때가 너무 행복했었다.

대학 2학년 때 어머니께서 우리 집을 새로 사서 이사를 했는데, 대지 13평 건평 11평의 새둥지처럼 작은 집이었지만, 대학을 졸업하고 군복무를 할 때까지, 이 집에 살던 시절이 평생에 가장 행복했었던 것 같다. 버스비가 없어 언제나 학교까지 걸어 다녔고, 점심값이 없어 늘 빈속이었으나, 어머니의 품속에서 아무 욕심도, 걱정도, 책임감도 없이 책속에 파묻혀 살았는데, 어찌 행복하지 않았겠는가.

군복무 중에는 외딴 섬 백령도와 여러 산꼭대기를 전전하며 근무했는데, 술에 취하거나 바둑을 두며 세월 가기만을 기다리고 살았으니, 더러 즐거운 일이 있었어도 괴로움이 심했었다. 제대하자 해방감도 잠시뿐이었고, 생활비를 벌어야 했으니, 출판사 편집부 직원에서 시작하여, 야간고등학교 교사, '보따리 장사'라 일컬어지던 대학 강사를 하면서 대학원을 다녔는데, 항상 걱정이 많았고 힘들었던 시절이었다.

당시는 노총각이었던 32살 때 결혼을 했는데, 여러 가지가 어리둥절하기만 했다. 신혼생활에서 즐거웠던 일은 많았겠지만, 너무 바쁜 생활에 빠져 여유가 없었으니, 행복을 느꼈던 기억은 남아있지 않는다. 처음 대학에 전임강사로 취직했을 때는 비로소 생활의 안정 기반을 확보할 수 있어서 무척 기뻤던 것은 사실이나, 그렇다고 별다른 행복감을 느꼈던 것은 아니었다.

고생 끝에 박사학위를 받았을 때도 기뻤지만, 행복함을 느끼지는 못했다. 그래도 박사학위를 받으러가던 날 아침에 아내가 내 낡은 양복을 다림질 해주고, 또 밑창이 떨어진 나의 낡은 구두를 신 기료에게 가서 기워왔는데, 이 기운 구두를 신고 아내와 함께 학교로 갈 때, 가난한 살림에 모진 시집살이를 하며 고생해오면서도, 아내가 나를 원망하지 않고 사랑한다는 것을 느꼈을 때, 가슴이 뭉클해지는 행복감을 느껴, 택시 안에서 아내의 두 손을 꼭 붙잡아 주었다.

친구의 소개로 가평군 설악면 보납산(寶納山) 아래, 청평호수의 끝자락이 조금 보이는 산속에 땅과 집을 사서 시골집을 마련하게 되었는데, 내 땅 안으로 맑은 개울이 흘렀다. 이곳에 부친이 상주했고, 나는 주말이나 방학 때면 아내와 아이들을 데리고 들어가 지냈다. 내 땅 안의 개울에는 웅덩이를 이루었다가 폭포처럼 쏟아져 내려, 아래쪽에 또 하나의 웅덩이를 이루는 곳이 있었다. 나는 이곳을 아래에서부터 위로, '잠룡연'(潛龍淵)-'약룡폭포'(躍龍瀑布)-'비룡연'(飛龍淵)이라 이름을 붙여놓고, 틈만 나면 '비룡연'과 '잠룡연'을 오르내리면서, 맨발로 물속에 들어가 모래를 파서 못을 넓히고 다듬으며 놀았다. 이때 나는 세상의 온갖 걱정 근심을 다 잊고 동심(童心)으로 돌아가 어린아이처럼 놀면서 정말 행복했었다.

중년에 내가 병이 깊이 들었는데, 고명한 의사를 소개받아 찾아갔는데, 다섯 곳의 고명한 의사들로부터 다섯 가지 병명을 얻고, 처방약을 사다 먹었으나 별다른 효과가 없었다. 그러다가 학교에서 연구년(研究年)으로 미국을 갔다가, 우연히 검안과(檢眼科)에서 오른쪽 눈의 시야가 절반이 사라진 사실이 발견되는 것을 계기로 신경외과에서 뇌하수체종양 수술을 받았다. 퇴원하고 나를 운동시키겠다고, 아내는 내 팔을 붙잡고 걸음 수를 헤아리고, 또 매일 걸음 수를 조금씩 늘려가며 회복을 위한 운동을 시켰다. 아내의 가녀린 팔에 의지하여 휘청거리며 한 걸음씩 발을 떼어놓으면서, 나를 헌신적으로 보살피는 아내의 사랑이 가슴 저리게 느껴졌다. 그때 나는 나를 사랑하는 아내의 팔에 안겨 죽어도 좋다는 생각을 하며, 깊은 행복감에 젖어들었었다.

늙어서 원주 흥업면 대수리 산골마을에 아내와 둘이 내려와 살고 있다. 내 몸은 뇌하수체가 사라져, 병원 내분비 내과 의사와 처방해준 약에 매달려 연명하고 있는 처지이지만, 아내는 농사꾼이 되고, 나는 불목하니가 되어, 아내가 옥수수를 따오면 나는 마당에 있는 아궁이에 불 피워 삶아서, 둘이 하루 세끼 옥수수 먹고, 아내가 고구마를 캐오면 나는 삶아서 둘이 하루 세끼 고구마 먹고, 아내가 부추 잘라 와서 부추전을 해주면 부추전 먹고 살아간다. 나는 이 산촌생활이 나의 노년을 한없이 행복하게 해주는 하느님이 내린 축복이라 믿는다.

원주 산골집이 겨울에는 내가 견디기에 너무 추워서, 겨울 동안 서울에 올라와 지내왔다. 올 겨울에는 한동안 큰딸 집에서 지냈다. 큰딸이 게으른 나를 끌고 운동을 시키려 산책을 자주 나갔었다. 이미 40대 후반인 딸이 80을 코앞에 두고 있는 늙고 힘없는 아비의 팔짱을 낄 때, "아! 나는 딸의 사랑을 받고 있구나."하는 생각과 함께, 행복감이 밀려와 눈시울이 뜨거워지는 것을 느꼈다.

행복은 고달픈 인생에서 한 모금의 샘물처럼 가슴 깊이 서늘하게 해주고, 한 모금 향긋한 위스키처럼 가슴 깊이 따끈하게 해준다. 그런데 행복은 찾아다녀서 얻을 수가 없고, 어느 순간 가슴 벅차게 밀려오는 것 같다. 내가 너를 사랑하고 네가 나를 사랑함을 느낄 때, 솟아오른다. 또 행복은 성공이나 명예나 재물로 얻어지는 것이 아니다. 세상을 사는데 걱정과 근심이 없을 수야 없겠지만, 사람과 사람의 만남에서 사람과 자연의 만남에서 둘이 하나가 될 때, 걱정 근심은 연기처럼 사라지고, 바로 이 순간 행복에 젖어들 수 있는 것이라 하겠다. 행복은 순간에 밀려오고 사라지지만 그 여운은 길게 남아서 우리의 팍팍한 삶을 적셔주고 위로해준다고 생각한다.

7.

웃으며 살자

언젠가 내가 뜰의 그네에 앉아 얽혀 있는 일을 걱정하면서 얼굴을 찌푸리고 있었던가 보다. 텃밭으로 나가던 노처가, "좀 웃으며 삽시다."라 한마디 하고 지나갔다. 그제야 고개를 들어 바라보니, 하늘은 푸르고 산은 초록빛으로 물든 싱그러운 초여름이었다. 마음이 점점 편안해지고, 저절로 얼굴에 미소가 피어났다. 살면서 실없이 웃음이나 흘리고 있을 수야 없지만, 그렇다고 걱정 근심으로 얼굴을 찌푸리고 있는 모습도 결코 좋은 일이 아니다. 자주 마음을 풀고 넓게 내다보며 웃는 것이 보기도 좋고 건강에도 좋을 것이라는 생각이 든다.

뒤에 이야기를 들으니, 〈웃으며 삽시다.〉라는 코미디 방송프로가 있었다 하고, 또 문연주라는 가수가 부른 대중가요로도 〈웃으며 삽시다.〉라는 제목의 노래가 있었다고 한다. 내가 텔레비전과 담을 쌓고 살아온 지가 오래되어, 아무것도 못 듣고 있었을 뿐이지, 사람들의 입에는 익숙하게 오르내리던 말이었음을 알겠다. 어떻던 '웃으며 살자'

는 말은 우리 생활에 필요하고도 좋은 격언이라 생각한다. 흔히들 "웃
으면 복이 온다."라고 하지 않는가.

물론 살다보면 웃을 때도 있고, 울 때도 있으며, 즐거워하기도 하고,
노여워하기도 하는 것이 사실이다. 그래도 웃는 얼굴이 가장 아름다
운 얼굴이 아니겠는가. 속담에도 "웃는 얼굴에 침 못 뱉는다."라 하였
으니, 화를 내려하다가도 상대방이 웃는 얼굴로 다가오면, 마음이 누
그러져 화가 풀리기도 한다. 몹시 곤란한 처지에 놓이거나 어려운 일
을 당했을 때도, 세상을 비관하거나 절망하는 사람이라면 웃음을 띨
이치가 없다. 세상을 긍정적으로 볼 수 있을 때에 비로소 얼굴이 편안
하게 펴지고 웃음을 띨 수 있는 것이 아니겠는가.

어린아이가 방실방실 웃는 모습은 정말 어여쁘다. 늙은이들이 흔히
무표정한 얼굴이나 불만이 가득한 얼굴을 보여줄 때, 누구도 편안한
마음으로 다가설 수가 없지 않겠는가. 누구나 상대방이 웃는 얼굴을
볼 때에 자기 마음도 편안해지고 밝아지는 것을 경험하고 있다. 웃음
은 자기 마음도 밝아지게 하고, 세상도 밝아지게 한다. 그래서 '웃으며
살자'는 말은 팍팍한 우리의 삶을 밝혀주는 좋은 격언임을 믿는다.

그런데 웃음에도 여러 가지 종류가 있다. 방긋 웃는 어여쁜 웃음, 빙
그레 웃는 의미심장한 웃음, 껄껄 웃는 호탕한 웃음, 깔깔거리고 웃는
유쾌한 웃음, 입을 삐죽거리며 웃는 비웃음 등 온갖 웃음이 있다. 웃는
얼굴은 환하게 펴지니, 온갖 모양과 색깔의 꽃으로 피어난다. 이러한
웃음들 중에 비웃는 웃음이 아니라면, 웃음으로서 아름답지 않은 것
이 어디 있겠는가.

또 웃음은 때와 자리를 가릴 줄 아는 웃음이라야 한다. 초상집에 가
서 웃고 떠들면, 남들로부터 때와 장소를 가릴 줄 모른다고 비난을 받

기 마련이다. 새색시가 훈계하시는 시부모 앞에서 웃음을 흘리면 경박하다고 나무람을 받게 된다. 이처럼 웃음이 나오더라도 참아야 할 경우가 많다. 나 자신 고등학교를 다닐 때, 수업시간에 나도 모르게 잠시 딴 생각을 하며 혼자 웃고 있었나 보다. 열심히 설명하시던 선생님이 나를 바라보며 호된 질책을 하셨던 일이 있었다.

마음에 기쁨이나 즐거움이 있을 때 웃는 희열(喜悅)의 웃음은 누구에게서나 찾아볼 수 있고, 깨달음이 있을 때 웃는 법열(法悅)의 미소는 불상(佛像)에서 표현되어 있음을 본다. 법열의 미소야 아무나 경험할 수 없는 웃음이지만, 만족하거나 행복할 때는 누구나 웃음이 저절로 피어 나온다. 너무 기뻐서 눈물이 나는 경우도 있지만, 그 눈물은 슬퍼서 나는 눈물과 달리 웃음을 동반하는 눈물이다. 즐거움이 극치에 이르면 웃음에서 한 걸음 더 나가 덩실덩실 춤을 추기도 한다. 물론 웃음을 머금고 추는 춤이다.

『시경』(詩經)에서는, "마음속에서 감정이 격동되면 말로 표현하고, 말하는 것으로 부족하면 감탄하고, 감탄하는 것으로도 부족하면 길게 빼어 노래하고, 길게 빼어 노래하는 것으로도 부족하면 자기도 모르게 손이 춤추고 발이 춤추게 된다."(情動於中而形於言, 言之不足, 故嗟歎之, 嗟歎之不足, 故永歌之, 永歌之不足, 不知手之舞之足之蹈之也.〈『詩經』, 周南, 關雎〉)고 하였다. 감정에서 슬픔도 있고 즐거움도 있으니, 눈물이나 웃음을 동반한 노래도 춤도 있으리라.

나는 소년시절이나 청년시절에는 잘 웃는 편이었는데, 나이가 들면서 점점 웃음을 잃어가고 있는 사실을 깨닫게 되었다. 사실 가정형편으로는 청년시절까지가 무척 어려웠고, 내가 안정된 직장을 잡으면서 점점 형편이 좋아졌는데, 어찌하여 웃음은 점점 사라져간다는 말인가.

그래서 그 까닭을 곰곰 생각해보기 시작했다. 떠오른 생각으로 가장 중요한 것은 꿈이 줄어들어가고 걱정이 늘어가기 때문이라는 점이다. 꿈에 취해 있을 때는 세상이 아름다운 분홍빛으로 보였는데, 꿈이 점점 사라지면서 세상은 갈수록 어두워졌던 것 같다.

웃으며 살 때에는 "웃으며 살자."는 말이 필요가 없었겠지만, 웃음이 사라졌으니 "웃으며 살자."고 격려하는 말이라 보인다. 그렇다고 억지로 웃는 것은 부자연스러울 뿐이다. 어떻게 하면 웃음을 잃어가는 나에게 웃음을 다시 살아나게 할 수 있을까. 나는 혼자서 처방을 내렸다. "모든 것을 내려놓고 마음을 비워라."라고 속삭인다. 마음을 비우면 욕심이 없어지니 불만도 사라질 것이요, 세상을 걱정의 시선으로 바라보는 것이 아니라, 온화한 시선으로 바라볼 수 있다. 세상의 모든 사물이나 일은 보는 시선에 따라 추악하게 보일 수도 있고, 아름답게 보일 수도 있지 않은가.

또 한 마디, "좁은데서 빠져나와 넓게 보아라."라고 속삭이기도 한다. 부분만 보면 무의미하고 못생겨도 전체를 보면 균형이 잡히고 멋진 것으로 보일 수 있다. 부딪치고 깨지는 것을 보고서도 더 넓은 시야에서 보면 어울려 굴러가고 있지 않은가. 시야가 넓어지면 다툼도 미움도 불평도 사라지는 사실을 확인할 수 있다. 겨울에 폭설이 내려 길이 막혀서 고통을 당하는 사람이 있지만, 다음해 농사꾼들은 가뭄에 덜 시달릴 것이 아닌가. 기차의 큰 바퀴가 레일 위를 굴러가려면 쇠와 쇠가 부딪치는 소음이 날 수 밖에 없다. 소음에 신경을 곤두세우지 말고 차창 밖으로 바뀌는 아름다운 풍경을 즐기는 것이 훨씬 더 현명하지 않겠는가.

또 한 마디, "멀리서 보고 높은 곳에서 보아라."라고 자신에게 속삭인다. 멀리서 보면 전체를 보기가 쉽다. 또 집집마다 속사정을 살펴보면 괴로워 비명 지르는 사람, 악을 쓰며 싸우는 사람, 억울하다고 호소하는 사람들이 무수히 많겠지만, 산마루에 올라서 내려다보면 온 마을이 한 없이 평화롭게 보일 터이다. 비행기를 타고 공중에서 내려다보면, 큰 도시의 야경이 불빛에 찬란하게 빛난다. 도시 안으로 들어가 뒷골목 구석을 보면 추악함이 넘쳐흐를 터인데 말이다. 세상을 아름답게 보면, 아름다움이 마음을 흔들어주고, 얼굴에는 미소를 머금지 않을 사람이 없을 터이다.

8.
걸었던 길

    내가 살아온 평생은 갈래 길도 많고 막혀버린 길도 많았던 것 같다. 험난한 길은 아니었지만, 이 길 저 길을 기웃거렸고, 되돌아 나오기도 하면서 방황을 많이 했던 것 같다. 중학교 때는 슈바이처 전기를 읽고 나서, 나도 의사가 되어 병든 사람을 돌보며 살고 싶다는 꿈을 꾸었다. 그런데 중학교 2학년 여름 방학 때 부산에서 축농증 수술을 받았는데, 나는 마취상태였지만, 수술을 하면서 의사와 간호사가 최근에 본 영화 이야기를 하면서 즐겁게 웃는 소리를 들었다. 나는 비명을 지를 만큼 무척 고통스러웠는데, 수술하면서 웃는 의사를 생각하면서, 의사가 되겠다는 첫 번째 꿈이 깨지고 말았다.

    중학교 3학년 때 아인슈타인의 전기를 읽고 나서는, 물리학자가 되고 싶은 꿈을 꾸기 시작했다. 영어성적 보다 수학성적이 훨씬 좋았고, 수학과목이 재미도 있었다. 그래서 고등학교 3학년 때 이과반(理科班)을 선택하여, 공부를 했다. 여름방학 때 어느 날 학교에 나가 종일 두꺼운 수학문제집을 풀고, 집으로 돌아가려고 교정을 지나가는데, 갑자기 어지러워 땅에 주저앉고 말았다. 이때 문득 평생 수학이나 물리학 문제를 풀며 살고 싶지 않다는 생각이 밀려들어, 물리학자의 두 번째 꿈도 깨지고 말았다.

2학기가 시작하면서 문과반으로 바꾸었다. 그러나 문과반에서 방황하기 시작했다. 내가 소설 읽기를 좋아해서 영문과나 독문과를 가고 싶었는데, 나는 문학적 재능이 없어 자신이 시나 소설을 쓸 능력이 없다는 생각이 들었고, 남의 작품만 읽으며 평생을 살고 싶지는 않았다. 그러고 나니 문과 계열에서 가고 싶은 곳이 없었다. 고민 끝에 2학기 중간에 이과반 담임선생 한분에게 승낙을 받고서, 책상을 들고 이과반으로 다시 돌아왔다. 그때 생각에는 공과대학 건축가를 가서 건축가가 되고 싶다는 생각을 했었다.

그런데 나는 그림을 못 그려 미술성적이 항상 60점 기본점수인데, 그림도 못 그리면서 건축기사가 될 수는 없다는 생각이 파고들면서, 이제는 가고 싶은 곳도 갈 곳도 없어 막막한 상태가 되고 말았다. 당황하여 고민하는 중에, 어느 날 우연히 서점에 갔다가 사온 써머셋 모옴 (William Somerset Maugham)의 소설 『면도날』(Razer's edge)을 읽기 시작했다. 대학입시를 얼마 앞두지 않은 고3이 소설을 읽고 있는 것이 이상하지만, 그때 나는 완전히 길을 잃고 방황하는 상태라 잠시라도 고민에서 벗어나려고 소설을 읽은 것이었다.

소설 『면도날』을 몰입해 읽었는데, 내 시선을 끌었던 대목은 일차대전에 조종사로 참전했다가 돌아와 방황하던 미국 청년인 주인공이 빠리에 와서 희랍어를 공부하고 있었는데, 애인이 찾아와 왜 죽은 언어를 공부하느냐고 타박하자, 그 주인공은 "희랍어로 『일리아드와 오디

세이』의 원문을 읽는 것은 손으로 밤하늘의 별을 만지는 것과 같다."는 한 구절의 말이었다. 그 주인공 청년은 독일여행을 하면서 마이스트 에크하르트(Meister Eckhart)의 신비주의 사상에 접하게 되고, 인도여행을 하면서 요가 수행을 하다가 신비체험을 했다는 이야기다. '신비주의'라는 말 한마디가 나의 머리에 벼락이 내리치는 듯 했다.

하교에서 수업이 끝나고 서울대학교 문리과대학의 학과별 개설과목을 훑어내려 갔다. 철학과 개설과목은 따분하게 느껴졌는데, 종교학과 개설과목에 희랍어와 라틴어 강의가 있어서 끌렸다. 교과목에는 없었지만 '신비주의'도 종교와 깊이 연관된 것이라 짐작했다. 그때까지 길을 못 찾아 막막했던 앞에 외줄기 길이 하나가 희미하게 보였다. 그래서 나는 종교학과를 향한 길을 단호하게 선택했다.

내가 종교학과를 지원하겠다고 하자, 나의 친한 친구로 의과대학에 가서 뒷날 충남대 병원장을 지냈던 노흥규(淡海 盧興圭)군이 점심시간에 나를 뒷산으로 끌고 가서, 졸업해도 취직하기조차 어려운 종교학과를 왜 가느냐고 한사코 말렸고, 담임선생을 찾아가서 나를 종교학과에 못 가게 하라고 부탁하기까지 했다. 그래도 내 마음이 흔들리지 않았다. 집에서 어머니는 이웃의 문리대를 나온 사람에게 물었더니, 종교학과를 나온 자기 친구가 시골에서 돼지를 친다고 말했다고 하면서 걱정하셨지만, 나는 요지부동이었다.

그런데 막상 종교학과에 입학하고 보니, 내가 기대하던 것과는 너무 사정이 달라 실망하고 말았다. 당시 교수가 셋인데, 가톨릭 신학자인 교수는 중립적이었고, 독선적인 개신교 목사인 교수와 종교학을 가르치는 교수가 서로 대립하여, 사사건건 반목하니, 학생들도 기독교계와 비기독교계로 나뉘어져 있었다. 나는 환멸을 느껴, 각 교수의 강의를 2개씩만 수강했고, 나머지는 시간강사들 강의를 열심히 들었으며, 철학을 부전공으로 하여, 졸업에 필요한 학점을 채웠다. 그래도 종교학과에는 탁월한 선배들이 많아 많은 도움을 받았다.

그래도 대학 1학년 때는 대부분 시간을 도서관에서 '신비주의' 관련 책을 찾아 읽었다. 경성제국대학 시절 서양학문 분야에 관한 도서 수집을 잘해놓아, '신비주의' 관련 서양서적들이 많은데 놀랐다. '신비주의' 관련 책을 10권쯤 읽었는데, 그때 내가 내린 결론은 '신비주의'란 체험을 통해서 체득되어야만 하는 것이지, 서적으로는 아름답고 황홀한 언어들의 동어반복이라는 소용돌이를 벗어날 수 없다는 것이었다. 그래서 '신비주의'라는 길이 끊어지고, 또 다른 길을 찾아야 하는 처지에 놓이게 되었다.

대학2학년 때 강사로 나오셨던 동국대 인도철학과의 이기영(李箕永)교수가 엘리아데(Mircea Eliade)의 불어판 Traité d'Histoire des Religion('宗教史論'이라는 뜻으로, 뒷날 이은본교수가 『종교형태론』이란 제목으로 번역)의 강독을 하셨는데, 종교현상을 이해할 수 있는 눈을 번쩍 뜨게 해주었다. 엘레아데 덕분으로 종교학에 흥미를 잃지 않고, 그래도 「중생현상의 종교사학적 고찰」이라는 제목으로 학부졸업논문을 제출하고 졸업을 했다.

종교학과에서 희랍어를 2년 수강하면서, 1년은 바울의 서한 희랍어 강독을 들었고, 라틴어를 3년 수강하면서, 1년은 라틴어 신약성서 강독과 1년은 토마스 아퀴나스의 Summma Theologia 라틴어 강독도 들었다. 그러나 하늘의 별을 만지는 감동을 느끼기는커녕, 고생만 극심했다. 결과는 아무 소용이 없는 공염불이 되어, 시간과 정력만 낭비하고 말았다. 낭비한 것은 그뿐이 아니다. 독일어 강독과 불어 강독을 여러 과목 수강했는데, 졸업하고 얼마 되지 않아서 연기처럼 모두 기억에서 사라지고 말았다.

대학원을 진학할 때 문제가 생겼다. 신학(神學)을 전공하는 학생이 아니면 종교학과 대학원에 진학하지 않았으니, 처음에는 동국대학 인도철학과 대학원에 가서 이기영교수 밑에서 공부할 생각이었으나, 사정이 생겨 그 길도 막히고 말았다. 그래도 이기영교수가 불교 공부를 하려면 융(C,G,Yung)의 심층심리학을 공부해두라는 말씀을 듣고, 대학 4학년 동안 융을 비롯한 심층심리학자들의 책을 몇 권 읽었는데, 흥미를 느껴 한동안 빠져들기도 했다.

학부시절 강사로 나와 『주역』 강독과 『노자』 강독을 흥미롭게 해주셨던 성균관대학 동양철학과의 유승국(柳承國)교수를 찾아뵈었더니, 반겨주셔서 1966년 봄 성균관대 대학원 동양철학과로 진학을 했다. 길이 막혀서 돌아다니다가 또 다른 새 길을 찾은 것이었다. 대학원을 입학하고서 군대에 입대했는데, 군복무를 하면서 2학기를 다녔으나, 너무 지쳐서 휴학을 하고 말았다.

한문공부는 대학원에 들어간 다음에 독학으로 시작했는데, 그러다 보니, 오랜 시간 많은 정력을 쏟아 부어 공부했던 영어·독일어·불어·희랍어·라틴어는 모두 망각 속으로 내던져 버리고 말았다. 다 버려두더라도 영어공부를 계속하지 않았던 것이 너무 후회스러웠다. 또 한문공부는 너무 늦게 시작하여 문리가 터지지 않아, 평생 뿌리가 허약함을 절감하였다. 이 모두가 방황하면서 길을 바꾸었던 업보(業報)이니, 그 굴레를 짊어지고 가는 도리 밖에 없었다.

마지막 방황은 군복무 시절이었다. 지금까지 걸어왔던 길에서, 나는 어리석고 단순하여 단 한 번도 먹고 사는 문제를 고민하며 길을 찾아갔던 일이 없었다. 그런데 제대를 1년쯤 남겨놓고 있을 때, 그때서야 처음으로 내가 가난한 집 장남으로 가족을 부양할 책임이 있음을 느꼈다. 대학원학비도 내가 벌지 않으면 지탱할 방법이 없고, 대학원을 졸업해도 취직의 가망이 전혀 보이지 않는다는 사실을 깨달았다. 너무 늦게 철이 들었다고 하지 않을 수 없다.

고민 끝에 새로 찾은 길이 행정고시를 해서 공무원이라도 해야겠다는 생각이 들었다. 어느 친구의 조언을 받아서, 휴가를 나갔던 길에 청계천 헌책방을 찾아가, 행정고시 과목의 책들을 한 벌 사가지고 부대로 돌아왔다. 야간근무 때는 아무도 가기 싫어하는 헌병대 야간 당직사관 근무를 자원하여 밤새 고시과목 책을 읽었는데, 한 달이 못가서 이런 내용의 공부를 하고서 시험에 붙는다 해도 이런 일을 하며 살아갈 수는 없겠다는 생각이 들어, 또다시 길을 바꾸었다. 이제는 어쩔 수 없이 유교(儒敎)를 공부하는 길을 가다가 쓰러지더라도 갈 수밖에 없다는 결심을 했다.

이 길에서 읽어야 하는 모든 책들이 한문책들이라, 뒤늦게 고생이 막심했다. 마치 한문글자로 이루어진 사막을 걷는 느낌 속에 공부를 할 수밖에 없었다. 그러다가 한문 문헌 속에서 재미를 느끼기 시작하면서, 사막의 길에 풀이 돋아나고, 나무가 자라고 냇물이 흐른다는 느낌을 갖기 시작했을 때는 1972년 봄 박사과정에 입학한 다음, 조선시대 유학자들의 사상을 공부하기 시작했을 때였다. 그러나 내가 가는 길은 남들이 모두 외면하고 떠나버린 '유교'라는 길이었다. 사실 '종교학'도 사람들이 잘 가려하지 않는 길이었고, '유교'는 적대감을 가진 사람조차 있는 길이었다. 나는 어찌하여 그렇게 많은 길을 바꾸며 방황하고 나서, 찾아가는 길마다 남들이 가지 않는 길만 골라가는 것일까. 아마 이것이 나의 운명인지도 모르겠다.

9.

흘러가는 세상

80을 바라보는 나이에 그동안 살아왔던 지난 세월을 돌아보니, 가파르게 흐르는 여울을 떠내려 왔다는 느낌이다. 세상에 움직이지 않고 변하지 않는 존재가 어디 있으랴 마는, 격동의 세월을 마치 롤러코스터(roller coaster)를 탄 듯이 비명을 지르며 살아온 듯하다. 그 요동치며 급하게 흘러가는 세상에 어떤 목적지나 흘러가는 방향이 있는지조차 가늠할 길이 없다. 그저 오늘 하루를 가쁜 숨을 내쉬며 살아가고 있을 뿐이다. 그러다 어느 순간에 세상 밖으로 튕겨져 나갈지도 모르고 살아간다.

나는 1943년생이니, 해방 2년 전이요, 제2차 세계대전, 일본인들이 말하는 '대동아전쟁' 막바지에 태어났다. 지각이 없어 전혀 알 수 없었지만, 내 고향 앞바다에는 지금은 없어졌지만, 어릴 적에는 거대한 철선이 부산항 동쪽 편에 한쪽으로 넘어져 있었는데, 미군 폭격을 받은 것이라 한다. 또 내가 다닌 초등학교 서쪽 담장에 붙어서 비교적 큰 개울이 흐르는데, 그 개울 한복판에 콘크리트 바닥이 둥그렇게 뚫려 있었다. 어른들은 이것도 미군 폭격의 흔적이라고 했다.

내 기억에야 남아있을 리가 없지만, 내가 아장아장 걷고 있었던 1944년 여름, 미군 폭격을 피해 어머니는 어린 나를 데리고 고향인 문경군 산북면 서중리에서 조금 더 들어간 어머니의 이모 집으로 피난을 갔었다고 한다. 그 집 앞에는 물레방아로 흘러가는 봇도랑이 있었는데, 내가 이 봇도랑에 빠져서 떠내려가는 것을 어머니의 외사촌 여동생이 소리를 질러, 물레방아 바로 앞에서 어른들이 건져 올렸다고 한다. 죽기 한 순간 전에서 구출되었다는 이야기다. 물을 잔뜩 먹고 기절한 나를 집안의 감나무 가지에 거꾸로 매달아 물을 토해내게 하여 살아났다고 한다. 이것도 2차 대전 때문에 내가 겪은 사건이었다.

내가 초등학교에 입학한 바로 그해 6월, 6.25동란이 일어났다. 1학년의 처음 석 달밖에 교실에서 수업을 받지 못했다. 내 학교는 국방부가 들어와, 그때부터 우리들은 뒷산인 수정산 중턱, 조금 평평한 곳의 나무 밑에 교실을 차리고 수업을 받았다. 산 중턱 여기저기에 교실들이 흩어져 있었다. 4학년 때 국방부가 서울로 올라가 학교로 돌아갈 수 있을 때까지, 우리는 빈 창고나 천막 가교사(假校舍)에서 수업을 받아야 했는데, 그 3년 동안 나는 몹시 아파서 학교에 3분지1은 나가지 못했는데, 무슨 병인지도 모르고 주사만 무수히 맞아 엉덩이에 굳은살이 박여서 앉아 있기가 힘들 정도가 되었다. 이것이 나의 6.25동란으로 겪은 경험이었다.

나는 서울로 올라와 중·고등학교를 다녔는데, 고등학교 2학년 때인 1960년 4.19가 터져, 이승만 정권이 무너졌다. 내가 다닌 학교가 광화문 네거리에서 서대문 네거리로 가는 도중 큰길가에 있었으므로,

시내 가운데나 다름이 없었다. 수업도중에 독제타도를 부르짖는 데모 행렬에 경찰이 발포하면서, 흉흉한 소문이 돌았다. 수업을 중단하고 빨리 귀가하라 하였다. 학생들이 데모대에 휩쓸릴까 염려해서 정문으로 나가지 말라 하여, 뒷담 철조망 틈으로 나왔다. 거리에는 저만큼 데모대들이 몰려다니는 것이 보였다. 남대문을 지나 서울역 쪽으로 나가는데, 많은 데모대가 경찰과 대치하고 있는 모습을 보고, 겁이 많은 나는 얼른 골목길로 들어가 집으로 돌아왔다. 이것이 4.19에 대한 나의 경험이다.

이승만 정권이 무너지고 장면 정권이 들어섰지만, 학생들의 데모는 계속되어 혼란했는데, 그 틈에 고등학교 3학년 때인 바로 이듬해 1961년 5.16 쿠데타가 일어났다. 시내에 탱크가 지나다니고, 군인들이 깔려 있어서 삼엄했다. 박정희 군사정부는 많은 개혁을 했는데, 학교에서 고3 담당 선생님들도 여러분이 교사자격증이 없다고 쫓겨나고, 새로 오신 선생님들이 여러분 되었다. 대학입시 제도가 생전 처음 보는 국가고시 제도로 바뀌어, 나도 국가고시를 치루고 대학에 들어가야 했다. 이것이 나의 5.16 경험의 한 토막이다.

대학에 들어갔더니, 여러 가지 이유로 학생들의 데모가 끊임없이 일어났는데, 동숭동 문리과대학 교정의 4.19탑은 데모대가 모여서 성토하고 구호를 외치다가 거리로 나가는 출발점이었다. 대학 1학년 때부터 4학년 때까지 데모가 갈수록 심해져, 진압에 나선 군인들이 교정으로 최루탄을 쏘아대기도 하고, 휴교령이 내려지기도 했다. 역사의 격동기였다. 이 격류가 어디로 흘러갈 것인지 알 수가 없지만, 나는 대학시절 거의 매일 일어나는 데모 행렬에 한 번도 끼어들지 않고, 멀리서 바라보기만 했다. 방관자라 비난을 받아도 어쩔 수 없다. 관심도 흥미가 없었기 때문이다.

군복무 시절인 1968년 1월21일, 북한의 무장 게릴라 집단이 청와대 근처까지 침투하였던 '김신조 사태', '1.21 사태'가 벌어졌다. 내가 근무하던 공군부대도 비상이 걸리고 훈련이 가중되어 고달 팠다. 그러나 고달픔보다도, 6.25의 망령이 되살아나지는 않을까 걱정이 많았다. 우리가 남북이 안에서 대치하고 있는 동안, 미국은 우주로 영역을 넓히고 있었다.

이듬해(1969.11.20) 미국의 달 탐사선이 달에 착륙하여, 닐 암스트롱(Niel Armstrong)이 달 표면에 첫 발자국을 찍는 광경을 TV 뉴스로 지켜보면서, 세계의 역사가 또 한 번 큰 물굽이를 돌아 흘러가고 있음을 느꼈다. 혼자 바깥에 나와 밤하늘의 달을 바라보며, 과학기술은 큰 진보를 이루었지만, 숨 쉴 공기도 없고 혹독하게 추워, 아무 쓸모없는 황무지를 보는 듯하여, 인간 마음속의 신비로운 상상의 세계 하나가 무참히 무너지는 것을 보는 듯 했다.

1970년 봄 제대를 하고, 대학원을 다니고, 1977년에야 동덕여자대학의 교양학부 전임강사가 되어, 나로서는 자리를 잡고 처음 안정을 얻었는데, 1979년 10월26일 박정희대통령이 측근인 중앙정보부장 김재규가 쏜 총탄에 쓰려진, '12.6 사태'가 벌어졌다. 또 한 번 온 나라가 요동을 쳤다. 사건을 수사하던 합동수사본부장 전두환 소장이 중심이 되어,1979년 12월2일 계엄사령관인 정승화 대장을 체포하는 '12.12 사태'가 일어나, 전두환이 권력을 잡았다. 박정희가 죽자 군사독재가 끝나고 민주화가 이루어지라는 민중들의 꿈은 여지없이 박살이 나고 말았다. 군사독재에서 군사독재로 이어지는 모습이 고려의 무신정권 시대를 떠오르게 하여, 역사의 반복 순환을 이야기하기도 했다.

1980년에 들어서자 전두환 군사독재에 반대하는 학생들의 시위가 사방에서 일어났는데, 전남 광주에서 일어난 학생과 시민들의 시위가 가장 격렬하였다. 광주의 시위를 막으려는 군부는 1980년 5월 16일 시민들을 무참히 학살하는 '5·16 사태', '광주 민주화운동'으로 일컬어지는 참혹한 사태가 벌어졌다. 그 시절 나는 1979년 2월 박사학위를 받고, 1980년 3월 성균관대학교 유학과(儒學科)의 조교수로 옮겼는데, 학교 안팎에서 학생들의 시위가 격렬했다.

비상계엄령이 내려지고 학교는 휴교령이 내려져 집에 있자니, 풍문으로 들려오는 광주사태의 참혹한 실상이 너무 흉흉하여, 괴로워 마음을 가라앉힐 수가 없었다. 그래서 같은 학과 선배인 송항룡교수와 가평군 설악면 사룡리의 시골집에 내려가서, 같은 학과 송항룡(又玄 宋恒龍)교수와 열흘 가까이 밤낮으로 바둑만 두며, 세상을 잊으려고 안간힘을 썼다. 서울로 돌아와 보니, 광주의 시위는 진압되었다고 하나, 들리는 소식은 참혹하기만 하여, 학교도 그만두고 산골로 파묻혀 살고 싶은 마음이 간절했다. 세상은 격류로 높은 파도를 일으키며 흐르는데, 나는 방관자로 숨어버릴 생각만 했던 것이 사실이다.

극도로 심한 억압에 눌려 학생 데모는 줄어들어 겉으로는 조용해졌으나, 이때부터 학생들은 속으로 사회주의 사상을 의식화하는데 집중했던 것이 아닌가 생각이 든다. 그 후에는 이른바 '이념서적'들이 사방에 돌아다녔고, 점점 의식화가 확산되어갔던 것으로 짐작된다. 전두환과 노태우를 끝으로 군부독재는 끝이 나고, 전두환과 노태우 모두 재판을 받은 뒤 투옥되었다.

그런데 사회주의 이념에 의식화된 젊은 지식인들이 사회 구석구석에 자리를 잡게 되니, 이번에는 온 나라의 정치현실이 좌파와 우파의 대결구도로 드러나기 시작했다. 투표로 승리하여 대통령이 되었던 김대중 · 노무현 · 문재인의 좌파정부는 국민들까지 촛불 세력과 태극기 세력으로 갈라놓았다. 세상은 또 여울을 만나 시끄러운 소리를 내며 거칠게 흐르고 있는 모습이다.

이렇게 세상은 끝없이 소란스럽게 흘러가는데, 나는 어느 쪽에도 뛰어들지 못하고, 언제나 방관자로 세상의 흐름을 바라보거나, 숨어서 세상을 잊어버리려고 만하고 있다. 나를 돌아보아도, 나 자신은 이쪽이 유리한 지, 저쪽이 유리한 지를 살피고 있는 기회주의자는 못되는 것 같다. 그렇다고 선택을 해야겠는데, 어떻게 해야 할지 우유부단한 것도 아니라 생각한다. 또 양쪽의 조화와 일치를 바라기는 하지만, 이를 실현하기 위해 노력할 의지도 신념도 없다. 어떤 의미에서는 모든 입장으로부터 비난을 받을 수 있는 방관자요 도피자일 뿐이다. 내가 무슨 생각을 하던지 세상을 길을 찾아 흘러가기 마련이라는 방임자라 해야 하겠다.

10.
함께 걷는 길

길은 여러 갈래이니, 서로 다른 길을 가게 되는 것이 현실이다. 자신의 취향과 자신의 꿈을 좇아 자기 길을 찾아가는 것은 자신의 권리로 마땅한 일이다. 그러나 자기의 길을 가더라도, 그 길에서 동행(同行)을 만나 함께 걸을 때, 서로 위로가 되고 힘이 되는 것을 누구나 경험할 수 있을 터이다. 물론 때로는 아무도 없는 길을 혼자 걷는 것은 독행(獨行)이 좀 외롭기는 하더라도, 아무 방해도 받지 않아서 자유롭고, 고요히 생각에 잠길 수도 있으니 즐거울 수 있는 것이 사실이다.

함께 걷는 길에서는 서로 마음이 맞는다면 더없이 좋겠지만, 적어도 가는 방향이 같을 터이니, 이야기를 주고받으며 가는 길이 심심하지 않을 것임은 분명하다. 사람이 살다보면 혼자 길을 걷는다는 것이 외롭거나 지루하기도 하고, 팍팍하게 느껴질 때가 많다. 그래서 먼 길을 걸어 갈 때는 길동무를 찾게 된다. 함께 길을 걸으며 이야기를 주고받노라면, 지루한 줄도 모르고 어느 틈에 목적지에 도달하게 되는 경우가 많다. 동물과 '반려'가 된다는 것이 정상적 상태라 보이는 면도 있지만, 사람에게 상처받거나 동물을 같은 생명으로 사랑한다면 나무라기만 할 수는 없는 일이라는 생각이 든다.

인생의 길에는 함께 길을 걸을 반려자(伴侶者)가 필요하다. 요즈음은 결혼하기를 거부하고 독신으로 살고 있는 사람들이 많다. 결혼을 하고서도 배우자가 자기 일에 빠져 있어서 외로운 사람들이나, 독신 생활을 하는 사람들 가운데, 홀로 살아가는 것이 괴로워 개나 고양이를 키우는데, 얼마나 정답게 꼭 껴안고 함께 살아가고 있기에, '반려견'(伴侶犬)이나 '반려묘'(伴侶猫)라 부르는 것일까.

나의 큰 딸은 중년의 나이인데 정이 깊다. 내가 서울 올라 와 있을 때, 딸의 집인 여란헌(如蘭軒)에 놀러갔다가 내가 지내고 있는 집인 천산정(天山亭)으로 돌아올 때는, 30분도 더 걸리는 거리를 날이 추우나 더우나 비가 오나 눈이 오나, 꼭 동행하여 집까지 바래다준다. 큰딸과 팔짱을 끼고 걸어서 돌아오는 길은 늙은 아비에 대한 딸의 살뜰한 아비 사랑이 가슴 깊이 젖어들어, 너무 행복해진다. 갈대는 지루했던 길도 언제 왔는지도 모르는 사이에 집에 도착한다.

불교에서는 함께 도(道)를 닦는 벗이라고 하여, 승려들 사이를 '도반'(道伴)이라 일컫는다. 혼자서 수행(修行)하는 방법도 있지만, 편협함에 빠질 위험이 있는 것이 사실이다. 학문의 길도 혼자 걸으면 온전한 성취를 이루기 어렵다. 벗들이 함께 모여 서로 격려하고 고쳐주며, 보완해 갈 때라야, 학문의 성취도 훨씬 빠르고 온전할 수 있는 것이 사실이다. '도반'은 도를 함께 닦는 벗만이 아니라, 학문이나 예술을 함께 연마하는 벗들이 모두 서로에게 도움이 되는 '도반'이라 할 수 있다.

내가 평생 종사해온 학문의 길에서 나의 '도반'은 누구였을까 하고 돌아보니, 너무 드물었다. 함께 어울려 놀았던 친구는 많지는 않아도 여럿 있지만, 학문의 길에서 만나 함께 걸었던 '도반'은 너무 적었다. 주변에 내가 알고 지내던 훌륭한 학자들은 많았지만, 가까이 자주 만나 교류했던 분은 두 분이 떠올랐을 뿐이다. 한분은 나의 학부시절 선배였던 영서 남기영(穎棲 南基英)형이고, 다른 한 분은 성균관대학에 근무하던 시절 동료선배였던 우현 송항룡(又玄 宋恒龍)교수다.

그만큼 내가 걸어온 학문의 길이 쓸쓸하고 후미진 길이었나 보다.

영서(穎棲)형은 조용하고 차분하면서, 지혜롭고 따뜻한 분으로, 내가 마음 깊이 존경해왔다. 그는 목소리도 미성(美聲)인데다가, 말씀도 차분하고 조리가 정연하였으며, 마음이 넓고 지혜로운 미덕을 지녔기에, 학덕이 높은 노인에서부터 철없는 후배들에 까지 두루 친하게 지내는 사람들이 많았다. 나에게 마음의 스승이셨던 야인 김익진(也人 金益鎭) 선생에게로 인도해주었던 것도 영서 형이었다.

학부시절 나는 캠퍼스 안에서 지나다니거나 강의실에서 보는 그 많은 여학생들을 선망의 눈빛으로 바라보기만 할 뿐이었고, 나에게 말을 걸어오는 여학생이 하나도 없었다. 그러나 영서형의 주위에는 모여드는 여학생들이 많아서, 세타를 짜서 가져오는 여학생, 도시락을 싸서 가져오는 여학생도 있다는 말을 들으며, 얼마나 부러웠는지 모른다. 그만큼 그에게는 사람을 끄는 매력과 덕(德)이 있었고, 나도 그 매력과 덕에 끌리지 않을 수 없었다.

영서 형은 졸업 후 군복무를 마치고 벨기에 루뱅대학에서 형이상학을 전공하여 박사학위를 받고 돌아와 경희대학 철학과 교수로 근무했다. 그 시절 영서 형과 나는 잠실5단지에서 이웃 아파트에 살았다. 그

때부터 나는 틈만 나면 영서형의 댁으로 놀러가서, 오랜 시간 담소하였는데, 그렇게 자주 찾아가도 귀찮아하는 내색이 전혀 없고, 항상 반겨주셨다. 내가 하도 자주 영서형 댁으로 놀러가니, 내가 집에서 나가면 아내는 나더러, "또 애인을 만나러 가시오." 하고 놀렸는데, 사실 놀림을 받을 만도 하였다.

영서형의 부인은 나와 대학동기생으로, 사학과를 졸업했는데, 영서형과 함께 루뱅대학에 유학하여, 서양사를 전공해 박사학위를 받고 돌아와서, 덕성여대 사학과 교수로 계셨는데, 영서형의 부인도 언제나 나를 반겨주셔서 너무 고마웠다. 사실 나는 장남이라 형도 누나도 없어 항상 아쉬움을 느껴왔는데, 영서 형을 만나면서, 그가 마음으로 친형처럼 느껴져서 더욱 따르게 되었다.

영서 형은 도봉구 방학동으로 이사를 가셨고, 나도 관악구 낙성대로 이사를 가서, 자주 찾아뵙지를 못했다. 그러다가 우리 둘 다 은퇴를 하여, 한가로워졌지만, 내가 다시 원주 산골에 내려와 살면서 또 한동안 못 뵈었다. 그래도 내가 추위를 피해 서울로 올라와 있는 동안, 1주일에 한번 꼴로 찾아뵈었다. 영서 형은 언제나 나를 반겨주셨고, 번번이 이웃의 조상호 선생과 함께 서울주변의 유적을 답사하는 기회를 만들어 주셨다. 역시 세심한 배려로 깊이 감사했다.

영서 형과 담소할 때는 화제가 종횡무진으로 돌아다녔지만, 언제나 나의 편협하고 짧은 소견을 경청해주시면서, 문제점의 정곡을 짚어 깨우쳐 주셨는데, 나는 형의 예리한 통찰력과 해박한 지식에 감탄하고 감사했다. 내가 영서 형을 '도반'이라 일컫는 것은 외람된 일이지만, 나로서는 흐릿한 시야를 환하게 열어주고, 답답한 가슴을 시원하게 열어주는 형이 있어서, 내가 가는 길이 외롭지 않고 즐거움을 자주 느끼게 해주는 형에게 마음속으로 '도반'이라 생각하고 있다.

우현(又玄)형은 나보다 다섯 살이나 위였는데, 항상 친구처럼 대해주셔서 늘 감사하게 생각한다. 나는 그와 1980년 성균관대학 유학과에 같이 발령받았고, 동료교수로 가장 친하게 지냈다. 우현 형은 노장(老莊)사상을 전공하는데, 과연 노장철학자 답게, 아무 것에도 구애됨이 없고 마음이 툭 터진 분이다. 그는 성균관대 동양철학과를 학부와 대학원까지 다녔는데, 지금 기억에 처음 만났던 것은 국립도서관에 근무하실 때, 한문 문헌을 조사하느라 찾아갔었고, 단국대학 동양학연구소에 계실 때도 몇 번 찾아갔던 일이 있었다.

성균관대 유학과에 함께 재직하면서, 단지 우현 형과만 마음의 벗으로 삼고 어울렸다. 형은 말씀도 소탈하고 걸림이 없어, 듣고 있노라면 나의 답답하던 가슴이 시원하게 열리는 것을 자주 느꼈다. 그는 술을 하지 않아서, 함께 찻집에도 가서 담소하고, 그의 친구를 만나러 갈 때에도 같이 가기도 했다. 그와 함께 있으면 견문이 너무 부족한 나로서는 모르던 새로운 세상과 접할 수 있게 되어 즐거웠다.

우현 형은 내가 가평군 설악면 길도 제대로 없는 산속에 땅과 집을 구해서 방학 때나 주말을 보냈는데, 형이 한번 찾아와 보고, 바로 이웃에 집과 땅을 사들여, 이웃해 살았다. 그 산속에 우현 형이 들어오자, 나는 외로움이 사라지고, 함께 어울려 담소하며 즐거운 시간을 보내니, 너무 즐거웠다. 형은 노장철학자 답게 이 외딴 산속의 자연 속에 너무 잘 어울려, 동네 사람들과도 친구처럼 편안하게 지내는 모습이 매우 보기 좋았다.

은퇴한 다음 형은 건강이 좋지 않아, 서울에 나왔지만, 시내에 있던 집을 처분하고, 당고개 너머 남양주시 별내면의 홍국사(興國寺) 입구

산마을에 시골집을 장만하여 살았다. 나도 병이 깊어 일을 하기가 어려워지자 바둑을 두며 놀았는데, 이때 형 댁으로 놀러가서 밤을 새우며 바둑을 두고 즐겼다. 그의 바둑판은 줄이 거의 보이지 않아서, 마치 신선들이 두는 바둑판같았고, 그의 바둑은 우주류(宇宙類)라 집 바둑이나 두는 나와는 너무 대조적이었는데, 그래도 재미있게 바둑을 두며 담소를 즐겼다.

서로 건강이 더 나빠져 바둑도 둘 수 없게 되었고, 나도 원주에 산골에 칩거(蟄居)하다 보니, 찾아가지도 못했다. 가끔 전화로 안부를 묻고, 편지를 주고받았는데, 우현형의 편지는 한편 한편이 철학적인 사색의 말씀이라, 여러 번 반복하여 읽으며, 음미하는 맛이 좋았다. 형은 건강이 많이 나빠져서 출입도 어려워졌다 한다. 그래서 근처의 아파트로 옮겨 살고 계신다는데, 코로나 바이러스가 길을 막아 찾아갈 수도 없어 안타까웠다. 전화를 드려 오랜 시간 담소했다. 음성은 여전히 쨍쨍하고, 말씀은 여전히 예리하지만, 이미 난청이라 잘 듣지도 못하신다하여, 안타까웠다.

내 평생이 영서 형과 우현 형은 선배이면서, 나의 길에 항상 빛이 되어주었던 '도반'으로 가슴에 간직하고 있다. 그러나 나 자신이 같은 길을 가는 가까운 후배들에게 길동무로서 어떤 역할을 했는지 생각해보면, 부끄러운 생각을 지울 수 없다.

11.

부끄러운 생활습관

내 생활습관은 나의 천성이 게으름에서 오는 습관과 집안이 너무 가난했기 때문에 생긴 습관의 두 유형이 있는 것 같다. 생각해보니, 내 생활습관 가운데는 바람직하거나 자랑스러운 습관은 하나도 없고, 모두가 잘못된 습관들이라 부끄러울 뿐이다. 사실 나는 내 나쁜 생활습관들을 스스로 각성하지도 못하고, 고치려하지도 않았다. 32세에 결혼을 한 다음에야, 아내가 고쳐주려고 애를 썼지만, 지금까지 확실하게 고쳐진 것은 하나도 없는 것 같다.

먼저 나의 게으름에서 오는 나쁜 습관들을 돌아보면, 첫째 생활에 규칙성이 거의 없다는 점이다. 일정한 시간에 자고 깨는 습관이 없다. 졸리면 자고, 아무 때나 깬다. 외갓집에서 중학교를 다닐 때는 아침에 외할머니가 나를 한참동안 깨워주어야 겨우 학교에 갔다. 나중에 자명종 시계를 사다놓았는데, 벨소리가 울려도 잠결에 꺼버리고 계속 자는 때가 많았다. 늙어버린 지금도 마찬가지다. 아무도 제한을 안 하면, 낮에는 자고 밤에는 깨어있는 날이 많다. 아침에 일찍 일어나 가장 먼저 용변을 보는 것이 좋은 습관인 줄 아는데, 평생 제대로 실행하지를 못했다. 그래서 밖에 나갔다가 갑자기 용변이 급해져서, 골탕을 먹은 일이 여러 번 있었다. 급할 때는 가까이 있는 극장에 표를 사서 들어가 극장 화장실을 사용했던 일도 있었다.

운동을 규칙적으로 하는 법이 없다. 중학교에서 대학까지 학교를 다닐 때 까지는 대부분 학교까지 걸어서 다녔으니, 저절로 운동이 된 셈이었다. 그러나 그 후로는 바깥에 일이 없으면, 며칠이고 현관문을 열지 않고 살기도 했다. 지금은 바깥에 일이 없으니, 심하면 일주일에서 한 달까지 대문 밖을 나가지 않는 일이 자주 있다. 낙성대 살 때는 아내가 나를 끌고 나가 구민운동장을 돌거나, 공원을 산책하기도 하고, 관악산을 중턱까지 올라가기도 하였다. 그러나 자발적이 아니었으니, 다른 곳에 이사 가서는 여전히 움직이지 않으니, 아내는 내게, '부동씨'(不動氏)라는 별명을 붙여주기도 하였다.

또 게을러 소년시절이나 청년시절에는 양치질을 잊어버리고 하지 않은 채 잠을 자는 날이 많았다. 그래서 30대부터는 충치 치료를 받기 시작했고, 40대부터는 치주염으로 오랫동안 심한 고통에 시달렸다. 하도 자주 치과를 들락거리며 살았으니, 그 고생이 어찌 자심하지 않았겠는가. 그러다 50대부터는 이빨을 하나 둘 뽑아내기 시작했는데, 70이 넘었을 때는 남은 이빨이 하나도 없어, 아래 위를 모두 틀니로 견디고 있는 수밖에 없었다. 어찌 하늘의 벌을 받고 있는 것이 아니랴.

다음으로 집안이 너무 가난했기 때문에 생긴 습관을 돌아보면, 옷은 새 옷이라야 싸구려 가게에서 사온 것들이 대부분이었다. 그래도 아내가 내 체면을 살려주려고, 외출용으로 기성복 괜찮은 옷 두어 벌은 갖추어주었다. 맞춤양복점을 찾아 간 것은 누가 양복 표를 선물로 주어서, 한번 입어본 일이 있었다. 나에게 양복 표를 주어서 고마운 일이지만, 내 행색이 몹시 추루하게 보였기 때문이 아닐까 하는 생각이 든다. 대부분 누가 준 옷이거나 여동생이 선물해준 옷이 그래도 괜찮은 편이다. 그런데 나는 헌옷이 더 편하여, 헌옷을 입고 지내기 일쑤고, 나갈 때도 입고 싶지만, 외출할 때는 아내의 심사를 받고서 나가야 하니, 내보기에는 제법 멋진 옷을 입고 나간다.

신발은 그 시절 양화점에서 맞춘 구두를 신고 다니는 것이 유행이었지만, 젊어서는 맞춤구두를 신어 본 일이 없었는데, 대학4학년 때 캠퍼스 안에서 구두를 고쳐주는 영감님이 있었는데, 이 분이 구두를 맞추어주기도 한다 하여, 한 클레를 맞추었는데, 값도 싸고 튼튼하여 오래 신었던 일이 있었다. 졸업하고 군에 입대하여 훈련 받을 때, 지급품으로 목이 긴 군화와 함께 장교후보생에게는 단화를 받았는데, 구대장의 말씀이 "군대는 신을 발에 맞추는 곳이 아니라, 발을 신에 맞추는 곳이다."라는 한마디 말로 교환이 불가함을 선언했다. 군화는 그래도 내 발에 대강 맞는 것으로 동료와 바꾸었는데, 단화는 너무 작아서 바꿀 수도 없었다.

훈련을 마치고 휴가로 서울에 올라왔을 때. 가져온 단화는 발이 작은 누구에게 주었고, 나는 양화점에 갈 생각을 못해, 남대문 시장에서 구두를 파는 노점의 군용 단화와 같은 모양으로 값이 싼 구두를 하나 샀다. 어느 날 비가 오는데 외출을 했었다. 한 참 걸어가는데, 구두 속으로 물이 스며들고 있어서, 놀라 구두를 벗어보았더니, 밑창이 마분지로 만들어진 가짜 엉터리 구두였다. 할 수 없이 다시 가까운 시장의 구두 파는 가게에 들어가 새로 사서 신을 수밖에 없었다. 싼 것을 찾다가 내가 당했던 실패담이다. 지금은 양화점에서 사온 외출용 구두가 있지만 잘 모셔두고, 아직도 나는 덤핑으로 파는 가게에서 사온 구두와 운동화를 사서신고 다닌다.

오래전 어느 날 미국에서 살고 있는 조카가 찾아온다고 했다. 아들 녀석이 집이 너무 협소하니, 점심이라도 먹으며, 식당에서 만나자고 하기에, 식당을 알아보라고 하였더니, 1인당 4만원이나 하는 한정식 집 룸을 예약해놓았다. 직장도 없어 부모의 도움을 받아 살고 있는 아들이 나보다 씀씀이가 큰 것을 보면서, 속으로, "나는 가난한 부모 밑에서 살았지만, 아들은 그래도 여유 있는 부모 밑에 살고 있구나." 하면서, 혼자 미소를 지었던 일도 있었다.

아내가 먼저 원주로 내려가 내가 혼자 서울에서 살고 있는 동안 식당에 가서 밥을 사 먹었는데, 한 번도 만 원 이상의 음식을 사먹었던 일이 없는 것은 사실이다. 어떤 자리에 초대를 받고 가서도, 값비싼 고급 요리 집에 가서 밥을 먹으면, 밥맛도 잘 모를 정도로 마음이 편하지가 않았다. 아내도 밖에서 점심을 먹을 때에는 나와 같이 먹는데 불평 없이 잘 따라 주었다.

아내는 신통치 않은 월급으로 세 아이를 키우면서, 알뜰하게 살림하고 저축하여, 결혼 10년 만에 낡은 아파트 하나를 장만했다. 그러자니 여유가 있을 수 없었다. 내가 1978년 가을에 박사학위 논문이 통과되어, 그해 겨울 논문을 인쇄해야 되는데, 인쇄비가 없었다. 그래서 큰 딸을 걸리고 둘째 딸을 업고, 버스를 타고서 친구 집에 돈을 꾸러 갔었다고 한다. 그 친구는 돈을 꾸어 주면서, 시장에 데리고 가서 아이들 옷을 사 주고서, 아내에게 "너는 결혼하면 잘 살줄 알았다."고 한마디 했었다 한다. 이 말에 아내의 마을이 아팠던지, 여러 번 나에게 그 이야기를 해 주었다. 모두 내가 못난 탓이니 어찌하랴.

차차 살림이 안정되고 여유도 생겨서, 잠실5단지의 훨씬 좋은 아파트로 이사도 했고, 아내가 운전을 배워, '액센트'라는 소형차도 굴리게 되었다. 그때 우리는 시간만 나면 전국 어디든지 찾아 다녔다. 그래도 여전히 식사는 저렴한 음식점을 찾아다녔고, 숙소는 모텔에 들렀다. 다만 씨즌이 아닐 때 해운대를 가면, 그곳에 모텔 보다 별로 비싸지 않은 호텔을 알고 있어서, 호텔에 들어갔다. 해운대는 아내와 신혼여행을 왔던 곳이니, 차마 모텔에서 자고 갈 수야 없었다.

노년에 시간의 여유들이 있었으니, 친구들이 함께 동해나 남해 바닷가로 나들이를 자주 했다. 내 친구들이 정이 많고 마음이 넓기는 하였지만, 늘 고맙고 또 미안하기만 했다. 사실 나도 여유가 생겼지만 돈을 쓰는 방법조차 모르는 것 같았다. 너무 오랜 세월 가난하게 살았기 때문이다. 여유가 있어도 여전히 싸구려 옷을 즐겨 입고 다녔으며, 싸구려 구두나 운동화를 신고 밖에 자주 나가는데다가, 목욕하기도 게을리 하고, 세수도 잘 하지 않으며, 옷에 찌든 담배냄새를 풍기고 다니나 보다. 그래서 아내는 나를 '추물'(醜物)이라고 놀리기도 하고, '노숙자씨'(露宿子氏)라 부르기도 한다. 태생이 가난하니, 고급 옷이나 고급 신발을 신으면 거북하고, 낡은 옷에 헌 신발을 신고 다니면 차라리 마음이 편안해지는 것을 어찌하랴.

12.
내 친구 화경의 영상예술세계

　내가 60세 이후 계속 머릿속이 흐려져 집중하여 일을 할 수가 없었을 때, 바둑을 두면 잠시 집중이 되어, 바둑 두기를 무척 좋아했으나, 내 바둑 실력이야 군대시절 잠시 두었던 바둑이라 8급 수준의 하수라, 기꺼이 대국해주는 사람이 없었다. 그때 내 옛친구 화경 주일청(和鏡 朱一晴)은 1급에 가까운 상수(上手)였지만, 언제나 즐겨 응해주어, 1주일에 두세 번 기원을 찾아가 바둑을 두었으니, 그때 나는 그를 주사부(朱師父)라 불렀다.

　내가 원주 산골에 내려가 살면서도 서울에 올라와 잠시 머물 때면 그와 기원에서 만나 바둑을 두었는데, 몇 년 전부터는 바둑 두는 것조차 힘이 들어, 바둑에서 손을 놓고 말았다. 이번에 서울에 올라오자 어제 거의 2년 만에 그와 기원에서 만나, 쉬어가면서 바둑 3판을 두었다. 막걸리를 곁들여 오랫동안 저녁을 먹으면서, 그가 KBS와 SBS 방송국에 근무하던 시절, 대하드라마 〈토지〉를 감독하고, TV문학관에서 30

편이 넘는 문학작품을 제작하던 시절의 일화들을 들으며 깊은 감동을
느꼈다.

그의 이야기를 들으니, 바로 우리나라 영상예술의 창작 역사였다.
그는 야외촬영을 개척하다시피 하였음을 알겠다. 〈토지〉를 촬영하면
서 하동 평사리(平沙里)의 촬영무대를 만들기 위해 한 마을의 전신주
를 모두 뽑아내던 이야기, 벌판에다 야외촬영 세트장을 만들었던 이
야기, 이미 초가집이 없어졌는데, 한 마을 지붕을 다 벗겨내고 다시 초
가지붕을 얹었던 이야기, 최참판 댁의 무대를 가장 완벽한 모습으로
찾기 위해 전국의 전통가옥과 정원을 찾아다니며 촬영하던 이야기,
만주벌판을 마차로 달리는 장면을 위해 마차도 말도 찾기 어려워, 철
공소에 가서 마차를 제작하고, 마차를 끌어본 일이 없는 말을 구해서
채찍질하여 겨우 달리게 한 이야기, 반년씩 집에도 못들어가고 야외
에서 살며 영상예술작품을 만들어가던 이야기는 듣기만 해도 가슴이
뛰었다.

한때 KBS에서 이산가족 찾기의 열풍을 일으켰던 일이 있었는데, 그
발단은 그의 아이디어로 시작되었지만, 전국민을 울리는 이산가족 상
봉의 열풍이 불자, 뒷짐 지고 구경만 하던 방송국 사장이 갑자기 앞에
나서서 공을 가로채갔다는 이야기도 재미있는 에피소드였다. 그의 삶
은 영상예술 창작에 혼을 불살랐고, 우리나라 영상예술사의 매우 소
중한 역사였음을 알겠다.

나는 그의 이야기를 듣다가 흥분을 참지 못하고서, "지금이라도 자
네의 삶을 자서전 형식으로 써서 세상에 발표를 하거나, 글로 쓰기가
어려우면 녹음을 하여 출판사에서 녹음을 풀어 책으로 만들게 할 수
도 있으니, 제발 우리나라 영상예술 창작역사의 중요한 장면들을 영

원히 사라지게 하지 말게. 이 일은 자네의 책임이자 의무임을 잊지 말아야 하네."라고 간곡히 당부했다. 그런데 이 친구의 성격상 자신이 나서지는 못할 것이고, 누가 도와줄 사람을 찾고 싶었다. 그래서 내 주위를 둘러보았으나, 이제는 나 자신이 끈 떨어진 호박 신세라, 마땅한 사람이나 출판사가 떠오르지 않아 안타까웠다.

조선시대는 기록문화가 발달하여 중요한 사료로서 활용되고 있는데, 우리 주변에서는 개인사(個人史)나 지역사(地域史)의 기록에 힘쓰는 모습을 찾기 힘들어 무척 아쉽다. 우리의 현대사는 일제식민지배와 해방과 분단과 민족상잔의 동란과 군사 쿠데타 등 무수한 사건으로 격변하는 시대의 역사이다. 그만큼 한 개인의 경험들이 많이 쌓이면 바로 역사의 뼈대에 살이 붙고 피가 통하는 역사가 될 수 있는데, 뼈만 앙상한 역사라면 얼마나 답답하겠는가.

나 자신도 젊을 때부터 연로한 분을 많이 만났으나, 그들이 살아온 시대와 사건들에 대한 이야기를 들으려하지 않고, 오직 옛 유학자들의 사상과 행적만 찾아다녔던 것이 지금 생각하면 너무 아쉽다. 〈맹진사댁 경사〉(영화 〈시집가는 날〉)를 지은 희곡작가 오영진(又川 吳泳鎭, 1916-1974)선생은 내가 국제대학 인문사회과학연구소에 근무할 때, 이웃 연구실에 계셨는데, 그분이 해방 후 월남하기 전까지 평양에서 독립운동가로 조선일보 사장, 조선민주당 당수를 지냈던 조만식(古堂 曺晩植, 1883-1950)선생의 비서로 있었다는 사실을 알고서도, 바쁘다는 핑계로 같이 저녁 먹자는 말씀도 사양하였으니, 그가 살아왔던 이야기를 들을 기회를 영영 놓치고 만 것인 못내 아쉬웠다.

화경은 중·고등학교시절부터 내가 선망하는 대상이었다. 노래 잘하지, 글짓기 잘 하지, 운동 잘하지, 친구 많지, 마음이 한없이 너그럽지…, 내가 갖추지 못한 온갖 재능과 덕을 그는 다 갖추었으니, 어찌 부러워하지 않을 수 있겠는가. 그는 KBS에서 〈내 마음 별과 같이〉라는 제목으로 TV연속극을 제작할 때, 그 주제가 가사를 직접 지었던 일이 있다. 길을 가다가도 스피커에서 이 노래가 흘러나오면 발을 멈추고 끝까지 듣는다.

"산 너울에 두둥실 홀로 가는 저 구름아/ 너는 알리라 내 마음을/ 부평초 같은 마음을/… 강바람에 두둥실 길을 잃은 저 구름아/ 너는 알리라 내 갈 길을/ 나그네 떠나갈 길을/…내 마음 별과 같이/ 저 하늘 별이 되어 영원히 빛나리." 대중가요로 불리지만, '홀로 가는 구름', '길을 잃은 구름'이란 말을 들으며, 자꾸만 자신의 삶을 돌아보고 생각하게 하는 노랫말이다.

화경의 이야기를 듣다보면, 그의 영상예술 작품 제작과정은 마치 전쟁터에서 야전사령관처럼 긴장 속에서 살았던 것 같다. 많은 스텝진과 연기자들을 거느리고, 그의 명령 한마디에 전체가 일사불란(一絲不亂)하게 돌아가야 하니, 그의 삶 자체가 하나의 영상예술 작품으로 내 머릿속에 떠오른다. 배경과 연기자가 어울려야 하고, 연기자의 말 한마디 손짓하나 자연스럽지 않은 점이 있을 수 없으니, 그가 바라보는 카메라 렌즈 앞에서는 배경에서 연기자의 표정·동작까지 조화롭게 비쳐져야 한다. 그렇다면 시청자들은 60분 동안 입을 벌리고 웃으며 보고 즐기겠지만, 그가 작품 하나하나를 만들어 가는 과정은 여간 힘든 산통(産痛)을 겪어야 하는 것임을 넉넉히 짐작할 수 있다.

그래서 나는 오래 전에 그에게 '화경'(和鏡)이라는 호를 지어주었던 일이 있다. 나야 안경을 쓰고 세상을 내다보지만, 그저 무심히 스쳐가는 광경이요, 더러 산이 아름답거나 꽃이나 단풍이 아름답다고 감탄하더라도 그 광경이 전체적으로 어떻게 조화를 이루고 있는지 그렇지 못한지에 대해서는 관심조차 없다. 그러나 그의 카메라 렌즈를 통한 연출은 모든 움직임이 배경과 조명과 의상과 동작과 대사 등 모든 것이 어울려 조화를 이루지 않으면 안 된다. 그래서 '화경'이다. 그는 이 호에 비교적 만족하는 듯하여, 나도 진심으로 다행스럽고 기쁘게 생각한다.

13.

김밥과 커피

　초등학교시절 몇 번 못가본 소풍이자만, 소풍을 갈 때면, 어머니께서 김밥을 싸주셔서 맛있게 먹었던 기억이 아직도 남아있다. 그런데 어쩌다가 김밥이 내 생활에서 아주 멀어지게 되었는지, 그 까닭을 알 수 없다. 그러나 평소에도 아내가 차려주는 밥상에서, 밥을 한 숟갈 떠서 기름 발라 구워놓은 김 한 조각을 밥 위에 올려놓고 입에 넣은 다음, 반찬 한두 가지를 함께 먹기를 즐겨하였으니, 이것도 김밥을 먹었다고 할 수 있을지 모르겠다.

　내가 인문대학 종교학과에서 봉직하던 시절, 나의 연구실이 있는 5동 건물의 현관에서 20보 쯤 떨어져 있는 곳, 버드나무 아래에서 쪼그리고 앉아 김밥을 팔고 계시는 할머니가 한 분 계셨다. 이 할머니가, 나지막한 목소리로, "김밥 한 줄에 천원."이라 말하시는 것을 지나다니면서 들었다. 저녁 무렵이 가까워지면, "김밥 두 줄에 천원."이라 말하시니, 떨이를 하고 빨리 집에 가시려는 것 같다. 어려운 생활을 하시는 할머니가 김밥장사를 하시는 것을 보면서, 나도 가끔 사다 먹을 만도 한데, 한 번도 사 먹어 본 일이 없었다. 지금 생각하면, 끝내 한 번도 사먹지 않은 사실이 후회가 된다.

지금 늙어서 원주 산골에 내려와 사는데, 그 집이 겨울이면 몹시 추워서, 겨울동안 서울에 올라와 있다. 노모가 계시니 이웃에 사는 여동생이 아침저녁으로 어머니 진지를 해다 드린다. 그런데 내가 와 있는 동안, 나의 아침밥도 함께 가져다준다. 너무 미안하고 고마울 뿐이다. 내가 밖에 나가 친구들을 만나 점심과 저녁을 먹고 들어오는 일이 많으니, 아침 한 끼면 충분하다.

그런데 금년에는 코로나 바이러스가 유행하여, 사람 만나는 것도 서로 폐가되기 쉬우니, 친한 사이라도 전화로 안부나 묻고 만나지를 못한다. 그래서 집에 있는 날이 많으니, 점심과 저녁을 먹을 방법을 강구해야 되는데, 이때 찾아낸 것이, 길 건너 김밥 집에 가서 김밥을 사다 먹는 방법이었다. 이렇게 늙고 나서 그동안 잊고 있었던 김밥을 매일 한 줄이나 두 줄을 사다 먹고 있다.

그동안 나는 모닝 롤 빵에 딸기 쨈을 바르고 야채를 얹어서 먹는 것으로 점심과 저녁을 해결하여 왔는데, 여러 날 먹어보니 물려서 더 먹기가 싫어졌다. 이런 상태에서 김밥은 입안을 개운하게 해주고, 속도 편하여, 아주 즐겁게 먹고 있다. 세상에는 맛있는 음식도 많고, 맛있는 음식을 하는 음식점도 많지만, 이렇게 내 방에 앉아서 창밖의 하늘을 바라보며 김밥을 먹고 있다는 것은 편리하기도 하고, 입맛에도 맞았기 때문이다.

나는 김밥 집 상호도 안보고 다녔는데, 어느 날 김밥 집 아주머니가, "무슨 김밥을 드릴까요."하고 물어왔다. 그래서 내가 "김밥에도 종류가 있습니까."라고 되물었더니, "나리 김밥과 유부 김밥이 있습니다."
라고 대답 한다. 그제야 이 집 상호가 '나리'라는 것을 알아차렸다. 집
에 김밥을 한 줄 사들고 와서, 혼자 먹고 있자니 조금 꽉꽉한 느낌이
없지 않았다. 그래서 찾아낸 방법이 김밥을 먹으면서 국물 대신 책상
위에 놓여 있는 커피를 마시기 시작했다. 그때서야 김밥과 커피가 궁
합이 아주 잘 맞는다는 사실에 나도 놀랐다.

세월이 흘러 이제는 김밥 한 줄에 3천원이 하지만, 언제나 열 토막
으로 썰어서 쿠킹호일에 싸서 주는 김밥을 커피와 함께 먹으면서, "나
의 살림이야 김밥 한 줄에 믹스 커피 한 잔이면, 한 끼가 문제없이 해
결되는구나."라고 혼자 중얼거렸다. 어떤 고급 요리를 먹는 시림도 부
러워 할 필요가 전혀 없다고 혼자 생각한다. 계산을 해보니, 하루 세끼
를 김밥으로 먹으면, 커피 값까지 넣어도, 하루 만원이면 충분하다는
말이 된다.

김밥에서 김은 먼 남쪽 바다의 향기를 간직하고 있으니, 이 또한 좋
고, 시금치와 당근 등 야채도 풍부하게 들어 있으니, 변비에 걸릴 걱정
도 없어졌다. 계란과 게맛살도 들어있으니, 단백질도 충분하지 않겠는
가. 혼자서 식당에 들어가 우두커니 음식이 나오기를 기다릴 필요도
없고, 그렇다고 집에서 라면을 끓일 필요도 없으니, 이만하면 혼자 살
면서 식생활을 걱정할 필요도 없으니, 이 얼마나 좋은가. 혼자 앉아서
김밥 한 토막 먹고, 커피 한 모금 마시면서, 스스로 즐거워하고 있는
내 꼴이 남들 보기에 좀 우스울지도 모르겠다.

그래도 하루빨리 봄이 와서 원주 산골로 돌아가, 노처가 차려주는
밥상을 받고 싶은 마음이야 간절하다. 이제 봄이 오면 온갖 싱싱한 봄
나물이 텃밭 주변에서도 저절로 자라나고 있을 터이다. 쑥국도 먹고

싶고, 달래나 냉이 나물도 먹고 싶다. 그래도 아직은 서울 한 구석에서 김밥과 커피의 조화로운 맛을 즐기고 있는 것으로 만족한다. 김밥과 커피를 나의 겨울 양식으로 마련해주신 분들에게 감사하고 있다.

김밥을 먹으며 한가롭게 생각을 하고 있자니, 내가 한 줄의 김밥을 먹으려면, 그 속에는 논에서 벼를 심어 쌀을 생산하는 농민의 땀이 들어 있고, 밭에다 나물을 심는 농민의 노동도 정성도 깃들어 있다. 무엇보다 멀리 남해바다에서 김을 양식하고 거두어서, 한 장 한 장 볕에 말리는 어촌 사람들의 노고도 잊을 수가 없다. 마지막에 김밥을 말아주는 아주머니의 날렵한 손길을 거쳐서 한 줄의 김밥이 완성되니, 참으로 많은 사람들에게 감사하지 않을 수 없다. 그런데도 나 한 사람만의 걱정거리와 고민에만 사로잡혀, 내가 온갖 혜택을 입고 있는 세상을 다 잊어버린 채, 세상에 불평만 하고 있었던 사실이 갑자기 부끄러워진다.

사람이 살아가는 데는 옷을 입고, 밥을 먹고, 사는 집이 있어야 하는 것은 가장 급하고 중요한 일임은 분명하다. 한 사실이다. 옛날에는 흉년이 들면 굶어 죽는 사람들이 무수히 많았다고 한다. 내가 어릴 때만 해도 끼니때마다 이집 저집으로 밥을 빌러 다니는 걸인들이 많은 것을 보아왔다. 그런데 요즈음도 끼니를 굶는 사람이 상당수가 있는가 보다.

내가 원주에 살면서 이웃 마을에 사시는 청안(靑眼 郭炳恩)선생을 알게 되었는데, 그는 결식(缺食)하는 사람들을 위해 ‘백만 그릇의 밥’을 제공하며, 봉사활동을 해왔다는 사실을 듣고, 저절로 머리가 숙여졌다. 하루에 200명분의 밥을 365일 제공했다면, 13년 이상을 계속해온 봉사활동이다. 혼자 앉아서 김밥 한 줄과 커피 한 잔으로 한 끼를

때우면서, 만족해하는 자신을 돌아보자니, 이 또한 부끄러워진다.

14.

바다가 그리워

내 눈에는 언제나 바다가 보이고 있다. 거대한 배들이 드나드는 부산항과 파도가 밀려오는 바닷가 모래톱이 보인다. 어릴 적에 살던 고향의 부산항은 아직도 옛날 모습 그대로 눈앞에 살아나고 있다. 여름마다 찾아다니던 해운대 해수욕장, 광안리 해수욕장, 송정 해수욕장 등 해변에는 지금도 파도가 쉬지 않고 밀려오며, 나를 부르고 있는 것 같다. 그래서 나는 고향으로 돌아가고 싶은 꿈을 꾸어왔다.

네 살 때 해운대 해수욕장 해변에서 찍었던 얼굴이 까맣게 탄 소년의 사진이 지금도 내 앨범 첫머리에 그대로 있다. 아마 내 영혼 속 어딘가에는 해변에 앉아 있는 네 살 때의 소년의 숨소리가 남아 있는지도 모르겠다. 그러기에 이렇게 바다를 그리워하고 있는 것이 아닐까. 소년시절 나의 꿈은 바다가 품어서 키워주었던 것 같다. 지금은 원주 산골에서 살고 있지만, 눈앞에 굽이치며 뻗어나가는 산줄기는 파도가 넘실거리는 바다의 영상과 겹쳐서 비쳐온다.

매일 마루나 방의 창문으로 내다보던 바다를 보면서 살다가, 중학교를 서울로 올라왔더니, 바다가 목마른 듯이 보고 싶어서, 어느 일요일 날 기차를 타고 인천에 가서 송도 앞바다를 눈이 시리도록 보다가 왔던 일도 있다. 고등학교 2학년 때 친구들과 텐트와 취사도구를 챙겨서 동해안의 관동팔경(關東八景)을 찾아다닐 때 의상대(義湘臺)아래 바닷가 바위틈에 텐트를 치고 잘 때는 파도소리가 너무 사나워 마치 파도가 머리 위로 덮칠 것 같은 두려움 속에 잠들었던 기억을 잊을 수 없다.

뒷날 군복무를 하던 시절 산마루의 레이더 기지에서 근무했는데, 용문산에서 근무하던 6개월을 빼놓으면, 백령도, 강릉, 서산에서 근무하던 3년의 세월은 모두 근무장인 산마루에 오르면 바다가 눈 아래로 굽어 보였으니, 바다는 가장 힘들던 시절에 큰 위로가 되었다. 그 뒤로 바쁘게 살았지만, 그래도 너무 지쳐서 쉬고 있을 때는 언제나 바다가 눈앞에 떠올라, 마음을 달래주었다.

이제 직장에서도 은퇴하고 한가롭게 쉰지도 12년이 흘렀다. 인생을 마무리할 노년에 와서, '내 고향 남쪽 바다'로 내려가게 되었다. 올 가을부터 들어가서 살 집은 8평짜리 오피스텔이다. 주위에서 "두 사람이 살기에 8평으로는 너무 비좁다."고 염려하는 사람들이 여럿 있지만, 나와 노처는 최소한으로 사는 것을 좋아하니, 큰 걱정은 하지 않는다. 이제 자식들도 제각기 자기 살길을 찾아가고 있으며, 노모는 당분간 여동생이 맡아서 돌보아 드리니, 모처럼, 노부부가 힘이 자라는 데까지 사방으로 놀러 다니기로 약속했으니, 집이란 잠자고 밥 먹을 수 있는 공간이면 족하다고 생각한다.

피서 철이 아니면 매일 바닷가 모래밭도 거닐고, 어릴 적 살던 동내도 찾아보고, 싱싱한 해산물도 실컷 먹으며, 살자고 약속했다. 친구들이 찾아오면 함께 부산 근처 고찰(古刹)이나 명소도 찾아 볼 계획이다. 누가 정들면 고향이지 고향이 따로 있느냐고 했는데, 내가 살아본 곳 가운데, 정이 들었던 곳은 가평군 설악면의 산골 마을 '사룡리'와, 군대생활 때 가장 오래 머물었던 강릉과, 최근에 7년을 살아왔던 원주 산골 '대수리'가 있지만, 고향 부산 만큼 정이 깊이 들 수가 없었다.

고향이야 제마다 다를 수 있고, 모두가 자기 고향에 정이 깊이 들었을 터이니, 어느 곳이 더 좋고 더 나쁘다고 가릴 이유는 없는 것이 당연하다. 그러나 나는 고향에 바다가 있어서, '내 고향 남쪽바다'를 더 좋아한다. 백령도의 서해바다는 인적이 드물어 한적해서 좋아했고, 강릉 동해바다는 바다가 넓게 툭 터져서 좋아했다. 그러나 남해바다의 부산은 무역선과 여객선이 붐비는 복잡한 항구와, 여름이면 사람이 터져나가는 해수욕장이 있는 항구다. 너무 박잡한 대도시라 달가워하지 않을 사람도 있겠지만, 나는 꿈에도 그리던 고향바다라 좋은 점 나쁜 점을 가리지 않고 다 좋아하는 것임을 먼저 확인해 두고자 한다.

부산은 산이 너무 많고 넓은 평지가 적어, 산과 바다 사이에 끼어 있거나 산과 산 사이에 끼어있어서 더 복잡하게 느껴지는 답답한 도시라 할 수도 있다. 그래도 나는 고향이라 좋다. 내 고향이 아니었다면, 별로 좋아하지 않을 지도 모른다. 고향이라 어린 시절의 추억이 서려 있으니, 세상에 어떤 아름답고 쾌적한 곳으로도 바꿔놓을 수가 없다. 그런데 문제는 내가 여행하면서 고향을 몇 번 찾아갔지만, 나의 어린 시절 풍경과는 너무 많이 변해서, 몹시 실망스러웠던 일이 한 두 번이 아니다. 그러니 정지용(鄭芝溶) 시인의 시 〈고향〉에서, "고향에 고향에 돌아와도/ 그리던 고향은 아니러뇨…."라 읊었던 마음처럼 낯설기만 한 고향이기도 하다.

그래도 눈에 익은 바위 하나, 냇물 한 줄기라도 찾을 수 있고, 건물은 변했지만 내가 다니던 초등학교가 있고, 내가 동무들과 토끼처럼 뛰어다니며 놀던, 수정산(水晶山)이 그대로 솟아있으니, 그것만으로도 마음에 큰 위로가 되었다. 마음에만 두고 그리워했던 고향인데, '그리던 고향이 아니라.' 하더라도, 고향을 쉽게 버릴 수야 없지 않은가. 옛 동무들은 어디로 갔는지 찾을 길 없지만, 그 고향바다가 아직도 나를 부르고 있으며, 고향 냄새가 조금은 남아 있으니, 고향으로 돌아가지 않고 어찌하랴.

고향이 그리워 고향을 찾아가지만, 고향은 초등학교를 졸업하던 13살까지 살았을 뿐인데, 14살부터 72살까지 살았던 58년간을 살았던 서울에도 정이 깊이 들었고, 73살부터 79살까지 살았던 원주 산골에도 정이 많이 들었는데, 다 버리고 어릴 때 살던 고향으로 돌아갈 것이라고 좋아하는 마음은 무엇인가. 고향에 13년을 살았다지만, 앞의 6년 동안은 기억나는 일조차 매우 드물고, 뒤의 7년 동안은 아직도 어려 모두 유치한 기억들일 뿐이다. 군대생활 4년을 빼더라도, 서울에서 54년 동안은 온갖 애환(哀歡)에 얽혔던 일들이 아직도 너무 많이 기억창고에 남아 있고, 또 나의 지인(知人)도 대부분 서울남아 있다. 또한 원주에서 만년에 살았던 7년간은 좀 외롭기는 해도, 마음이 평온하고 행복했던 소중한 시간이었다. 그런데 어찌 어린 시절의 고향으로 돌아가려 고집하고 있다는 말인가.

사실 나도 분명하게 설명하기가 참으로 어렵다. 10년 전이라면, 내가 결코 고향 부산으로 돌아갈 마음을 먹지 않았으리라 확신한다. 그런데 이제 80을 바라보는 노년이 되고 보니, 그 오랜 세월 머릿속을 맴

제2부 나를 돌아보며 **173**

돌고 가슴 속에서 두근거리던 고향바다에 대한 그리움이 북받쳐 터져 나왔던 것 같다. 한번 생각이 터져 나오자, 고향바다에 가서 밀려오는 파도를 눈이 시리도록 바라보고 싶고, 모래톱을 맨발로 걷고 싶고, 부산 거리의 구석구석을 찾아다녀보고 싶다. 그러다가 지금은 파파 할머니가 되었을 옛 초등학교 시절의 여학생이라도 만나는 행운이 있으면, 한가롭게 옛날이야기를 끝없이 풀어보고 싶다. 언제든지 하늘이 부르면, 내 유골의 가루를 부산 앞바다에 띄워주기를 바란다. 아무 곳에나 뿌리면 불법이라니, 달이 밝은 밤, 인적이 없는 바닷가 바위틈에서 파도에 떠가게 해주면 더 바랄 것이 없겠다.

15.

흰 구름 위에 누워

마당에 나와 그네에 앉아서, 하릴 없이 하늘만 쳐다보며 있자니, 파란 하늘에 떠가는 탐스러운 하얀 구름 한 송이가 눈에 들어왔다. 내가 저 흰 구름 위에 올라가 누우면, 구름은 햇솜처럼 폭신하고, 초봄 햇볕은 난롯가처럼 따스하고, 바람은 합죽선(合竹扇)처럼 시원할 터이니, 얼마나 좋을까 하는 공상의 나래를 펴고 있었다. 무척 편안할 터이니, 낮잠이나 한잠 늘어지게 자고나면 기분이 얼마나 상쾌할까, 또 잠에서 깨어나 흰 구름 떠가는 대로 맡겨두고, 세상구경을 한번 하면 얼마나 멋질까. 이런 허무맹랑한 공상을 이어가고 있었다.

그런데 구름 위에 누우려면 몇 가지 어려운 문제가 발생한다. 하나는 어떻게 구름 위까지 올라가느냐 하는 문제요, 또 하나는 구름 위에 올라갔다 하더라도, 올라가는 그 순간에 땅으로 추락할 것이니, 낙하산이 없으면 그 자리에서 죽을 수밖에 없다는 문제이다. 이 두 가지 문제만 해결된다면, 그밖에도 다른 문제들이 있겠지만, 사소한 문제들이니, 모두 접어두고 생각해도 될 것 같다.

첫째 문제에서, 기구(氣球)나 헬리콥터나 행글라이더라도 이용하지 않으면, 구름까지 올라갈 수가 없다는 난관에 봉착한다. 물론 올라가더라도 내려오고 싶을 때 내려가는 방법도 확보해 두어야 하는 것은 당연하다. 그런데 당(唐)나라 때 손오공(孫悟空)이 구름을 타고 다녔다는 이야기 책 속의 이야기가 있으니, 손오공의 구름 타는 기술처럼, 어떤 신비로운 힘이나 기술이 있다면 가능하기는 할 것 같기도 하다.

또한 우리나라에서도 신라 때에는 자장(慈藏)스님이 문수(文殊)보살을 만나려고 오랫동안 기다렸는데, 막상 문수보살이 남루한 옷을 입고 찾아와 자장스님의 이름을 부르자, 쫓아내고 말았다 한다. 그때 문수보살은 자장스님에게, "아상(我相)을 가진 자가 어찌 나를 볼 수 있겠는가."(有我相者焉得見我)라 꾸짖고, 사자보좌(師子寶座)를 타고 빛을 발하며 사라졌다.〈『三國遺事』卷4, 慈藏定律〉고 하였으니, 공중으로 날아갔음을 알 수 있다.

또 효소왕(孝昭王)은 절을 짓고 친히 고승대덕(高僧大德)들을 공양하였을 때, 참석했던 남루한 차림의 스님 한 분을 조롱했더니, 그 스님은 임금에게 "남들에게 진신(眞身) 석가(釋迦)를 공양했다고 말하지 마시오."(莫與人言供養眞身釋迦,)라 하고, 몸을 솟구쳐 하늘에 떠서 남쪽으로 갔다는 이야기가 있다.〈『三國遺事』卷5, 眞身受供〉. 그렇다면 부처님의 신통력을 배울 수 있다면 구름 위로 날아오를 수도 있음을 말해준다. 그러나 모두 전설이나 신화이니 여전히 내가 구름에 올라갈 길은 아득하여 보이지 않는다.

둘째 문제는 좀 더 쉬울 것 같기도 하다. 어려운 문제는 내 몸무게에 있다. 55kg의 무게를 구름 위에서도 떠 있을 수 있는 정도로 가볍게 줄일 수는 없으니 어찌하랴. 그러나 구름 위에 올라가 앉거나 누워 있어도 추락하지 않을 만큼의 부력(浮力)이 있는 기구를 갖기만 하면 해결되지 않겠는가. 곧 알라딘의 '날아다니는 양탄자' 같이, 공중에 떠 있을 수 있는 도구를 구하기만 하면 된다. 현재 그런 기구를 아무나 구할 수 없는 것이 사실이지만, 그렇다면 그런 기구가 발명되어 널리 보급될 때까지 기다릴 수밖에 없는 형편이다.

현재는 구름 위에 올라가 누워 있겠다는 것은 분명 공상에 불과할 뿐이다. 그러나 우주에 까지 사람을 보내기도 하고 돌아오게도 하는 우리 시대의 과학기술이 머지않아 해결해 줄 수 있을 것이라 믿는다. 어떻던 나는 지금 아주 편안한 마음으로 구름 위에 올라가 누워서 잠도 자보고, 땅을 내려다보기도 하며, 아무 고민도 걱정도 없이, 공상의 세계를 즐기고 있다. 어려운 문제는 모두 과학기술에 맡겨두고, 공상의 자유로움을 만끽하고 있다.

한창 공상에 빠져 있는데, 전화회사의 광고전화 벨소리에 흥이 깨지고 말았다. 자리에서 일어나 마당을 천천히 한 바퀴 돌며, 봄을 기다리고 있는 꽃나무 가지들을 찬찬히 살펴보다가, 다시 제자리에 돌아와 앉아 있자니, 깨어진 공상을 다시 이어가고 싶지는 않았지만, 아직도 떠 있는 구름을 바라보고 있자니, 멀리 천안과 보령에 있는 친구들을 혼자서 그리워만 하며 앉아있지 말고, 당장이라도 일어나서 달려가고 싶은 마음이 간절하게 일어났다.

그런데 자리에서 일어서려고 하니, 또 여러 가지 생각들이 일어나, 무겁게 주저앉고 말았다. 갑자기 찾아가면 친구가 하던 일에 방해가 되지는 않을까. 반겨주지 않으면 어쩌나. 아무 계획도 사전 약속도 없이 찾아가면 치기(稚氣)로 비쳐지지나 않을까. 또 신세를 지면 내 마음에 부담이 더 늘 터인데…, 이런 생각들이 꼬리를 물고 일어나니, 걱정이 많은 병이 도진 것이 분명하다.

나는 이 두 친구와 만나서 담소하다보면, 고등학교 시절이나 대학 시절로 돌아가, 아무 고민 없이 마음을 열고 정다운 이야기를 마음껏 풀어놓을 수 있어서, 쓸쓸하던 마음이 훈훈해지니, 너무 행복했다. 더구나 나는 세상물정을 아무것도 모르는 '숙맥'인데, 이 친구들은 나를 어리석다거나 답답하다고 탓하는 일도 없고, 언제나 친절하게 가르쳐주려고 마음을 써주어, 얼마나 고마운지 모른다. 또 두 친구는 정이 많아, 만나면 나를 전국의 이곳저곳으로 데리고 다니며 구경을 시켜주어, 집에 돌아와서도 마음이 뿌듯하고 즐거웠다.

노년에 좋은 친구들이 있다는 것처럼 축복받은 일도 드물 것 같다. 그런데 산골에 들어와 살면서 그리움만 쌓이게 되고, 전화를 자꾸 걸기도 미안하여, 전화라도 오기만 기다리고 있으니, 스스로 민망한 생각이 들기도 한다. 언젠가 한 친구가 우리 이웃하여 모여서 노년을 보내면 어떻겠느냐고 제안하여, 뛸 듯이 기뻤다. 그래서 셋이 제천의 초등학교 폐교를 찾아갔던 일이 있다. 마당도 넓은데 나무도 커서 좋고, 주변 경치도 좋아서, 마음에 썩 들었다. 그래서 교실 하나씩 개조하여 한 세대가 사용하고, 한 교실은 공동의 주방과 응접실로 쓰면 좋겠다고 생각했으나, 오르내리는 길이 너무 가팔라서 포기하고 돌아올 때, 무척 아쉬웠던 일도 있었다.

나는 운전을 할 줄 모르니, 대중교통을 이용해야 하는데, 여러 번 갈아타고 가기도 부담스럽다. 더구나 특별한 일도 없이, 그저 그리워 찾아왔노라고 하면, 친구가 어떻게 생각할지도 염려스럽다. 이리저리 걸리는 것이 많아서, 그저 주저앉아 하늘만 쳐다보며 공상이나 하고 있는 꼴이 스스로 우습기도 하다. 구름은 어디든지 마음대로 가는데, 왜 나는 이렇게 주저앉아 아무 데도 못가고 있단 말인가. 구름을 바라보며 물어본다.

16.

호박덩굴

노처가 청향원(淸香園) 텃밭에 심는 채소는 여러 가지이지만, 그 중에도 내가 가장 좋아하는 것은 고구마와 옥수수와 호박의 세 가지이다. 땅콩도 좋아하고, 토란도 좋아하지만, 그 다음 차례이다. 호박은 생명력이 왕성하여, 덩굴아 사방으로 뻗어나가는데, 내가 좋아하여 맛있게 먹는 고구마 밭이랑을 점령하여, 넓은 잎사귀로 햇볕을 독점하려드는 모습은 마치 폭력배처럼 느껴져서 미울 때도 없지 않았다.

그러나 아무도 예쁘다고 하지 않는, 큼직하고 노란 호박꽃이 사방에서 피어나면, 나는 호박꽃을 오래도록 바라보면서, 고등학교 3학년 때로 돌아간다. 그 시절 한 반이었던 옛날 친구 한 사람이 생각이 나서, 나도 모르게 저절로 입가에 웃음이 피어난다. 그는 당차고 숫기가 없었으며, 교실의 뒷줄에서 덩치 큰 친구들과 어울렸었다. 그러니 교실 중간쯤의 한 구석에서 항상 숨어사는 소심한 나와는 가깝게 지내리라는 생각도 하지 못했다. 그런데 어느 날 그가 나에게 다가와 손을 내밀었다. 그때 나는 너무 고마운 마음이었다.

그는 어느 날 나에게 자기가 다니는 영어 학원에 같이 가보자고 제안을 했다. 그래서 한번 그를 따라 대입(大入)준비 학원에 처음 갔던 일이 있었다. 수업이 끝난 뒤에 좁은 계단을 내려가려면, 다음 시간 수업을 들으러 올라오는 학생들과 엉켜서 몹시 붐볐다. 그런데 그는 뜻밖에도 어느 어여쁜 여학생과 팔짱을 끼고 당당하게 계단을 내려가고 있었다. 그 기세에 눌렸는지, 모든 학생들이 한쪽으로 피해 길을 열어주었다. 나는 그 뜻밖의 광경을 보고 너무 놀랐고, 또 그 친구의 대담한 태도에 감탄하였으며, 너무 부러웠었다.

그는 여자 친구들이 많았는지, 아무 여학생에게나 말을 건넸던 것인지는 모르겠지만, 어느 날 앞에서 가는 여학생에게, 느닷없이 "호박꽃도 꽃이냐."하고 놀렸었다 한다. 그런데 의외에도 그 여학생이 뒤를 돌아보며, "며루치도 생선이냐."라고 대꾸를 했다는 것이다. 그 여학생의 스스럼없는 대응태도도 놀랍지만, 마침 그 친구의 별명이 '며루치'였으니, 나는 그의 이야기를 듣다가 웃음보를 터뜨리고 말았다. 그도 웃어서, 둘이 마주보며 웃었던 일도 있었다.

텃밭에 나가 사방에 피어있는 호박꽃을 볼 때마다, 내 친구 '며루치'가 생각이 난다. 그는 그 후 서울시내 모 방송국의 국장을 지냈는데, 동기생 친구들이 함께 나들이를 하는 모임이 있을 때는, 언제나 그가 일부러 나를 찾아와서 천진한 웃음을 웃으며, 정답게 이야기를 나누곤 했다. 얼마 전 그가 장로(長老)로 있는 교회의 행사에 나를 불러주어 찾아가 반갑게 만났던 일도 있었다. 언제나 내가 그에게 먼저 다가하는 것이 아니라, 그가 나에게 먼저 손을 내밀어야 반갑게 악수를 하며, 정답게 이야기를 나눈다. 내가 산골마을에 살면서 호박꽃을 볼 때마다 언제나 내 친구 '며루치'가 생각이 난다. 그래서 나에게는 '호박꽃 → 며루치'의 이상한 공식이 따라다닌다.

호박은 아주 좋은 먹을거리다. 가장 먼저 어린 호박잎은 쌈을 싸먹어도 맛있고, 애호박 때는 계란을 입혀서 호박전을 해놓으면, 내가 가장 좋아하는 음식의 하나라, 너무 맛있게 먹는다. 호박이 중간쯤 크면, 호박을 썰어 넣은 된장국을 끓여놓아도 맛있게 먹는다. 늙은 호박은 너무 크고 무거워, 내 힘으로 혼자 들어서 나르기도 힘이 들어, 카터에 싣고 날라 오는데, 이 호박을 잘라서, 호박죽을 쑤어 놓으면, 호박 자체에도 단 맛이 있지만, 단 것을 유난히 좋아하는 나는, 설탕을 더 넣어서 달콤한 호박죽을 만들어 먹는데, 내가 가장 좋아하는 음식의 하나인 단팥죽에 버금가는 맛이라, 가을 동안 하루 세끼를 호박죽만 먹고 살아도 즐겁기만 하다.

호박 밭에 들어가 넓은 호박잎을 들추고 다니다 보면, 호박잎 뒤에 숨어 있는 애호박을 만나게 되는데, 애호박이 얼마나 귀여운지 모른다. 또 이파리 바깥으로 조금 얼굴을 내밀고 있는 중간 크기의 호박을 만나도 반가워서, 얼른 따가지고 들어온다. 호박을 찾아다니는 것은 나로서는 보물찾기처럼 재미있는 일이다. 늙은 호박은 하도 커서 호박잎 위에 올라 앉아 있어서, 멀리서도 잘 보이니, 찾아다닐 필요도 없다. 호박덩굴이 철사로 얽은 울타리를 타고 올라가서, 호박꽃이 피고 호박도 열리니, 울타리의 호박은 울타리가 상하지 않도록 일찍 따 두어야 했다.

가을이 깊어지면, 호박잎도 시들어버리고, 늙은 호박 몇 덩이가 밭에 남아서 어른 노릇을 하고 있다. 밭에 남아 있던 늙은 호박도 마저 다 따다가 마루에 여러 덩이를 쌓아놓으면, 부자라도 된 듯이 마음도 든든해진다. 늙은 호박을 가장 큰 식칼로 쪼갤 때에는, 흥부가 박 타면서 '박타령'을 부르듯이, '호박타령'이라도 하나 지어서 부르고 싶어진다. 이렇게 호박이 산촌생활에 큰 즐거움을 주고 있으니, 누구에겐가 감사해야 할 것 같다.

가을의 막바지에는 텃밭이 텅 비고, 말라버린 호박덩굴만 사방으로 퍼져있다. 나는 그 마른 호박덩굴을 보면서, 그 많은 꽃을 피우고 열매를 맺어, 나의 식탁을 즐겁게 해준 공덕에 고마워했다. 이렇게 많은 호박을 맺고 키워낸 호박덩굴도 역할을 끝내고는 말라서 앙상하게 남아있는 모습을 보면서, 인생의 노년을 쓸쓸하게 사라가는 인간의 모습을 보는 듯하다 마음이 착잡했다.

하나의 씨앗이 땅에 심어져, 덩굴이 뻗어나가서, 잎이 피고 꽃이 피며, 열매를 맺고 키워내며, 이제 자기가 키운 호박들은 다 사라져 보이지 않고, 잎도 시들어 떨어져 버리고, 말라버린 호박덩굴만 남은 것이 아닌가. 호박덩굴은 제 역할을 잘 하고 끝냈으니, 그 마지막을 나의 손으로 마무리 해 주고 싶었다. 그래서 마른 호박덩굴들을 모두 거두어서, 마당가에 있는 아궁이 앞으로 가져와, 아궁이에 불을 피워 태웠다. 호박덩굴을 태우면서, 나의 마지막 모습을 보는 듯하여, 마음이 몹시 서글펐다. 이 이야기는 나의 텃밭 호박에 대한 제문(祭文)이다. 또한 나의 옛 친구 머루치 이웅재(李雄載)형에 대한 나의 그리움을 담은 추억담이기도 하다.

17.

꽃의 불청객

봄부터 가을까지 뜰과 산과 들에는 온갖 꽃들이 피어나고 진다. 내가 사는 집 뜰에 피는 꽃들도 여러 가지인데, 그 꽃들 가운데서도 내가 특히 좋아하는 꽃들을 꼽아보면, 풀꽃으로 나비꽃(족두리꽃), 양귀비꽃, 국화가 있고, 꽃나무로는 매화, 앵두꽃, 장미꽃, 라일락꽃이 있다. 꽃봉오리가 맺힐 때부터 자주 찾아다니며 살펴보고, 꽃이 피어나면 꽃의 주변을 맴돌며 떠날 줄을 모른다.

그런데 꽃들은 충매화(蟲媒花)라면, 벌과 나비를 기다릴 것이요, 풍매화(風媒花)라면 바람만 기다릴 뿐 다른 아무 것도 기다리지 않는다. 그런데 내가 이렇게 꽃들을 찾아다니고 있어도, 꽃들에게 나는 기다림의 대상이 아니니, 한낱 불청객일 뿐이다. 그래도 나는 꽃들을 찾아가서 미소를 머금고 자세히 살펴본다. 그러니 내가 아무리 꽃을 사랑하여, 꽃이 피기를 기다리고, 꽃이 지면 아쉬워하지만, 그래도 그것은 꽃에 대한 나의 '짝사랑'일 뿐이다.

아직은 덤불을 이루지 못했지만, 텃밭의 3분의 1은 철쭉 밭이고, 3분의 1은 국화밭이요, 담장을 따라 덩굴장미가 화려하게 피어난다. 가장자리에는 메리골드와 겹삼잎국화가 철마다 무수히 피어나니, 집안이 꽃동산이다. 그래서 이 텃밭을 '청향원'(淸香園)이라 이름붙이고, 이 집을 '청향당'(淸香堂)이라 이름 붙였다. 꽃들이 내뿜는 향기가 맑지만, 아쉽게도 나는 후각에 문제가 생겨서 꽃향기를 잘 맡지 못한다는 사실이 너무 아쉽다.

내가 비록 꽃들에게는 불청객이라 하더라도, 이렇게 꽃을 사랑하니, 꽃도 내 마음을 알아주리라 믿는다. 아마도 꽃들에게 내가 필요하지는 않아도 정다운 친구 정도의 대접은 해주지 않을까 기대한다. 사실 나는 꽃나무나 풀꽃들을 보살필 줄 아는 정원사로서의 지식이 전혀 없다. 그러니 싱싱하게 자라서 화사하게 꽃을 피워내는 경우는 그 꽃나무 풀의 능력으로 이루어진 것일 뿐이다. 그래도 제대로 못자라는 꽃나무들을 보면서, 마치 자식을 제대로 기르고 가르칠 줄 모르는 부모처럼, 스스로 자신을 책망하고 안타까워한다.

노처가 나보다 채소를 가꾸거나 꽃나무를 돌보는 데는 훨씬 능력이 뛰어나니, 아마도 집안의 온갖 꽃나무나 풀꽃에게는 노처가 때맞추어 물을 주고, 비료를 주며, 잡초를 제거해주니, 은인(恩人)으로 여겨지지 않을 수 없으리라. 그러나 나는 꽃들에게도 '있으나 마나 한 사람'으로 여겨지지나 않을까 걱정스럽기도 하다. 세상에도 아무 쓸모 없는 사람인데, 내가 사는 집 뜰의 꽃들에게도 아무 쓸모가 없다니, 어찌 서글프지 않으랴.

그래서 나는 내 마음대로 나무를 심을 수 있는 나의 고유 영토를 하나 만들었다. 집안 뜰의 서쪽 가장자리 내버려두고 있는 터를 내 영토로 선포하고 이 땅을 차지 했다. 이 땅에는 오래된 뽕나무(桑)가 몇 그루 자라고, 또 큰 자두나무(李)가 한 그루 서 있다. 그래서 내 영토의 이름을 '상리원'(桑李園)이라 붙여 놓았다. '상리원' 안의 모든 나무는 내 영토에서 자라는 나의 백성과 같으니, 적어도 이 안에서 만은 내가 '불청객'이 아니라 확신한다.

자두나무는 꽃이 많이 피지만, 꽃의 빛깔이 너무 옅은 연두색인 데다가 잎과 함께 꽃이 피어 있어서, 매화꽃이나 벚꽃처럼 꽃으로 드러나지를 않는다. 너무 수줍어 고개도 들고 다니지 않는 시골 색시를 닮은 듯 하다. 그래도 나는 자두꽃이 필 때는 애정을 가지고 자주 찾아가 살펴본다. 내 영토의 나무이기도 하거니와, 또 나는 자두 열매가 익으면 그 맛을 너무 좋아한다.

상리원에 내가 옮겨 심어놓은 나무들이야 여러 가지이지만, 어디서 씨앗이 날아왔는지 텃밭에 절로 자란 나무들이라, 꽃도 피지 않고, 아무도 관심을 기울이지 않는 나무들이 대부분이라, 소인국(小人國)의 '수목원'이라 해야겠다. 수종(樹種)이 별로 없다고 누가 나무란다 하더라도 나는 상관하지 않는다. 내 영토 안의 나무들이니 내가 남다른 애정으로 살펴본다는 사실로 만족한다.

그래도 상리원 안에는 서쪽 울타리에 피어있는 덩굴장미가 아름답게 피고, 뿌리에서 새로 뻗어 나온 라일락의 어린 줄기도 두 그루나 캐어다가 심어놓았으니, 자라서 꽃이 피면 라일락 꽃향기가 아주 근사하리라 기대한다. 또 내 친구 정담(靜潭 金基敦)이 보내준 장미나무 두 그루에서 꺾꽂이하여 자리는 어린 장미나무가 세 그루나 되니, 자라서 장미꽃이 피어나면 볼만 하리라 믿고 있다.

내가 사는 이 산골에 카페가 두 곳이나 있다. 청향당에서 앞으로 한

집 건너에는 '플라우어(flower) 카페'가 있는데, 정원이 온갖 꽃나무로 아름답게 꾸며져 있어서 감탄한다. 그렇다고 나의 초라한 '상리원'을 부끄럽게 생각하지는 않는다. 거울을 들여다보며 자기 얼굴이 못생겼다고 탄식하기만 하거나, 남들이 잘 생겼다고 부러워하기만 하면서 살 수야 없지 않은가. "못나도 제 자식."이라 하지 않는가. 이미 나에게 주어졌으니, 애정을 가지고 돌아보면서 만족하면 그만이라 생각한다.

나는 상리원에 돌난간을 쌓아서, 나의 영토 경계를 확실하게 하였다. 그 돌난간이나 상리원 숲속에 넓적하고 편편한 돌들을 몇 개씩 '돌방석'처럼 깔아놓았다. 평소에는 나 혼자 이 돌방석에 앉아서 놀지만, 어쩌다 옛 친구가 멀리서 찾아오면, 집안에 앉아 있기가 답답하니, 이 돌방석을 하나씩 차지하고 앉아서, 담배도 편안하게 피우면서 한가롭게 정담(情談)을 나누기도 하였다. 나는 상리원 작은 숲속에 혼자 앉아 놀면서, 내가 한 마리 늙은 곰이 되어 숲속에서 빈둥거리고 있다는 생각을 하기도 한다. '돌베개'도 하나 마련하여, 여름날 상리원 자두나무 밑에 끌어다 놓은 평상에 누워서 낮잠이라도 자면 좋겠다는 생각도 해본다.

꽃들이야 기다리는 손님이 있고, 보살펴주는 사람도 있지만, 상리원 바깥의 모든 꽃들에게는 내가 한낱 불청객일 뿐이다. 그래서 상리원에 혼자 앉아 작자미상의 옛 시조 한수를 읊어본다. "나비야 청산가자. 범나비 너도 가자. / 가다가 저물거든 꽃에 들어 쉬어가자. / 꽃에서 푸대접하거든 잎에라도 쉬어가자." 이렇게 읊고 보니, 나는 이미 청산에 들어왔지만, 내 마음에 나를 반겨주는 꽃이 없는 것 같다. 그래서 상리원 숲속에서라도 편안하게 쉬는 것이 얼마나 다행인지를 잘 알고 있다.

18.

오감주(烏瞰柱)

내가 지금 살고 있는 원주 흥업면 대안리 대수리마을의 시골집은 남북으로 뻗은 두 산줄기 사이의 좁은 골짜기에 자리잡고 있으니, 산골 분위기를 제법 느낄 수 있어서 좋다. 하루 종일 하릴없이 놀고 있는 처지라 뜰에 나오면 산과 하늘만 눈에 가득 들어온다. 산골답게 제법 여러 가지 새소리를 들을 수 있지만, 낮에 뜰에 나와 앉아 있으면, 가장 가까이서 늘 지저귀는 새는 참새와 까마귀 두 가지다.

참새는 이 집 처마 아래에 둥지를 틀고 있어서, 지붕마루나 추녀 끝을 왕래하며 끊임없이 "쩩쩩"거리는데, 귀여운 소리가 무슨 말을 소곤거리는 것 같아서 귀를 기울이게 된다. 이 집에는 담장 가까이 북쪽 대문 앞과 북서쪽 샛문 곁에는 전신주가 각각 하나씩 서 있는데, 까마귀들이 무시로 찾아와 양쪽 전신주 꼭대기에 앉아서 다급한 외마디 소리로 "까악 까악" 외치고 있다. 무심코 앉아 있다가, 까마귀 소리가 마치 나에게 무슨 경고를 하는 것 같아, 놀란 듯이 바라보게 된다.

참새소리야 즐기기만 하면 되지만, 까마귀소리는 신경이 쓰이지 않을 수 없다. 파란 하늘을 배경으로 새까만 까마귀가 전신주 꼭대기에서 나를 내려다보며 외치는 소리가 들릴 때마다 나도 모르게 전신주 꼭대기를 쳐다보게 된다. 그래서 나는 까마귀가 찾아와 나를 내려다보고 우짖는 이 전신주를 '오감주'(烏瞰柱)라 이름을 붙여두었다. 그 이름은 이상(李箱)의 시 제목 '오감도'(烏瞰圖)에서 암시를 받은 것아 사실이다.

우리는 까치를 길조(吉兆)라 하고, 까마귀를 흉조(凶兆)라 생각하는 경향이 있지만, 중국고대 전설 속에는 까마귀가 신령스러운 새(神鳥)로서 태양을 가리키는 것으로 일컬어지기도 한다. 중국고대 전설에는 태양 속에 발이 셋인 까마귀, 곧 삼족오(三足烏)가 살고 있다는 전설이 있다. 그러니 나도 까마귀가 하늘의 뜻을 전해주는 신령한 새로 받아들이기로 했다.

우리의 먼 조상들은 새 한 마리가 올라앉아있는 나무기둥인 '솟대'를 세워놓고, 그 앞에서 죄를 뉘우치거나 소원을 빌었으니, 이 '오감주'는 나에게 저 높은 곳에서 나를 꾸짖기도 하고 타이르기도 하는 소리이니, 내가 그 소리를 귀 기울여 들어야 하는 나의 '솟대'라 해도 좋겠다. 그러고 보니, 나는 이 산골에 들어와 살면서 하늘의 소리를 들을 수 있는 나의 '솟대'-'오감주'를 가지게 되어서 든든하기 그지없음을 새삼 느끼며, 깊이 감사하지 않을 수 없다.

나는 까마귀소리를 들으면서, 그 소리의 뜻이 무엇인지를 곰곰 생각하게 된다. 나의 허물을 꾸짖고 있는 것인가. 사실 내 평생을 돌아보아도 온통 허물투성이니, 호된 꾸중을 들어도 마땅하다. 그렇지 않으면 나에게 무슨 충고를 하고 있는 것인가. 80의 나이를 코앞에 두고서도 아직 어떻게 살아가야 할지 방향을 찾지 못해 방황하고 있는 나로서는 그 충고를 깊이 새겨들을 필요가 절실하다.

내가 '오감주'의 까마귀소리를 들으면서, 하늘이 꾸짖으시는 소리야 낱낱이 다 인정하고 받아들이며 통회한다. 그 중에 내 마음을 가장 아프게 하는 것은 내가 젊은 날 길을 잃고 인생을 낭비한 죄이다. 그러고 보니 아내가 나에게 담배를 피운다고 질책하거나 운동을 않고 게으름에 빠져있다는 질책의 소리도, 모두 나의 '숫대'-'오감주'를 통해 하늘이 내리는 질책임을 깨닫게 되었다.

'오감주'의 까마귀소리를 통해 듣는 하늘의 충고는 참으로 여러 가지이고, 모두가 나에게 절실한 문제들이다. 무엇보다 먼저, "이제 그만 방황에서 벗어나 길을 찾으려므나."라는 충고이다. 사실 나도 이 문제에 대해 항상 고민하고 있다. 그런데 가장 큰 문제는 기력이 떨어져 뚫고나갈 힘이 없다는 사실이다. 그렇다면 내 기력에 맞게 나아갈 길을 찾아야 하는데, 그런 길이 잘 보이지 않는다.

내가 요즈음 하고 있는 일이라고는 낮에는 불목하니의 일 뿐이고, 밤에는 홀러간 옛날 역사드라마를 본 것 또 보며 시간을 물흐르듯이 보내고 있는 일 뿐이다. 마당에 있는 아궁이에 불을 지피고 옥수수·감자·나물 등을 삶거나 목욕할 물을 끓이는 일인데, 집안의 나무들을 전지(剪枝)하고서, 그 잘라낸 나뭇가지들을 땔감으로 쓰기 좋게 다듬어서 말려 쌓아두는 일이다. 나는 이 일을 하루에 한두 시간 열심히 하고 있다. 그런데 이 일이 내가 살아가는 중요한 일이거나 무슨 의미가 있는 일은 아니다. 그러니 길이 보이지 않아 답답할 뿐이다.

그 다음으로, "무슨 일에나 집중하는 힘을 길러보아라."는 충고이다. 이미 집중력을 잃어서 책을 계속하여 읽지도 못하고, 노처가 같이 외국어공부를 해보자는 제안도 엄두가 나지 않아 따르지 못하고 있다. 집중하지 않으면 무슨 일도 할 수 없다는 것을 나 자신 잘 알고 있다. 집중하지 않고 무슨 일을 한다는 것은 마치 정성을 들이지 않고 기도하는 것처럼 공허한 일일 뿐이다.

또 하나, "생활을 절제 있게 하고, 운동을 하여 건강을 돌보라."는 말씀이다. 절제를 못해 아무 때나 낮잠을 자고, 설탕을 과도하게 소비하는 일이야 노처도 자주 충고했는데 이제는 포기했는지 내버려두는 것 같다. 원래 게으르고 의지가 나약해 운동을 하지 않으면서, 약으로 생명을 유지하려는 태도는 나 자신이 돌아보아도 한심스럽다. 집앞에 경로당에는 운동기구가 여러 가지 있고, 또 산으로 나있는 산책길이 있어도, 큰딸이 와서 끌고 가지 않으면 몇달이 가도 대문을 열고 나가지를 않는다. 그저 걱정이나 하고 있을 뿐이다.

매일 뜰에 있는 그네의 의자에 앉아서 먼 산과 하늘을 바라보는데, 까마귀소리에 귀를 기울이면서 하늘이 두려워져 어디 숨고 싶기만 하다. 늙고 병들어 쇠잔한 몸에 의지마저 약하니, 이 무거운 몸을 어떻게 일으켜 세워서 어디로 끌고 가야 할 것인지 방법이 떠오르지 않는다. 그래도 누구의 힘을 빌리지 말고 스스로 일어나야 한다. 얼마 남지 않은 인생이니, 죽기 전에 마지막으로 한번 자신감을 얻어 당당히 일어설 수 있기를 바랄 뿐이다.

19.

산촌생활의 즐거움

　내가 원주 대안리(大安里) 산골에 들어와 산지도 벌써 6년 세월이 흘렀다. 이 골짜기의 동쪽에는 남에서 북으로 뻗은 덕가산(德加山)줄기가 뻗어있고, 서쪽에는 역시 남에서 북으로 명봉산(鳴鳳山) 줄기가 뻗어있는 좁은 골짜기이다. 남쪽으로 노루재를 넘어야 남한강 쪽으로 나갈 수 있고, 북쪽으로 풍년고개를 넘어야 시내로 나갈 수 있으니, 대나무 통속에 갇혀있는 형국이라, '대나무 속'(竹裏)이 크게 편안하다고 마을이름이 '대안'(大安)이라 한 것이 아닌가 하는 생각이 든다.

　집에서 밖으로 바라보이는 것은 '하늘'과 '산' 두 가지뿐이지만, 집 안의 뜰에는 온갖 꽃들이 철따라 피어나며, 마을 안에 복숭아 밭이 여러 곳에 있어서, 이백(李白)의 시 「산중문답」(山中問答)에서, "내게 무슨 일로 청산에서 사느냐 물어도/ 웃기만 할 뿐 대답하지 않으나 마음은 스스로 편안하다네./ 복사꽃 흐르는 물 따라 아득히 흘러가니/ 세상 바깥의 딴 세상이라 인간세상이 아니라네."(問余何事棲碧山, 笑

而不答心自閑, 桃花流水窅然去, 別有天地非人間)라 읊고 있는 분위기에 나의 산촌생활을 감히 견주어 보고 싶다.

해가 뜨고 달이 지면 하루가 가고, 봄에 꽃피고 가을에 낙엽지면 한 해가 간다. 아무 생각도 없이 하늘과 산만 바라보는데, 하루가 저물고 한 달이 지나가지만, 온갖 부끄러움도 회한도 솔바람에 다 날아가 버렸으니, 마음이야 한가롭고 가볍기만 하다. 더러 세상 소식을 전해주는 친구가 있지만, 머릿속에서 다 지워버리고 담아두지 않는다. 마음이 허허로우나, 산촌에서 살아가는 노인의 살림살이 이만하면 족하다고 생각한다.

그래도 바람결에 향긋한 꽃향기가 은은하게 풍겨오듯이, 문득문득 북받쳐오는 친구들에 대한 그리움이야 어찌 마다할 수 있겠는가. 어쩌다 옛 친구가 멀리서 찾아온다고 하면, 전화를 받는 그날부터 나는 행복해진다. 도착하기 전날 밤에는 밤잠을 설친다. 마침내 집근처에 다가오는 자동차 엔진소리가 들리면, 그야 말로 "빈 골짜기에 반가운 사람이 찾아오는 발자국 소리를 듣는 기쁨."(空谷足音之喜)에 사로잡힌다.

산촌에서도 나한테 주어진 일거리가 있어서 행복하다. 마당에 아궁이가 있어서 불을 지피고, 텃밭에서 거두어들이는 나물들과 감자나 옥수수와 고구마와 호박 등을 삶는 일이다. 아궁이에 불이 활활 피어오르면 홀린 듯이 불길을 바라보는 즐거움이 따라온다. 그래서 누가 내 직업이 무엇인지 물으면 '불목하니'라 대답하고, 내 종교가 무엇인지 물으면 '배화교'(拜火敎)라 대답하며 웃는다. 비오는 날이면 아궁이 부뚜막에 혼자 앉아서 양철지붕에 떨어지는 빗소리를 듣기 좋아한다.

옥수수가 영글면 아궁이에 불피워 삶아서 하루 세끼 찐 옥수수를 먹고, 고구마를 캐면 또 하루 세끼 삶은 고구마를 먹고, 호박을 따면 또 하루 세끼 호박요리를 먹고 산다. 온갖 나물을 매일 먹는 것이야 말할 것도 없다. 그야말로, "나물밥 먹고 물마시고, 팔을 베고 누웠어도 즐거움은 그 속에 있노라."(飯蔬疏飲水, 曲肱而枕之, 樂亦在其中矣.〈『논어』7-16〉)는 공자의 말씀이 바로 내 마음이라 생각한다.

'불목하니'에게는 필수적으로 따르는 부업이 있다. '나무꾼'이다. 집 안에서 자라는 나무가 많은데, 전지가위와 톱을 들고 다니며, 가지치기나 죽은 가지를 잘라 나무를 한 짐씩 해온다. 그리고 이 가지들을 도끼로 쪼개고, 톱으로 썰고, 전지가위로 잘라서, 땔나무로 다듬어 테라스 마루 밑에 쌓아놓고 마르기를 기다린다. '나무꾼'의 일에도 재미가 붙어, 어쩌다 나무꾼들의 노래, "저 산의 딱따구리는 생나무를 잘도 파는데, 우리 집 멍텅구리는 뚫린 구멍도 못 찾네." 콧노래를 부르기도 한다.

나는 평생 모아들였던 2만권이 넘는 그 많은 책들을 책장과 함께 이미 남김없이 내보냈다. 아마 그 사분의 삼은 사놓고서 한 번도 읽어본 일이 없었던 허황된 욕심의 유물인 것 같다. 그러니 어찌 머리가 무겁지 않았겠는가. 게다가 안 입는 옷들을 모두 내다 버리고, 옷을 담았던 서랍장롱 두 개도 내다 버렸다. 이제 무거운 짐들을 다 내려놓고 나니, 몸도 마음도 날아갈듯 가벼워졌다. 이 어찌 노인의 즐거움이 아니겠는가. 이제 내가 아끼는 남은 재산은 마루 밑에 쌓아놓은 땔감 나무뿐이다.

놀이라고는 타고나면서 재주가 없어, 특별한 게 없다. 그렇게 좋아하던 바둑도 집중력이 사라지니, 재미를 잃고 말았다. 다만 한 가지 남은 것은, 저녁마다 노처와 윷놀이를 하며 떠들고 웃는 즐거움을 만끽하고 있다. 또 하나 딸이 무료로 다운받아 보내준 흘러간 옛날 드라마와 영화를 밤낮으로 본 것 또 보며 즐긴다. 여러 번 본 것이라 밤에 잠이 안 오면 누워서 소리만 듣다가 잠이 든다. 아침에 눈을 뜨면 그때까지 드라마는 혼자서 계속 돌아가고 있는 일이 허다하다.

마당에 있는 그네에 앉거나 판자를 걸쳐놓고 반쯤 드러누워서 흔들거리며 놀기를 좋아한다. 때로 무심히 남쪽의 덕가산을 바라본다. 나는 그 산봉우리의 모습이 누워계시는 부처님 얼굴처럼 보인다고 생각하여, '와불산'(臥佛山)이라 고쳐 부르고 있다. 부처님이 누워계셔서, 잘 알아듣기도 힘든 어려운 설법을 하지 않으시니, 그 고요함을 더욱 좋아한다. 침묵이 입에서 나오는 말보다 더 깊은 뜻을 전해줄 수 있다고 믿는다.

또 북쪽 대문 앞에는 높은 전신주가 있는데, 까마귀들이 자주 찾아와 전신주 꼭대기에 올라앉아서 나를 내려다보며 쉬지 않고 "까악 까악" 무슨 말을 하는 것 같다. 나는 까마귀 소리가 허물 많은 나를 꾸짖고 타이르는 하늘의 소리라 생각하여 귀를 기울이기도 한다. 그래서 나는 이 전신주를 '오감주'(烏瞰柱)라 이름을 붙여놓고, 까마귀 입으로 전하는 하늘의 소리를 내 멋대로 들으며, 스스로 반성하기도 한다.

산촌에 살면서 텔레비전이나 신문을 안보니, 세상이 어떻게 돌아가고 있는지 깜깜하다. 그래서 걱정 근심이 다 사라져 마음이 더욱 한가롭고 편안하다. 시간은 물흐르듯이 흘러가는데, 아까울 것도 아쉬울 것도 없다. 그저 세월이 흐르는 강가에서 자고 싶으면 아무 때나 잔다. 무엇을 해보겠다는 의지도 능력도 사라지고 없으니, 그저 세월과 함께 흐르며, 게으름과 한가로움을 즐길 뿐이다.   2020.8.6.

제3부

허물이 커도

1.

허물이 커도

내가 영서(穎棲 南基英)형을 따라 조월준산셍과 셋이서 남양주시 진건읍 사릉리(思陵里)로 춘원 이광수(春園 李光洙, 1892-1950)가 1944년부터 살았다는 집터를 찾아갔었던 것은 재작년(2019) 늦은 가을날이었다. 마른 잡초 무성한 풀밭 안쪽에 한국문인협회가 춘원 탄생 100년이 되는 1992년 세웠다는 자그마한 기념 표석을 만들었다는데, 표석은 네 토막으로 엎드려 있어서, 마치 죄를 빌고 있는 모습을 보는 듯하여, 마음이 아팠다. 별로 유명하지도 않은 문인들도 문학관을 세우기도 하고, 문학비나 시비(詩碑)가 우뚝 솟아 있는데, 춘원의 행적이나 업적을 기록한 표석은 일어서지도 못하고 엎드려 있다니, 너무 박대하는 것이 아닌가 싶었다.

나에게는 초등학교 3학년 때 처음으로 춘원의 『단종애사』(端宗哀史)를 읽다가 서럽게 울었던 추억이 남아 있다. 중학생 때는 『사랑』과 『무정』을 읽었고, 50대에는 『원효대사』와 『꿈』을 읽었고, 방송에서 읽어주는 단편 「무명」(無明)을 들었다. 내가 가장 많이 읽은 우리나라 소설은 춘원의 소설이요, 가장 좋아하는 작가도 춘원이다. 그런데, 춘원이 일제 강점기에 친일을 했던 사실로 너무 많은 사람들이 춘원을 비난하고 단죄하고 있는 것이 안타까웠다.

예수는 간음한 여인을 끌고 와서 율법에 따라 돌로 쳐 죽여야 한다고 주장하는 군중에게, "너희 중에 누구든지 죄 없는 사람이 먼저 저 여자를 돌로 쳐라."〈『요한복음서』8-7〉고 말하였다고 하지 않는가. 목에 핏대를 세우고 춘원을 성토하는 사람들은 모두 독립 운동가들이란 말인가. 그 시대를 살았던 사람들 가운데 끝까지 일제에 저항했던 독립 운동가들은 모두 해외에서 망명생활을 했던 사람이요, 국내에 살았던 사람 가운데 명망이 있던 사람으로 일제에 순종하지 않고 저항했던 사람이 누구누구인지 확인해보고 싶다.

일반시민이라면, 묵묵히 순응하고 살아가면 그만이지만, 명망이 높아 이용가치가 있는 사람이라면, 일제가 가만히 내버려 둘 이치가 없지 않은가. 그렇다고 동경(東京) 유학생시절인 28세(1919) 때 '조선 청년 독립단'에 가담하고, '2·8독립선언서'를 작성하였으며, 상해(上海) 임시정부에서 『독립신문』의 사장과 편집국장을 담당했던 독립 운동가였던 인물이 국내에 들어와 감옥에 투옥되었다가 풀려나오자 지조를 버리고 친일활동을 하였던 사실을 죄가 없다고 옹호할 생각은 아니다.

한(漢)나라 때 공부(孔鮒: 공자의 9대손)의 저술 『공총자』(孔叢子)에는 공자의 말씀으로, "옛날에 소송을 처리하는 사람은, 그 뜻을 미워해도, 그 사람은 미워하지 않았다."(古之聽訟者, 惡其意, 不惡其人.〈『孔叢子』卷上, 刑論〉)라는 말을 전하고 있다. 이에 따라, "그 죄는 미워하지만, 그 사람은 미워하지 말라."는 격언으로 널리 알려져 있다. 그렇다면, 춘원의 죄는 철저히 조사하여 밝혀야 할 필요가 있지만, 국민들의 사랑을 널리 받았던 자품의 작가인 춘원을 인간적으로 미워하지 않는 것이 옳다고 생각한다. 공산당이 인민재판 하듯이 춘원을 '친일반민족행위자'로 매도하여 죽이려들지는 않는 것이 좋겠다고 생각한다.

이웃 중국에서 중화인민공화국을 세웠던 초대 주석 모택동(毛澤東)이 '문화혁명'을 일으켜 전통을 파괴하고, 많은 공직자나 지식인들을 하방(下放)하여 노동에 몰아넣었던 실정(失政)을 저질렀는데, 비판하는 여론에 대해, 그 다음 주석 등소평(鄧小平)은 모택동에 대해 "공적이 일곱이요, 허물이 셋이다."(功七過三)라 하여, 모택동을 파멸시키는 것을 막았던 지혜로움은 배울 수 없는 것인가. 우리의 역대 대통령으로 줄줄이 쫓겨나거나 감옥에 가버려서, 성한 인물이 아무도 없는 나라가 되고 말았으니, 이런 현상을 지혜로운 대응태도라 보이지 않는다.

내가 공부하는 분야인 한국유학자들 가운데, 일본의 식민지배에 항거하여, 평생 입에 일본어를 한 마디도 올리지 않고, 창씨개명(創氏改名)도 거부하고, 일본인이 세운 학교에는 자식들을 보내지도 않고, 심지어 일본인이 깔아놓은 철도라 하여, 평생 기차도 타지 않았으며, 일본 순사가 마을에 들락거린다고 깊은 산골이나 섬으로 숨어들어가서 평생을 항일정신으로 마쳤던 많은 인물들은 관심의 눈길도 주지 않았던 정부나 사회단체들이 일제의 강압에 지조를 꺾었던 지식인들을 너무 혹독하게 매도하기만 하는 것이, 과연 역사를 바로세우는 최선의 길인지 의심을 떨칠 수 없다.

3.1운동 때 「독립선언서」를 지었던 육당 최남선(六堂 崔南善)은 민족 사학자로 많은 업적을 남겼지만, 일제의 압박에 꺾여서 친일활동을 하고 말았던 인물이다. 그는 해방 후 반민특위(反民特委)에 끌려가 혹독한 굴욕을 당하고, 나오면서, 자신의 가치는 전혀 외면하고 허물만 캐려고 온갖 모욕을 당한 사실이 너무 억울했었나 보다. 그래서 그는 "깨진 벼루도 벼루는 벼루다."라고 한 마디 피맺힌 절규를 하였다고 한다. 우리는 사람을 키워내는 데는 관심이 빈약하지만 사람을 매장시키는 데는 목소리를 높이는 기질이 있는 것은 아닐까.

따지고 보면, 조선왕조가 제기 백성도 지키지 못하고 나라까지 멸망시켜 버렸으니, 백성을 저버린 국가와 그 시대 지배층의 책임도 클 터인데, 이 고난의 시대를 살아갔던 이 나라 백성에게만, 모든 책임과 의무를 지우고 있는 것은 아닌가. 좋은 시절에 애국하기는 쉬운 일이지만, 그래도 애국하는 사람이 드문 것이 현실인데, 식민정부의 위협과 억압에 지조를 못 지켰다고 뭇 발길질을 하여, 고개를 들 수도 없게 짓밟아 놓는 짓은 너무 폭력적이 아닌가.

나는 자신을 돌아보며, 그 시대를 살았다면, 과연 지조를 지키고 목숨을 버릴 지조나 용기가 있는지를 물어 본다. 나같이 소심하고 용기가 없는 사람이 감옥에 가두어 놓고 때리는 흉내만 내도, 꺾이고 말 것 같다. 더구나 1930년대 쯤 오면 일제가 무너지고 해방이 되리라 꿈을 꾸는 사람도 드물 터인데. 절망과 좌절의 늪에 빠져 허덕이던 심약한 지식인들이 일제가 지배하는 국내에서 민족정신을 지킨다는 것은 너무 무리한 요구가 아닐까.

허물없는 사람이 어디 있겠는가. 예수가 "형제의 눈 속에 있는 티는 보면서 제 눈 속에 들어 있는 들보는 깨닫지 못하느냐."(『마태오 복음서』7-3)라고 한 말씀을 새겨듣는다면, 남을 비판하는데, 그렇게 모질지는 못할 지는 않을 것이다. 춘원이 민족사에 저지른 죄는 죄로 확인하더라도, 그가 남겨준 민족 문학에 끼친 공적을 살핀다면, 좀 더 너그러운 마음으로 포용할 수 있는 여지가 생기리라 믿는다.

2.

사람을 하늘처럼 섬기다

"사람 섬기기를 하늘처럼 하라."(事人如天)는 말은 동학(東學: 天道教)의 제2대 교주인 해월 최시형(海月 崔時亨)의 핵심적 가르침이라 한다. 사람을 하늘처럼 높이 받든다는 것은 인간이 인간을 높이고 받드는 것이니, 인간존중의 극치를 보여주고 있는 고귀한 가르침이다. 그런데 이 말과 같은 정신의 언급은 이미 오래 전에 제시된 유교 사상 속에서도 찾아볼 수 있다.

먼저 유교경전인 『예기』(禮記) 「애공문」(哀公問)편에서 보이는 공자의 말씀으로, "어진 사람이 어버이를 섬김은 하늘을 섬기듯이 하고, 하늘을 섬김은 어버이를 섬기듯이 한다."(仁人之事親也如事天, 事天如事親.)고 하였다. 물론 공자의 이 말씀에는 어버이를 섬김이 하늘을 섬김과 동일하게 하도록 강조하는데 그치는 것으로써, 인간과 하늘의 섬김을 일치시키는데 까지는 나아가지는 못한 것이 사실이다.

다음으로 조선후기 실학자 다산(茶山 丁若鏞)은 "옛 성인이 하늘을 섬기는 학문은 인간의 도리를 벗어나지 않으니, 곧 하나의 '서'(恕)자로서 사람을 섬길 수 있고 하늘을 섬길 수 있다."(古聖人事天之學, 不外乎人倫, 即此一恕字, 可以事人, 可以事天.〈『論語古今注』권7, 「衛靈公」15〉)고 하였다. 하늘을 섬기는 인간의 도리, '서'(恕)로 사람도 섬기고 하늘도 섬긴다면, 이것이 바로 사람 섬김과 하늘 섬김이 일치함을 밝히고 있는 것이라 하겠다.

여기서 사람과 하늘을 섬기는 도리인 '서'(恕)는 '용서하여 받아들인다.(容恕)는 뜻이 아니라, '자기로 남을 미루어 본다.(推恕)는 뜻으로, 인간과 인간관계의 모든 도리(人倫)를 관통하는 정신이다. 곧 나의 마음과 너의 마음을 일치시켜 사랑으로 일체화하는 길이기도 하다. 이 '서'는 예수가 "네 이웃을 네 몸같이 사랑하여라."(『마태오 복음서』19-18)고 가르친 말의 의미와 깊이 상통하는 것이라 할 수 있다.

이른바 다산의 '사천사인지학'(事天事人之學)과 해월의 '사인여천'(事人如天)은 인간을 섬기는 도리가 하늘을 섬기는 도리와 같다는 점에서는 매우 접근하지만, 도한 그 차이도 분명한 것으로 보인다. 곧 다산은 '서'의 한 마음으로 사람과 하늘을 섬기는 것이니, 섬기는 도리를 밝히는데 중심이 있다. 이에 비해 해월은 하늘을 섬기는 마음으로 사람을 섬기라는 것으로 사람을 극진하게 섬기라는데 초점이 있다고 하겠다.

그러나 이상과 현실의 차이는 너무 컸던 것 같다. 조선시대를 이끌어갔던 유교지식인들은, 모든 사람의 성품에는 하늘이 부여되어 있다는 '천명지위성'(天命之謂性)을 입으로는 외우고, "백성이 귀중하고, 나라도 그 다음이며, 임금은 가볍다."(民爲貴, 社稷次之, 君爲輕.〈『孟子』14-14〉)는 가르침을 받고서도, 신분제도를 법으로 만들어 놓고 하층 백성을 억누르고 학대하였다. 또 '남존여비'(男尊女卑)하 하여, 여성을 낮추어 차별이 심하였다.

그런데 평등을 내걸고 있는 우리시대에도 인간이 인간에 대한 차별은 어디에서나 볼 수 있다. 세상에는 친밀한 사람이나 용모가 아름다운 사람에게는 '반짝이는 눈길'(靑眼)을 주지만, 낯선 사람이나 누추한 사람에게는 돌아보지도 않고 '무시하는 눈길'(白眼)을 보내지 않는가. 노래를 잘하는 가수나 실력이 뛰어난 운동선수들에게는 사람들이 갈채를 보내고 환호를 하기도 하지만, 재주도 재물도 지위도 없는 가난하고 힘없는 사람들에게는 고개를 돌리고 만다.

현실이 이러한데, 어디서 '사람을 섬긴다.(事人)는 마음을 찾아볼 수 있으며, 어디서 누구와도 한마음이 되어 사랑하는 '서'를 찾아볼 수 있겠는가. 그래서 '모든 사람과 한마음이 되어야 한다.(恕)고 강조하며, '사람을 하늘처럼 공경하라'(事人如天)의 가르침은 우리시대에도 절실히 필요한 가르침이 아닐 수 없다. 우리가 모두 바라는 이상적 사회는 현실이 너무 부조리하고 모순에 가득 차 있기 때문에 우리가 실현하기 위해 노력해야 하는 과제라 할 수 있다.

나는 원주 대수리 산골마을에 내려와 산지도 7년인데, 사실 원주에 대해서 사실 아무 것도 모르고 내려왔다. 이곳에 내려오기 전에는 군사정권시절 반독재운동을 이끌었던 지학순(池學淳)주교와 민주화운동의 지도자로 생명운동을 하였던 장일순(無爲堂 張壹淳)선생이 계셨고, 소설가 박경리(朴景利)씨가 이곳에 내려와 작품 활동을 하고 있다는 정도 밖에 들은 것이 없었다.

그런데 막상 원주에 내려와 살다보니, 내가 사는 마을ㅇ서 조금 떨어진 이웃에 계시는 곽병은(靑眼 郭炳恩)박사를 만나면서, 그가 오랜 세월 가난하고 병든 사람들을 위해 봉사활동을 해왔다는 사실을 들으면서, 원주에 산처럼 우뚝 솟은 인물이라는 사실에 감탄과 존경을 금할 수 없었다. 자신의 이익을 위해서라면 남을 이용하고 해치기를 마다하지 않는 사람들이 많은 이 혼탁한 세상에서, 한줄기 맑고 시원한 바람을 만난 듯 기뻤다.

더구나 원상호(元相鎬)선생을 만나면서 『장일순 평전』과 잡지 『무위당 사람들』을 얻어 보면서, 장일순 선생이 우리시대에 얼마나 큰 인물인지를 처음으로 깨닫기 시작하게 되었다. 또한 원선생의 안내로 원주의 서북쪽 지역을 둘러보았는데, 원주에 이처럼 역사적 유적이 많고 인물도 많았다는 사실을 알고, 비로소 크게 놀랐던 일이 있었다. 내가 유학자들에 갇혀 살다가 다 늙어서야 우리시대의 위대한 사상가인 장일순 선생을 처음 바라보게 된 것이 부끄럽고 한스러웠다.

이때 원주에 와서야 처음 접하게 된 장일순선생의 정신이 "사람 섬기기를 하늘처럼 하라."(事人如天)는 해월의 가르침을 받아들여 구체화하면서, 생명운동, 한살림운동을 전개하면서 말씀하셨던, "기어라.", "모셔라.", "함께하라."는 가르침은 자신을 한없이 높이고 사람들을 한없이 높임으로서, 모든 사람과 하나가 되는 '사인여천'(事人如天)의 구체적 실천방법을 제시한 것이라 생각된다.

사람을 하늘처럼 공경하여 섬기라는 가르침은 인간이 실현해야 마땅한 도리의 이상이라 할 수 있다. 그 실천방법으로서 다산이 '한 마음이 되어 사랑하라'는 '서'(恕)의 실천과 생명을 존중하고 함께 협동하는 '한살림운동'은 바로 '사람섬기기를 하늘처럼 하라'는 해월의 가르침을 구체적으로 실천하는 방법이라 하겠다. 이러한 실천방법은 사람이 사람을 사랑하고 존경하여 하나가 되어야 한다는 가르침의 이상을 실현하기 위한 실천방법이지만, 현실에서 그대로 이루어진다고 확인하기는 어렵다.

대학 1학년 때 읽었던 미국 신학자 니버(Reinhold Niebuhr)의 어느 저술 끝에서, "밤바다를 항해하는 배는 하늘에 뜬 하나의 별을 보고 방향을 잡아 항해하지만, 그렇다고 배가 그 별에 도달할 수 있는 것은 아니다."라고 한 말을 읽었을 때, 깜깜한 어둠 속에서 밝은 빛을 만난 듯 했다. 이처럼 "사람 섬기기를 하늘처럼 하라."(事人如天)는 해월의 가르침은 우리를 온전한 삶으로 이끌어주는 길(道)이요, 이상이요 나침반이라 하겠으며, 우리는 그 실천방법을 찾아서 힘써 노력해가야 할 뿐이라 생각한다.

3.

조화를 이루려면

우리가 사는 세상에는 다양한 사람들이 부딪치기도 하고 어울리기도 하며 함께 살아가고 있다. 그런데 사람마다 제각기 성격이 다르고, 생각이 다르며, 욕심이 다르니, 서로 부딪치기는 쉽고 함께 어울리기는 어려운 것이 현실이다. 더구나 제 생각을 내세워 고집을 부리거나, 제 욕심을 채우려고 억지를 쓰는 광경은 우리 주변에 흘러넘치고 있는 실정이다. 그러니 입만 열면 서로 비난하는 소리가 시끄럽고, 잘못이 드러나도 뻔뻔하게 변명만 하는 정치인들이 많으니, 보통사람들의 가슴을 한없이 답답하게 한다.

과연 이런 대중이나 정치가들을 모두 포용하여 화합시킬 수 있다면, 그 사람은 천하를 짊어질 수 있는 진정한 지도자임에 틀림없을 것이다. 이런 어려운 일을 해내는 지도자는 마치 제각기 제소리 밖에 못 내는 여러 가지 악기를 들고 다니는 악사들을 한 자리에 모아놓고, 아름다운 음률의 조화를 이루어내는 탁월한 지휘자와 같지 않을까. 모든 악기를 조화시키려면 모든 악사들이 공감하는 가장 아름다운 음률의 이상형을 찾아내어 제시할 수 있어야 한다.

마찬가지로 제각기 생각과 욕심이 다른 대중들을 하나로 결합시켜 조화를 이루게 하려면, 모든 사람이 공감하는 공통의 이상을 제시하고, 모두가 믿고 따라올 수 있는 신뢰를 얻을 수 있어야만 한다. 이때 지휘자나 지도자가 한 순간이라도 사사로운 생각이나 욕심에 빠진다면, 그 순간에 조화는 산산이 깨어지고 말게 된다. 그만큼 조화를 계속 유지한다는 것은 칼날 위에 올라서서 춤추는 무당처럼 한 순간도 정신이 흐트러지지 않아야 하는 지극히 어려운 일이다.

제자 자로(子路)가 공자에게 '강함'(强)에 대해 묻자, 공자는 군자의 강함을 네 가지 조목으로 제시하면서, 그 첫째 조목으로 언급한, "조화로우면서 휩쓸리지 않아야 한다."(和而不流.〈『중용』10:5〉)는 말은, 조화를 유지해 가기 위해서는 어떤 기준에 사로잡히거나 빠져들지 말고, 상황에 따라 유연하게 대응하여 균형을 잃지 않아야 한다는 것으로, 세상에 나가 활동할 때 모든 사람들을 포용하여 이끌어가는 모습을 보여준다.

그 둘째 조목으로 언급한, "중심에 서서 기울어지지 않아야 한다."(中立而不倚)는 말은 자신의 내면에서 흔들리지 않는 굳은 심지를 세워서 어느 쪽으로도 치우침이 없어야 함을 말한다. 실제로 한 사람의 인격에서는 안으로 자신을 지키는 지조와 밖으로 세상을 경영하는 방법이 서로 상응하고 있어야 한다. 속으로 심지가 허약하면 겉으로 아무리 거센척한다 해도 쉽게 주저앉기 마련이다. 밖으로 남을 감싸주는 도량이 있는 사람은 안으로 그 흉금이 넓음을 알 수 있다. 그래서 "겉볼안"이라 하지 않는가.

휩쓸리면 조화가 깨어지고, 기울어지면 중심이 무너진다. 휩쓸린다는 것은 우리 자신의 마음속에 항상 출렁거리고 파도치는 사사로움에 빠지는 것이라 하겠다. 개인적인 기호, 친분, 이해관계에서 완전히 벗어나 가을하늘처럼 투명한 정신을 중심에 세울 수 있는 인격이라야, 작게는 자신을 조화로운 인격으로 세울 수 있고, 자기 집안을 화목한 가정으로 이끌어 갈 수 있으며, 크게는 자기 직장과 자기 이웃, 자기 나라를 조화롭게 이끌어갈 수 있으리라.

조화로움을 확고하게 유지하려면 무엇보다 먼저 자신을 조화로운 인격으로 정립하는 일이다. 내 마음속에 조화가 이루어지면 점점 넓게 세상을 조화롭게 하는 대로 나아갈 수 있지만, 자기 마음속에 조화가 어지러워지고 무너지면 세상의 어떤 조화도 이루어낼 수 없게 된다. 그만큼 자신의 마음속에 조화를 이루는 것이 모든 조화를 이루어가는 기초요, 출발점이라 할 수 있다.

그렇다면 자신의 마음속에 조화를 이루기 위해서는 온갖 유혹과 압력과 욕심에 휩쓸려 떠내려가지 않아야 한다. 이러한 마음의 평정을 이루려면, 마음을 번거롭지 않게 고요히 안정시켜야 하며, 욕심을 버리고 마음을 허허롭게 비워가야 한다. 마음이 고요하고 텅 비면, 마치 거울이 세상의 모든 사물을 모습 그대로 비치듯이, 고요한 물이 산과 하늘과 구름을 조금도 일그러지지 않게 그대로 비쳐보이듯이, 모든 사람과 모든 사물을 그대로 받아들일 수 있게 된다.

무엇이나 있는 그대로 받아들일 수 있으면, 여기에는 높고 낮거나 크고 작거나, 아름답고 추악함의 구별은 있지만, 그 구별로 차별하는 일이 없어야 한다. 조화는 차별이 없는 평등함에서 시작된다. 나아가 들리는 무슨 말이나 그 말의 의미와 깊이를 있는 그대로 드러낼 수 있으면, 조화는 한 단계 높은 수준으로 이루어질 수 있다. 감정의 동요가 일어나거나 좋고 싫은 기호(嗜好)에 따라 어느 쪽으로 기울어지는 일이 있으면, 조화에는 금이 가기 마련이다.

마음속에 모든 것을 있는 그대로 받아들여 조화를 이루려면, 마음에 따스한 포용의 기운이 있어야 한다. 미움이나 노여움이 일어나면 마음이 한쪽으로 기울어지니, 평정(平靜)함을 잃게 되고, 조화는 깨어지고 만다. 비록 정의롭고 정당한 의견을 갖고 있더라도 평정한 마음으로 넓게 포용하지 못하면, 그 정의로움은 날카로워져 다른 사람의 의견에 대한 비판의식이 일어나고, 심하면 남을 배척하여 독선(獨善)에 빠지게 된다.

정치단체나 종교조직에서 끊임없이 상대방을 비판하며 자신이 옳고 의롭다고 주장하지만, 이미 그 가슴에는 텅 빈 마음으로 품어주는 포용력이 결핍되었음을 드러내고 있을 뿐이다. 성공회 윤종모 주교가 "오직 예수가 배타성을 띨 때 우상이 된다."고 말한 한 마디는 신앙의 독선적 태도에 대한 경계이면서, 포용력이 있는 신앙이 신앙의 본래 모습임을 분명하게 밝혀주는 명쾌한 한 마디라 하겠다.

4.

봉사와 자기실현

세상 사람은 대부분 높은 지위에 오르거나 많은 재물을 모은 것을 성공한 인생이라 여긴다. 물론 높은 지위에 올라 많은 사람을 거느리고 있는 사람을 우러러 보기도 하고, 많은 재물을 모은 사람을 부러워하기도 한다. 그런데 이렇게 남들에게 성공한 인생으로 보이는 사람들이 과연 그 스스로 자신의 삶에 모두 진정으로 만족하고 행복감을 누릴 수 있을까.

내가 아는 어떤 대기업의 고위간부가 어느 날 나에게, "높이 올라가면 갈수록 마치 나무줄기의 꼭대기 가까이 올라간 것처럼 떨어지지 않으려고 꽉 붙들고, 전전긍긍하게 된다."고 하는 말을 들었던 일이 있다. 이 말을 듣고서 과연 높이 올라가거나 많은 재물을 모은 사람들은 화려한 겉보기와 달리 노심초사하여 마음 편할 날이 없을 것이라는 사실을 넉넉히 짐작 할 수 있었다.

내가 아는 어떤 대기업의 고위간부가 어느 날 나에게, "높이 올라가면 갈수록 마치 나무줄기의 꼭대기 가까이 올라간 것처럼 떨어지지 않으려고 꽉 붙들고, 전전긍긍하게 된다."고 하는 말을 들었던 일이 있다. 이 말을 듣고 나서 과연 높이 올라가거나 많은 재물을 모은 사람들은 화려한 겉보기와 달리 안으로 노심초사하여 마음 편할 날이 없을 것이라는 사실을 넉넉히 짐작할 수 있었다.

어떤 면에서 아무 것도 가진 것이나 지위가 없는 사람이 마음 편하게 살고 있는 것인지도 모르겠다. 이룬 것이 아무 것도 없지만, 마음이야 만족스럽고 편안할 수 있다는 말이다. 높이 오르고 많이 가진 사람은 그동안 이를 이루기 위해 불안과 초조 속에 살았겠지만, 지위도 재산도 없는 사람은 떨어질까 잃을까 걱정할 일도 없을 터이니, 작은 것에도 만족할 줄 알고, 마음이 편안할 수 있지 않겠는가.

'근포지성'(芹曝之誠)이라는 말이 있다. 시골 사는 가난한 백성이 봄날 미나리나물을 먹으면서, "구중궁궐에 사시는 우리 임금님은 이 향긋하고 맛있는 미나리 맛을 못 보셔서 어쩌나."라 걱정했다는 말이다. 또 이른 봄날 담장 아래 쪼그리고 앉아 햇볕을 쪼이면서, "구중궁궐에 사시는 우리 임금님은 이 따스한 봄볕을 즐기시지 못하니 어쩌나."하고 걱정했다는 이야기다. 임금님 수랏상에 산해진미(山海珍味)가 오르며, 비단금침에 온돌방이 절절 끓는 줄은 모르면서, 임금님 걱정을 하는 것은 터무니없는 일로 비웃음을 받을 수도 있다. 그렇지만 가난한 사람이 작은 일에 진실로 만족할 줄 아는 모습을 보여주기도 한다.

자기 이익(自利)을 추구하는데 몰두한 사람은 남의 삶에 무관심하거나, 심하면 남을 이용하기도 하고 남을 해치면서 자기 이익만 추구하기도 한다. 이런 사람은 자기 속에 갇혀있으니, 마음이 닫힌 사람이다. 이에 비해 남을 이롭게(利他) 하는 사람은 언제나 남에게 친절하고 남을 배려하여 양보할 줄 알고 남을 돕는데 마음을 쓴다. 이런 사람은 남을 무시하거나 억누르거나 해치는 일이 없고, 남의 고통을 자기 고통처럼 아파하고, 남의 허물조차 너그럽게 포용하여, 남과 잘 어울리니, 마음이 열린 사람이다.

마음이 열린 사람은 그 가슴속에 남을 향하여 따뜻한 사랑을 지녔으며, 남을 보살필 줄 알고, 남을 위해 봉사하기를 즐거워한다. 사실 나 자신을 돌아보면 부끄러운 일이지만, 평생에 남을 위해 제대로 봉사해 본 기억이 없다. 그만큼 나는 자신 속에 갇혀서 살았다는 사실을 깨닫게 된다. 둘러보아도 내 주변 가까이에 진정으로 남을 위해 봉사하는 사람을 본 일이 없는 것 같다.

그런데 노년에 원주 산골에 내려와 살면서 오랜 세월 남을 위해 봉사하며 살았던 분을 발견하여, 한편으로 크게 감탄했고, 동시에 깊이 존경하는 마음을 갖게 되었다. 같은 대안리 산골이지만, 얼마간 떨어져 이웃해 사시는 청안 곽병은(靑眼 郭炳恩)박사이다. 그는 의사로서 군복무시절 자진하여 원주형무소의 죄수들을 보살폈고, 제대 후에도 지금까지 원주에 머물러 살면서, 굶주린 노숙자들에게 140만 그릇의 밥을 제공하기도 했다. 또 '갈거리 사랑촌'을 설립하여, 장애인이나 뇌성마비 환자 등 고통 받는 사람들을 보살피는데 헌신적인 봉사활동을 해 오신 분이다.

나는 늦게나마 청안선생을 만나 뵙게 된 행운에 진심으로 감사한다. 동시에 이처럼 평생 동안 어려운 처지의 사람들을 위해 봉사하고 살았던 청안선생의 가슴이 얼마나 뿌듯하고 행복할까를 생각하니 한없이 부럽기도 하다. 나 자신을 포함해 자기만을 위해 살았던 사람의 가슴은 늘 공허함에 허덕이고 있다면, 남을 위해 봉사하고 살았던 사람의 가슴은 항상 충만해 있을 것이리라.

사람은 남들 속에서, 남들과 더불어 살아갈 수밖에 없다. 그런데도 남들을 외면하고 오직 자기만을 위해 살아간다는 것은 사람으로 사는 도리에 어긋나는 일이다. 물론 사람으로서 자신을 연마하여 능력과 품격을 향상시키는 것도 중요하다. 그러나 자기실현의 길은 자신을 충실하게 하는 것이지만, 자신을 충실하게 하는 일도 남들 속에서 남들과 더불어 실현해야 한다.

여기에는 몇 가지 주장이 있다. 그 하나는 자기를 이롭게 하는 일이 먼저요, 남을 이롭게 하는 것이 다음이라는 견해가 있다. 유교의 가르침에서는 '자신을 닦는 것'(修己)이 근본이요, '남을 다스리는 것'(治人)이 지말(枝末)이라 한다. 따라서 근본인 '자기를 닦는 것'을 먼저살피고, 지말인 '남을 다스리는 것'을 뒤에 행해야 한다는 말이다. 곧 '근본을 먼저하고 지말을 뒤에 해야 한다'(先本後末)는 논리이다. 또 하나의 주장은 조선후기 실학자인 박지원(燕巖 朴趾源)의 경우, '지말을 먼저하고 근본을 뒤에 해야 한다'(先末後本)는 주장을 하였던 일도 있었다.

세 번째 주장으로, 원효대사는, "자신을 이롭게 하는 일과 남을 이롭게 하는 일은 새의 두 날개와 같다."(自利利他, 如鳥兩翼.〈「發心修行章」〉)고 말하기도 했다. 곧 새는 한쪽 날개로만 날 수 없듯이, 인간은 '자신을 이롭게 하는 일'(自利)과 '남을 이롭게 하는 일'(利他)의 두 가지를 함께 실현해야 한다고 주장했다. 마치 새의 두 날개나 수레의 두 바퀴처럼 한쪽에 치우치면 자신을 온전히 실현할 수 없다는 말이다. 곧 안으로 자신의 역량과 인격을 향상시키고, 밖으로 남을 위해 봉사하는 일이 병행되어야 한다는 '병행론'(竝行論)이다. 이와 유사하지만 약간 수정된 논리로, 사람이 걸을 때 두 발이 서로 도우며 차례로 나아가야 한다는 '호진론'(互進論)이 제시되기도 한다.

여기에는 자신을 이롭게 하는 일과 남을 이롭게 하는 일의 어느 한쪽에 기울어져서는 안 된다는 사실이 강조되고 있다. 곧 서로를 향해 열려 있어야 한다는 말이다. 다시 말하면, 자신을 이롭게 하는 일이 바로 남을 이롭게 하는 일이 되어야 하고, 남을 이롭게 하는 일은 결국 자신을 이롭게 하게 됨을 말하고 있다. 인간은 본능적으로 자신을 이롭게 하려는 이기심이 있다. 그렇다면 자신을 이롭게 하는 일은 자연스럽게 이루어지니, 남을 위하는 일에 더욱 힘써야 한다는 말이기도 하다.

나는 노년에 원주 대안리 산골에 들어와 살면서, 청안선생을 가끔 만나 사귀어 보고서야, 비로소 남을 위해 봉사하며 살아온 사람은 진정으로 남을 사랑할 줄 아는 사람이니, 당연히 남들의 사랑과 존경을 받을 수 있고, 또 남을 위해 봉사하는 삶은 그 삶이 보람되고 충만하여, 온전하게 실현된 삶임을 알게 되었다. 그래서 평생 봉사하는 일을 해본 일이 없는 나 같은 사람은, 비록 아무리 많은 성과를 쌓아올리고 지위가 높이 올라갔다고 하더라도, 결국 그 노년이 허전하고 쓸쓸할 수밖에 없음을 절실하게 깨달을 수 있었다. 죽는 날에도 왜 자신의 인생이 허무한지 이유를 확실히 알 수 있으니, 그나마 다행한 일이 아니랴.

5.
감사하는 마음

감사하는 마음은 밖으로 향하는 마음이다. 내가 너에게 신세를 지 거나 은혜를 입었으면, 감사하는 것이 당연하다. 사람은 누구나 태어 나고 성장하는 동안 부모로부터 크나큰 은혜를 입었다. 그러나 성장 한 뒤에 부모를 외면하거나 원망하는 사람이 적지 않다. 작은 친절에 도 감사하는 사람도 큰 은혜를 잊어버리는 경우가 있다. 나라가 자신 에게 무엇을 해주었는지 물으며 나라를 비난하고, 하늘이 어찌 자신 에게 고통을 주느냐고 하늘을 원망하기도 한다.

생각해보면 나 자신, 끼니마다 밥상을 대할 때, 곡식을 기르고 채소 를 가꾼 농부의 노고에 혜택을 입고도 감사하는 마음을 잊고 지내왔 다. 아름다운 자연경관을 찾아다니면서 그 아름다움에 감탄은 하면서 도, 이렇게 나에게 큰 즐거움을 주는 자연을 만들어준 하느님께 감사 해본 일은 없다. 그러고 보면 내가 입고 있는 옷과 신고 있는 신발을 만들고 운반하고 판매하는 모든 사람들과, 내가 편리하게 타고 다니는 교통수단을 발명하고, 제작하고, 운전하는 모든 사람들이 나에게 은혜를 베풀고 있다는 사실을 깨닫게 된다.

사도 바울은 "항상 기뻐하라, 쉬지 말고 기도하라, 범사(凡事: 모든 일)에 감사하라."(「데살로니가 전서」, 5:16~18)는 말을 하느님의 뜻이라 언급했다. 모든 일에 감사할 줄 아는 삶은 하느님의 뜻에 맞는 삶이라는 말이다. 모든 일에 감사하는 사람이라면, 고통이나 시련 속에 놓이더라도 원망하거나 한탄하는데 빠져있는 것이 아니라, 자신을 연마하는 기회로 삼아 감사할 것이요, 남들에게서 비난과 모욕을 당하더라도 분노하거나 증오하는 마음을 갖지 않고, 자신을 돌아보며 자신을 더욱 당당하게 일으켜 세우는 기회로 삼지 않겠는가.

그런데 사람의 마음속에는 기뻐하고, 노여워하고, 슬퍼하고, 즐거워하는(喜怒哀樂) 등의 다양한 감정이 쉼 없이 파도치고 있는데, 어떻게 모든 일에 감사할 수 있단 말인가. 이러한 감정의 파도를 잠재우거나 모두 없애버리고, 감사하는 마음으로 충만하게 해야 마땅하다는 말인가. 사도 바울의 말처럼 '항상 기뻐한다면' 다른 감정이 파고들 틈이 없을 것이니, 모든 일에 감사할 수 있을지도 모르겠다. 그러나 예수는 물론이요 하느님도 분노할 때는 벌벌 떨리게 분노하시지 않는가. 그래서 하느님은 '사랑하시는 하느님'이기에 누구나 다가가고 싶은 존재인 동시에, '분노하시는 하느님'이기에 그 앞에서는 바로 서기도 어려울 만큼 두려운 존재이기도 하다.

그렇다면 감사하는 마음을 온전하게 실현하려면 어떤 감정의 상태 위에 자리 잡게 해야 할 것인지 다시 생각하게 한다. 『중용』에서는 "기뻐하고 노여워하고 슬퍼하고 즐거워함이 아직 밖으로 드러나지 않은 것을 '중심'이라 하고, 밖으로 드러나서 모두 절도에 맞는 것을 '조

화'라 한다. 중심은 천하의 큰 근본이요, 조화는 천하의 통달한 도리이
다."(喜怒哀樂之未發, 謂之中, 發而皆中節, 謂之和, 中也者, 天下之大
本也, 和也者, 天下之達道也.〈『中庸』1:4〉) 곧 감정이 일어나기 이전 마
음의 바탕인 '속마음' 내지 '중심'(中)을 확립해야 하고, 그 '중심'을 기
준으로 모든 감정의 발동이 절도에 맞아 '조화'(和)를 이루어야 할 것
을 강조하고 있다. 바로 이 속마음인 '중심'은 세상 모든 일의 큰 바탕
이 되는 것이요, 또한 '중심'의 바탕 위에서 모든 감정의 발동이 절도
에 맞아 '조화'를 이루는 것이 모든 일과 사물에 통달하는 도리임을 밝
히고 있다.

 '중심'(中)이란 '속마음'이요, 타고난 '본심'(本心)이요, 선의 기준이
되는 '양심'(良心)이요, 올바른 지혜의 원천인 '양지'(良知)라 할 수 있
다. 따라서 '중심'은 모든 이성적 판단과 도덕적 판단의 기준이요 바탕
이 된다. 또한 '조화'(和)란 서로 다른 다양한 존재들이 함께 기쁘게 모
여드는 '어울림'이요, 분열과 대립을 넘어선 '화합'이요, 서로 이해하
고 소통하는 '통달'(通達)이다. 따라서 '조화'는 다양성을 해치지 않으
며 함께 살아가고 각자가 자기실현을 이루어가는 상생(相生)의 도리
이기도 하다.

 '중심'이 확립되고, 다양성이 '조화'를 이룰 수 있다면, 항상 기쁨으
로 충만할 것이요, 그 삶이 바로 경건한 기도일 것이며, 모든 일에 감
사하는 삶이 절로 이루어질 수 있지 않겠는가. 감정은 격정에 빠지거
니 싸늘하게 식는 일이 없이, 마치 오케스트라에서 온갖 악기가 조화
를 이루어 아름다운 선율이 흐르는 것 같다면, 어찌 가슴속에 기쁨이
일어나고, 감사하는 마음이 가슴 가득 출렁거리지 않겠는가.

 그러나 이상적 차원을 말하기에 앞서서 우리에게는 구체적 현실에

서 실천하는 방법을 찾는 것이 중요하다. "천리 길도 한 걸음부터."라는 격언처럼, 감사의 실천은 작은 일, 가까운 곳에서 시작하지 않으면 안 된다. 작은 일에 감사하고 가까운 사람에게 감사하는 것으로 머물러서는 안 된다. 작은 일 가까운 사람에서 시작하여, 큰일과 먼 곳으로 넓혀가고 키워가야만 한다.

이웃사람이나 고향사람을 만나면 반갑게 대하며, 낯선 객지인에게 텃세를 부리거나 외국인에게 경계하거나 무시하려는 태도는 마치 나이 들면서 점점 성장해야 하는데, 일찍 성장을 멈춘 꼴이 아닐 수 없다. 과일로 말하면 점점 커지고, 다 자란 뒤에도 또 속으로 익어가 달고 향기로운 결실을 맺어야 한다. 그런데 풋과일을 따서 먹으면 맛이 떫거나 배탈이 나기도 하니, 사랑이나 감사나 인간의 감정은 성장하고 성숙시켜 가는 일이 중요하다.

조선시대를 이끌어갔던 통치원리였던 주자학(朱子學: 道學)이 조선후기에 들어서면서 왜곡되어 분열과 배척에 빠져들면서 결국 조선왕조를 멸망으로 이끌어갔던 것이 사실이다. 이 조선후기 주자학의 이념이 왜곡된 양상을 예리하게 비판한 실학자로 홍대용(湛軒 洪大容, 1731-1783)의 정문일침(頂門一鍼)이 있다.

"정통의 학문(正學)을 돕는다는 것은 실상 '자랑하는 마음'(矜心)에서 말미암았고, 간사한 이론(邪說)을 물리친다는 것도 실상 '이기려는 마음'(勝心)에서 말미암았으며, 어진 덕(仁)으로 세상을 구제한다는 것은 실상 '권력을 지키려는 마음'(權心)에서 말미암았고, 슬기로움(哲)으로 자신을 보전한다는 것은 실상 '이익을 얻으려는 마음'(利心)에서 말미암는다."(正學之扶, 實由矜心, 邪說之斥, 實由勝心, 救世之仁, 實由權心, 保身之哲, 實由利心〈毉山問答〉)

도학(주자학)에서 내 걸고 있는 이념적 과제들은 모두 의미 깊고 소중한 일들이다. 그러나 그 과제들이 아무리 소중하다하더라도 이기적 탐욕의 눈으로 바라보면 모두가 자기 한 몸과 자기 당파의 이익만을 위한 수단이 되고 만다. 그 마음바탕이 잘못되면 어떤 좋은 명제도 병들고, 진리의 길에서 멀어질 수밖에 없다. 그만큼 마음의 중심이요 바탕을 올바르게 정립하는 것이 무엇보다 중요함을 잘 보여준다.

　따라서 사랑하고 감사하는 마음도 올바른 마음바탕 위에서 성장하고 성숙할 수 있는 것임을 강조할 필요가 있다. 만약 물질적 가치를 기준으로 하면, 오직 이익이 생기면 감사할 수 있겠지만, 이익이 없으면 아무리 소중한 덕담이라도 잠꼬대로 무시할 것이요, 손해가 생기면 분노하거나 원망하기 마련이다. 이런 마음에 어찌 진정한 의미에서 사랑하는 마음이 자라고 감사하는 마음이 펼쳐질 수 있겠는가.

6.

말의 향기

사람과 사람이 주고받는 말에는 얼굴모습에 드러나는 특징보다 더 많은 특징을 드러내주고, 그 사람의 온갖 모습을 그대로 보여준다. 그 사람이 성장한 환경이나 살아온 경륜을 엿볼 수 있고, 그 사람의 성품이나 생각의 깊이까지 말 속에 드러난다. 부드럽게 감싸주는 말, 날카롭게 비판하는 말, 충고하거나 격려하는 말, 아첨하여 입에 발린 말 등 사람이 살아가는 온갖 모습만큼이나 말의 모습도 다양하다.

서로 주고받는 말에는 그 모습의 차이만 드러나는 것이 아니라, 풍겨 나오는 냄새도 다름을 느끼게 된다. 탐욕스럽고 야비한 말이나 남을 모함하는 말에서는 악취가 나지만, 공손하면서 지혜로운 말이나 가슴에 깊은 울림의 감동을 일으키는 말에서는 향기를 느낄 수 있다. 깊은 우정을 지닌 친구사이의 사귐을 지초(芝草)와 난초(蘭草)처럼 향기롭다 하여, '지란지교'(芝蘭之交)라 일컫고 있지 않는가.

불교경전인 『십선계경』(十善戒經)에는, "나쁜 말을 하는 사람은 입에 향로를 물고 있더라도 죽은 시체와 같이 악취를 풍긴다. 그러므로 사람이 악담을 좋아하면 입에서 나오는 말이 가시 같고 칼 같고 오물과 같아진다. 향기로는 아름다운 말 이상의 것이 없고, 악취로는 나쁜 말 이상의 것이 없다."라는 말이 있다고 한다. 칭찬하고 격려하는 말은 덕담(德談) 곧 좋은 말이니, 그 말에서 향기가 나고, 듣는 사람으로서 감사하지 않을 수 없다. 그러나 경멸하고 비난하는 말은 악담(惡談) 곧 나쁜 말이니, 그 말에서 악취가 나고, 듣는 사람으로서 원망하지 않을 수 없다.

지혜와 사랑에서 나오는 말에는 향기가 배어 있고, 어리석음과 탐욕에서 나오는 말은 악취가 나기 마련이다. 지혜와 사랑은 저절로 생겨나는 것이 아니라, 자신의 인격을 연마하기 위한 끊임없는 노력에서 나온다. 어리석음과 탐욕은 자신을 성찰할 줄도 모르고, 자신의 인격을 닦기 위해 아무런 노력을 기울이지 않고, 욕망이 분출하는 대로 따르는 데서 나온다. 그만큼 자신을 성찰하고 이성의 명령을 따르는 인격을 갖추었는지 못 갖추었는지에 따라 그 말이 향기롭기도 하고 악취가 나기도 한다는 말이다.

그렇다고 자신의 신념만 내세우거나, 도덕적 원칙만 강조하는 사람의 말은 비록 그 말이 그릇된 것은 아니라 할지라도, 그 말에서 향기가 나는 것은 아니다. 너무 엄격하기만 하면 포용력을 잃어버리기 쉬워, 위압감만 줄 위험이 크다. 그만큼 향기로운 말은 사랑의 힘이 깊이 배어들어, 넓게 감싸주는 포용력을 발휘하는 말이다. 그렇다고 맹목적 사랑이 포용력을 보장해주지는 않는다. 깊은 사려와 지혜를 지닌 사랑이 있어야, 비로소 향기로운 말이 나올 수 있다.

사람들이 모여앉아 대화를 하는 자리에서 서로 상반된 주장이 맞서는 경우가 있다. 이때 어느 한 쪽을 편드는 말보다, 두 입장의 좋은 점을 드러내주고, 두 입장을 포용하여 한 차원 높이 끌어올리는 말을 제시하는 경우, 그 말에는 지혜로움과 향기가 배어난다. 상반된 두 주장을 한 사람들에게 누구에게도 상처를 주지 않고, 양쪽 모두 승복할 수 있는 방향을 제시한다면, 어찌 그 말이 향기롭지 않을 것이며, 지혜롭지 않겠는가.

서로 언쟁을 하는 자리에서도 품격 있는 유모어로 그 언쟁을 풀어주고, 모두가 웃을 수 있게 한다면, 그 유모어 한 마디에는 향기가 감돌 것이 틀림없다. 때로는 정교한 논리로 상대방을 설득할 수도 있지만, 그것은 한쪽에게 패배를 안겨주는 일이 되고 만다. 그 반대로 양쪽 모두 화합할 수 있게 하는 길을 제시한다면, 그 말에는 분명히 향기가 감돌지 않겠는가.

『대학』에서는, "말은 도리에 어긋나게 나가면 또한 어긋나게 들어온다.(言悖而出者, 亦悖而入."〈『대학』10:10))라 하였다. 도리에 어긋나는 말, 곧 남을 해치는 말이나 모함하는 말을 하면, 그 결과로 자신을 해치거나 모함하는 말로 돌아온다고 지적하였다. 물론 남을 감싸주고 격려하는 말을 하면, 그 결과로 자신을 감싸주고 격려하는 말로 돌아온다는 말이기도 하다.

불교에서는 말로 짓는 악업(惡業)을 '구업'(口業)이라 한다. 나 자신의 언행을 돌아보아도, 내가 가까운 사람들에게 비난하거나 공격하는 말을 하여, 상대방의 가슴에 상처를 주었던 경우가 적지 않았던 것 같다. 아내나 자식들이나 제자들이 내 말로 상처를 받았을 것을 생각하니, 내가 얼마나 큰 죄를 저질렀던지 뉘우치지 않을 수 없다. 뒤늦게나마 그 죄를 어떻게 씻어야 할지 깊이 생각하게 된다.

친구들과 만나 담소하면서도, 그 말의 깊은 의미와 아름다움을 찾아서 지적하는 일에 힘써야겠다는 다짐을 해본다. 이제 전화를 하거나 찾아오는 제자도 몇 명 되지 않는데, 어떻게 하면 그들을 격려하고 칭찬해야 할지 마음에 새기고 있다. 자식들의 마음에 원망이 쌓이지 않도록 따뜻하고 사랑에 넘치는 말을 하려고 노력해 본다. 누구의 말에게도 반박하거나 화를 내지 말고, 그 말의 뜻을 좀 더 깊이 이해하고, 나의 말이 상대방의 마음에 기쁨을 샘솟게 해야 한다고 되새기고 있다.

내가 하는 말이 향기로워서 상대방의 얼굴에 웃음이 피어낼 수 있기를 간절히 바란다. 꽃이 향기로우면 벌과 나비가 모여들듯이, 내 말이 향기롭다면, 나에게 친구들이 모여들 것이요, 내 말이 사랑이 넘치는 말 곧 '애어'(愛語)라면, 나에게 건네는 상대편의 말에도 사랑이 넘쳐흐르지 않겠는가. 내 말이 진실하고 아름다우면, 상대방이 나를 믿어주고, 또 기뻐하지 않겠는가.

모두가 내 탓이니, 누구를 탓하고 누구를 원망하랴. 내 마음을 너그럽게 기르고, 내 말을 향기롭게 가꾸어가는 일이 남은 인생에 가장 힘써야 할 일임을 확인하고 있다. 말 한 마디에 꽃이 하나씩 피어나고, 그 꽃마다 향기가 피어오르는 일을 할 수 있다면, 그것이 바로 나를 구원하는 길이요, 내 삶에 천국을 열어가는 방법이리라. 그 길은 바로 나를 사랑하고, 내 주변의 모든 사람과 내 주변의 모든 사물을 사랑하는 길이 아니겠는가.

7.

태연하나 교만하지 않다

수상23. 태연하나 교만하지 않다

내가 원주 산골에 들어와 살면서 만난 청안 곽병은(靑眼 郭炳恩)박사는 마음 깊이 존경하는 소중한 벗이다. 가난하고 병고에 시달리는 사람들을 위해 봉사하는 그의 삶에 경의(敬意)를 지니고 있을 뿐만 아니라, 마주 앉아 담소할 때에는 언제나 겸손하고 넉넉한 인품에 감복(感服)하지 않을 수 없었다. 그는 의사이면서 봉사활동을 계속해 왔고, 이와 더불어 취미생활도 다양한데, 사진작가요, 서예가요, 독서인이요, 시인이기도 하니, 부러운 마음으로 우러러 보고 있다.

청안선생은 전국의사 서회(書畵)동호회 회장이기도 한데, 동호인들이 서화전을 열었을 때의 서화집(書畵集)을 얻어보았다. 그 서회집을 살펴보는 중에, 청안선생의 붓글씨인 '태이불교'(泰而不驕) 네 글자가 내 마음에 깊이 와 닿았다. 그래서 나는 이 글씨를 오려내어 서울의 천산정(天山亭) 내 방 유리창에 붙여놓고, 자주 바라보며 내 마음을 돌아보고 성찰하기도 하고, 청안선생의 인품을 그리워하기도 한다.

'태이불교'라는 말은 공자의 말씀에, "군자는 태연하지만 교만하지 않고, 소인은 교만하지만 태연하지 못하다."(君子泰而不驕, 小人驕而不泰.〈『논어』13-26〉)라는 구절에서 끌어온 말이다. 내가 『논어』를 읽을 때면 늘 익숙하게 만났던 구절인데, 언제나 가볍게 스쳐만 가고, 마음에 새겨읽지를 못했었다, 그런데 이제 청안선생의 붓글씨 네 글자를 보고서야, 그 말씀이 내 마음에 파고들어오는 것도 하나의 인연이었던 것 같다.

사람이 살다보면 온갖 어려운 일 난처한 일을 당하기 마련이요, 이러할 때 초조하고 불안하여 안절부절 못하는 사람과 태연하여 마음에 동요가 일어나지 않는 사람이 있다면, 여기서 군자와 소인의 차이가 쉽게 드러난다고 하겠다, 마음에 동요가 일어나지 않는 이른바 맹자가 말하는 '부동심'(不動心)으로, 인격의 수양이 잘 되어, 심지(心志)가 깊고 굳세어야 하니, '태연하다'(泰)는 말은 인격의 수양을 바탕으로 나타나는 마음과 몸의 자세라 할 수 있다,

'태연함'은 때로 자신감이나 교만한 마음이 드러내는 태도로 보일 수가 있다. 특히 지위가 높거나, 재산이 많거나, 식견이 높다고 자부하는 사람들 가운데는 남의 앞에서 태연한척 하지만, 그 실상은 허세를 부리거나 교만한 마음을 속에 감추고 있는 경우가 많다. 이러한 '태연함'은 태연한 척 하는 것일 뿐이요, 거짓된 태연함이다. 거짓된 태연함은 사태가 위태롭거나 불안하면 쉽게 무너지니, 진정한 '태연함'이라 할 수 없다.

이에 비해 심지가 굳고 마음이 너그러운 사람은 그 태도가 태연하

더라도 그 마음은 넉넉하며, 따라서 남들을 무시하는 일이 없고, 남들 앞에서 자신을 낮출 줄 아는 겸손함을 보여준다. 이러한 자세가 바로 진정한 '태연함'이니, 공자가 말씀에서, "태연하지만 교만하지 않는다."(泰而不驕)는 것이요, 자신을 닦아 고매한 인격을 지닌 군자(君子)라야, 일상생활 속에서 실행할 수 있는 태도라 하겠다.

그런데 겉으로 잘난척 하거나 교만함을 쉽게 드러내는 사람은 허세만 가득하고 실속이 없는 사람이니, 어려운 일을 당하면 침착하고 여유있게 판단하는 태연함을 잃어버리고, 조바심을 내거나 전전긍긍하는 일이 허다하다. 바로 공자의 말씀에서, "교만하지만 태연하지 못하다."(驕而不泰)는 것이요, 속되고 용렬한 인격을 지닌 소인(小人)이 일상생활 속에서 드러내는 태도임을 알 수 있다.

남을 사랑하고 소중히 여기는 사람은 자신을 내세우는 교만함이나 남을 해치는 난폭한 마음을 갖는 법이 없다, 그 반대로 남을 무시하거나 해치려드는 사람은 교만함과 간교함이 그의 삶에 젖어들어 있음을 보게 된다. 가장 바람직한 마음가짐이 바로 '태연하면서 교만하지 않는' 것, '군자' 곧 인격이 닦인 인물의 태도라 하겠다. 태연한 척 하지만 교만한 태도는 거짓된 인격이요, 겸손하게 보이지만 안정된 마음가짐을 갖지 못한 태도는 불완전한 인격임을 알 수 있다.

내가 살면서 어려운 일을 당했을 때, 태연하였던 기억은 없다. 언제나 초조하고 불안하여 마음을 졸였던 자신을 잘 기억하고 있다. 그렇다고 남을 무시하거나 경멸했던 일도 별로 없었던 것 같다. 오히려 노래를 잘 하는 친구를 보거나 글을 아름답게 짓는 친구, 운동을 잘하는 친구를 보면서, 부러워하기도 하고, 열등감에 젖기도 했던 것 같다. 그러다보니, 소년 시절과 청년시절에는, 남 앞에 나서기를 몹시 부담스러워하는 소심하고 숫기없는 젊은 날을 보냈다.

　나이가 들어 이제 늙은 이가 되었지만, 아직도 소심한 성격은 여전히 남아 있지만, 그래도 심하게 낯을 가리거나 남 앞에 서기를 두려워하던 버릇은 많이 수그러들었다. 그만큼 뻔뻔해졌다고 할 수도 있을지 모르겠다. 그런데 내가 '겸손'을 배우기 시작하면서는 대학1학년때 박종홍교수의 '한국철학사' 강의에서 동학(東學)의 2대교주 해월 최시형(海月 崔時亨)의 "사람을 하늘처럼 섬겨라."(事人如天)는 말을 접하고서 큰 충격을 받았던 기억이 남아 있다.

　또 대학원 시절 방학 동안에 『논어』를 혼자 읽다가, 제자 중궁(仲弓)이 공자에게 '어진 덕'(仁)이 무엇인지 물었을 때, 공자의 대답으로, "대문을 나서서 만나는 사람들은 누구라도 큰 손님 뵙듯이 하고, 백성을 부리는 일은 큰 제사 받들듯이 해야 한다."(出門如見大賓, 使民如承大祭.〈『논어』12-2〉)라는 말을 읽고서, 오랫동안 생각에 잠겼던 일이 있었다. 그렇다고 내가 겸손해진 것은 아니다. 그러나 거만함이 잘못된 태도요, 겸손함이 올바른 태도라는 사실은 깊이 가슴속에 새길 수 있었다.

　겸손하려고 나름대로 노력을 하다보니, 겸손함에 이르지는 못했지만, 교만하게 굴지는 않는 것 같다. 그런데 문제는 '태연함'(泰)을 이루기는 정말 어렵다는 생각을 지울 수 없다. 마음속에는 항상 불안이 도사리고 있어서, 무슨 일을 당하면 전전긍긍(戰戰兢兢)하거나 노심초사(勞心焦思)하고 있는 자신을 돌아보며, 씁쓸하게 웃게 된다.

　약속시간이 가까워지면 안절부절못하며 마음에 안정을 얻지 못하고, 누가 찾아온다는 시간이 가까워지면 담배를 연거푸 피우게 된다. 작은 일에도 이렇게 안정을 찾지 못하는데, 어찌 큰일을 만나면 태연할 수 있겠는가. 이제 80세를 바라보는 나이에 이르렀는데도 '군자'가 되기는 이미 틀렸으니, 다만 내 삶이 '소인'이나 면할 수 있기를 바랄 뿐이다.

8.

말로 할 수 있는 '도'

천산정(天山亭) 나의 방에 딸린 작은 베란다 동쪽 벽에는 내가 존경하는 선배 영서(潁棲 南基英)형이 단아한 붓글씨로 써준 『노자』제1장이 붙어 있다. 나는 이 베란다에 나가 앉아 담배연기를 날리면서, 남쪽으로 창밖을 내다보며 시간을 보내는데, 다른 고층아파트 건물 때문에 직선으로 오려진 자그마한 하늘을 바라보고, 또 팔을 뻗어 보면 앞에 있는 두 아파트 사이의 한 뼘 가까이 열린 틈으로 우면산(牛眠山) 줄기를 바라보면서 공상에 빠지기도 한다. 가끔은 베란다 동쪽 벽으로 고개를 돌려, 『노자』제1장의 붓글씨를 소리 내어 읽어보기를 즐긴다.

『노자』제1장의 첫 구절인 "말로 할 수 있는 '도'는 영원한 '도'가 아니다."라는 뜻의 '도가도, 비상도.'(道可道, 非常道.)라는 여섯 글자를 자주 음미하게 된다. 이 말을 조금 풀어서 다시 말해보면, "말로 규정해 놓은 '도'는 항구불변(恒久不變)한 '도'가 아니다."라고 말할 수 있으리라 본다. 사실 우리는 말을 통해 우리가 이해하는 모든 사물이나 사실을 규정하고, 그 의미를 모두가 공유함으로써 의사소통을 할 수 있다.

그런데 여기서 제기되는 핵심의 문제는 '말로 규정해 놓은 도'(道可道)와 '항구불변하는 도'(常道)가 일치하지 않는다는 주장에 있다. 세상의 모든 사물과 일은 끊임없이 변하는 것이니, 변하는 현실 속에서 언급되는 말조차도 변하지 않을 수 없으니, 불변한 것이 아니라는 주장은 지극히 당연하다 하겠다. 그래서 인간은 변화 속에 있어서 불안정한 현실을 벗어나서 영원히 반하지 않는 존재나 세계를 추구하는가 보다.

종교들 마다 혼탁하고 고통스러운 현실세계를 넘어서 있는 순수하고 행복한 초월적 세계나 초월적 존재로 신(神)을 향해 그 아름다움을 찬양하고, 그 초월적 존재의 힘을 얻고자 하거나 그 걱정근심도 고통도 없는 영원한 세상에 가고자 기도를 하고 있는 것이 사실이다. 물론 그 찬양과 기도가 인간의 마음에 위로를 주기도 하고, 고통을 견뎌내는 힘을 주는 경우를 볼 수 있다.

19세기 초 이후 조선의 유교정부가 많은 천주교신도들을 처형하는 '사옥'(邪獄)-'교난'(教難), 혹은 '척사'(斥邪)-'박해'(迫害)가 몇 차례 일어났는데, 형장으로 끌려가던 천주교신도들이 원통함을 호소하는 것이 아니라, 하늘나라로 가게 된 기쁨에 넘쳐 노래를 부르는 광경을 볼 수 있었다고 한다. 그들에게 죽어서 가는 하늘나라는 분명 이 세상 바깥에 있는 영원하고 축복에 넘치는 저 세상이었다.

유교에서도 '하늘'(天)-'하느님'(上帝)은 인간이 도달할 수 없는 초월적이요 영원한 존재로 받아들여, '하늘을 두려워하고'(畏天), '하늘을 공경하며'(敬天), '하늘을 섬겨야 한다.'(事天)고 강조하였다. 그러나 '하늘의 명령'(天命)이 인간의 '성품'(性) 속에 주어져 있음을 제시하여, 인간의 성품 속에 내재(內在)하는 '하늘'을 중시하기도 하였다. '하늘'(天) 혹은 '신'(神)은 초월적인 존재이면서 내재적인 존재라는 신앙은 그리스도교를 포함하여 어느 종교에서나 찾아볼 수 있는 사실이다.

오래전 부산에 갔다가 나와 친했던 신윤우 신부의 사제관에서 만났던 정순재 신부는 사진작가이기도 한데, 자신이 대구근교의 가톨릭 수도단체에서 운영하는 나환자병원에 머물면서 환자들의 생활모습을 사진작품으로 담고 있었을 때의 이야기를 해주었다. 어느 날 사지(四肢)가 다 떨어져나간 여자 나환자가 죽어 장례미사를 집전하고 있는데, 낯설고 남루한 차림의 남자가 서럽게 울더라는 이야기다.

그래서 미사가 끝난 다음에 그 남자를 만나 사연을 들었는데, 그 남자는 걸인으로 다리 밑에 움막을 치고 아내와 구걸하며 살아왔는데, 어느 날 아내가 나병에 걸려, 아내를 그 나병원 앞에 두고 돌아가 살아갔지만, 10년 동안을 매주일 그 나병원을 찾아가서 아내의 소식을 물어왔다고 한다. 정 신부는 이 말을 듣자 너무 감동하여, 그 걸인의 두 손을 붙잡고, 자기도 모르는 사이에, "당신이 하느님이요."라고 말했다고 털어놓았다. 정 신부는 자신이 신학생 때를 거쳐 신부로 살아오는 동안, 그 걸인 남자의 마음에서 하느님의 모습을 가장 선명하게 발견했다는 고백이다.

관념으로 이해되는 하느님과 자신의 삶 속에서 체험되는 하느님은 상당한 거리가 있을 있다고 생각된다. 그런데 불교에서는 여러 불전(佛殿)에 모시고 있는 불상을 바라보며 끝없이 예배(禮拜)하는 신도의 모습을 보게 된다. 그러나 절 마당에 나와서는 서로 합장하고 인사하면서, "성불(成佛)하시오."라 말한다. 누구에게나 부처가 되라고 말하는 것은 단지 덕담(德談)에 그치는 것이 아니다. 누구나 깨달으면 부처가 될 수 있다는 믿음을 보여주고 있음을 알겠다.

하느님이란 존재 자체가 인간의 의식이 투영한 형상이라는 주장도 있다. 미케란젤로는 바티칸의 시스티나 성당 천장에 그린 그림 '천지창조'에서 하느님을 백발이 휘날리는 백인 남성 노인으로 그려놓았는데, 과연 하느님이 노인인지 젊은인지 누가 확인해줄 수 있단 말인가. "하느님 아버지"라 부르면 하느님은 남자란 말인데, "하느님 어머니"라 불러 하느님을 여자라 주장하는 개신교 교파도 있다. 하느님이 백인인지, 흑인인지도 확인할 길이 없다.

기원전 6세기 그리스의 역사가인 크세노파네스는 "에티오피아 사람들은 피부가 검고 코는 납작한 신을 만들었다. 트라키아 사람들은 눈이 푸르고 머리털이 붉은 그들의 신들에 대해서 말한다. 만일 소나 말이나 사자에게도 손이 있다면, 그래서 인간과 같이 그들도 그들의 손으로 그림을 그리고 예술품을 만들어 낼 수 있다면, 말은 말의 형상을 한 신을, 소는 소의 형상을 한 신을 그릴 것이다." 이 인용 구절은 영서형이 볼테르가 인용한 말로 알려주면서, 그리스도교에서 "인간은 신의 형상대로 만들어졌다."고 말하는데, 그 반대로 "신은 인간의 형상대로 만들어졌다."고 말하는 입장임을 지적해주었다.

또한 인간이 살아가는 세상은 잠깐 사이에 덧없이 사라지는 허망한 것이지만, 하느님의 세상은 소멸됨이 없이 영원하다고 생각하는 사람이 많다. 그렇다면 인간의 잠깐 사이에 사라지는 순간적인 시간과 하느님의 영원한 시간은 완전히 차원이 다르다 해야겠다. 그런데 '영원'

이란 시간을 무한이 늘여놓아 무수한 억겁(億劫)이 쌓인 것이 아니라, 지금 이 '순간' 속에서 만날 수 있다는 견해도 있다. 다시 말하면 '영원' 은 '순간'과 다른 차원이 아니라, '순간' 속에서 실현될 수 있을 뿐이라 는 말이다.

나는 하느님을 아득히 저 높은 곳에서 만나고 싶은 것이 아니라, 내 안에서 지금 이 순간에서 만나고 싶다. 그렇다면 하느님은 내 안에서 드러나는 존재이지, 나를 버리고 만날 수 있는 존재가 아님을 믿고 싶 다. 따라서 나는 노자가 "말로 할 수 있는 '도'는 영원한 '도'가 아니다." 라고 말한 것에 대해서도, "영원한 '도'는 말로 할 수 있는 '도'를 통해 드러난다."고 이해하고 싶다.

나 자신 속의 하느님과 마주하며, 묻고 대답할 수 있기를 나는 간절 히 바라지만, 그렇다고 '자신 속에서 하느님과 마주하는 일'이 결코 쉬 운 일이 아니요, 저절로 이루어지는 일도 아님을 잘 알고 있다. 내 안 에서 하느님을 만나는 길은 끊임없이 나를 정화해가고 성숙시켜 가 며, 완성을 향해 나아가고자 노력하는 속에서만 만날 수 있는 지극히 어렵고 힘든 길임을 알고는 있다.

9.

차별의 그늘

우리시대의 사람들은 누구나 '평등'이 옳은 도리요, '차별'은 잘못된 것이라 생각한다. 그러나 유교이념이 통치원리였던 조선시대 사람들의 경우, 신분의 차별이 지극히 당연하고 옳은 것이라 확신하고 있었다. 곧 '양반(兩班)괴 중인(中人)과 양인(良人: 常民)과 천인(賤人)'이라는 네 계급으로 구별하여, '양반'이 모든 특권을 누리는데 비해, 그 아래 계급은 내려 갈 수록 차별이 심해지고 매우 엄격하였다.

그 차별에 따라 '중인'계급은 역관(譯官), 의원(醫員), 화원(畵員), 천문관(天文官) 등 특정분야의 전문가들이나 전문기술직의 하층 관리로만 진출할 수 있었을 뿐이요, '양인'계급은 농·공·상(農工商)의 생업에만 종사했고, 온갖 부역(賦役)을 지기만 할 뿐, 관리로 진출할 수 있는 길은 거의 없는 형편이었다. 더구나 '천인'의 경우는 학대를 받아도 호소할 길이 없을 만큼 비인간적인 천대와 경멸을 당했던 경우가 많았다.

그런데 신분제도는 유교의 가르침과는 일치하지 않는다. 공자는 '어진 덕'(仁)을 설명하면서, "대문을 나와 만나는 모든 사람을 큰 손님 대하듯이 하고, 백성을 부릴 때는 큰 제사 받들듯이 하라."(出門如見大賓, 使民如承大祭.〈『논어』12-2〉)고 하여, 모든 인간에 대해 공경하며 경건한 마음가짐을 강조하였다.

이처럼 신분차별이 유교정신에 어긋나는 것은 아니라 할 수 있는데, 현실에서는 신분계급이 유교전통의 사회체제에 의해 지탱되어 왔던 것이 사실이다. 그런데도 유교사회의 지도계층에서는 차별적 질서가 유교이념과 상반된다는 사실을 각성하지도 못하였으며, 조선사회를 뒷받침해 왔던 도학(道學: 朱子學) 지식인들 가운데서는 그 모순을 극복하려는 태도를 거의 찾아볼 수가 없었다. 다만 조선후기에 등장했던 소수의 실학파 지식인들의 주장에서 신분제도의 모순을 넘어서야 한다는 목소리를 드물게 들어 볼 수 있을 뿐이다.

그만큼 조선시대 유교지식들은 유교경전을 끊임없이 읽어왔음에도 불구하고, 신분차별의 사회제도가 지닌 모순과 비리를 깨닫지 못했던 까닭은, 그들이 누리고 있는 기득권을 얼마간이라도 양보할 의사가 없었기 때문으로 보인다. 그 이념과 현실의 괴리는 유교사회에만 있는 것은 아니다. 예수는 "이웃을 사랑하라."고 가르쳤지만, 기독교사회에서도 미국에서만 보아도 원주민인 인디안 학살의 잔혹함이나 흑인노예를 혹독하게 부렸고, 노예해방이후에도 오랜 세월 인종차별이 얼마나 심했었는지는 그대로 드러나고 있었다.

오늘의 우리사회에서 과연 차별이 사라졌는지 다시 돌아볼 필요가 있다. 많은 사업체에서 고용주가 피고용인을 부당하게 대우한 경우나, 사회조직에서 상급자가 하급자를 대우하는 경우가 적지 않았던 것 같다. 그래서 '갑질'이라는 말이 널리 퍼져 있는 사실을 외면할 수 없다. 지위도 재물도 없는 사람이 관청에 가서 일을 보려면, 온갖 이유를 붙여 밀어내고, 뇌물을 주어야 일이 순조롭게 처리되는 것은 부패현상이기도 하지만, 차별을 당하고 있는 것도 사실이다.

세상에는 온갖 차이가 있음에도 불구하고 차별을 해서는 안 되고 모두 똑같이 포용해야 한다는 입장이 우리에게 필요하고 정당한 것이라 하겠다. 당(唐)나라의 한유(韓愈)는 "하늘은 일·월·성·신(日月星辰)의 주인이요, 땅은 초·목·산·천(草木山川)의 주인이며, 사람은 이적·금수(夷狄禽獸)의 주인이니, 주인이면서 난폭하게 한다면, 그 주인 된 도리를 할 수 없는 것이다. 그래서 성인은 이적(夷狄)과 금수(禽獸)도 차별 없이 대한다."(天者日月星辰之主也, 地者草木山川之主也, 人者夷狄禽獸之主也, 主而暴之 不得其爲主之道矣, 是故聖人一視而同仁,〈原人〉)이라 하였다.

따라서 모든 사람에게 차별을 두지 않고 다 같이 사랑하는 것을 '일시동인'(一視同仁)이라 한다. 그러나 차별을 두지 않고 모두를 다 같이 사랑한다는 것은 어떤 너그러운 사람이 지닌 포용의 덕성이라면, 더 많은 다른 사람에서는 여전히 차별이 일어날 수 있는 것이 사실이다. 또한 말로는 '일시동인'을 구호로 외치면서 실제로는 차별이 심했던 경우도 일제(日帝)의 식민지 통치자의 경우를 비롯하여 어디에서나 볼 수 있다.

이처럼 차별의 뿌리는 깊고, 차별의 그늘은 넓다고 하겠다. 그렇다면 차별은 어디서 나오는 것인가. 세상에서 살아가는 그 많은 사람들 사이에서는 서로 다른 차이점이 많은데, 그 다른 차이점이 차별이 원인이 되고 있는 것으로 볼 수도 있을 것 같다. 키가 큰 사람과 작은 사람, 얼굴이 잘생긴 사람과 못생긴 사람이 다르고, 또 능력에서도 말이 유창한 사람과 어눌한 사람, 힘이 강한 사람과 힘이 약한 사람이 다르다. 학교에서도 성적이 좋은 학생과 나쁜 한생이 다르며, 사회에서도 지위가 높고 낮음이 다르고, 재산이 많고 적은 사람이 다르다.

온갖 차이가 있으니, 그 차이에 따라 좋아하고 싫어함이 달라지고, 상등급과 하등급이 구별되면서, 그 차이가 결국 차별을 낳을 수 있는 것이 아닐까 하는 생각이 든다. 루소(Jean Jacques Rousseau)는 「인간 불평등 기원론」에서 인간은 원래 평등했지만, 불평등의 기원이 사유재산에서 비롯된다고 주장했다 한다. 사실 재산은 힘이 되어. 권력을 얻게 되고, 법률도 유리하게 만들 수도 있지 않은가. 그러나 과연 불평등이 사유재산에서만 지원하는 것인지 의문이 생긴다.

인간의 가슴 속에 사랑은 위축되고 탐욕만 확장된다면, 다른 사람이 작아지고, 재산과 권력이 커질 터이니, 남을 돌보려 하지 않고 함부로 억누르려 들지 않겠는가. 사랑은 사람만이 아니라 모든 존재를 소중하게 여기겠지만, 탐욕은 사물만이 아니라 사람도 도구화하여 지배하려들 것이다. 그렇다면 평등의 원인은 사랑에 있고, 불평등 곧 차별의 원인은 탐욕에 있다고 할 수 있을 것 같다.

실재로 사유재산을 부정한 공산주의 국가에서 차별이 없어졌는지 살펴본다면, 누구나 불평등의 원인이 사유재산이라고 단정하기는 어려울 것으로 보인다. 마찬가지로 생태계의 파괴가 산업화에 있다고 하겠지만, 산업화를 거부하기에 앞서 인간의 마음속에서 탐욕을 줄이고 사랑을 키우는 노력이 더 소중함을 강조하고 싶다. 차별이 드리운 넓은 그림자를 줄이는 방법도 사회적 약자와 소외된 사람을 보살피는 사랑을 우리 마음속에서 길러야 한다고 생각한다.

10.

한 길 사람 속을 모른다

속담에 "열 길 물속은 알아도 한 길 사람 속은 모른다."는 말이 흔히 사람들 입에 오르내린다. 물속이야 직접 들어가 보기만 하면, 그 속이 어떻게 생겼는지 훤하게 알 수 있고, 그 속에 무엇이 있는지도 직접 보고 분명하게 알 수가 있다. 그래서 '열 길 물속은' 훤하게 알았다고 말한다. 그런데 사람의 '속'(속셈)은 한 길도 안 되는데, 그 속을 못 들여다보아서 모른다는 말이 아니다. 요즈음은 해부학이 발달하여 인체의 내장을 그대로 들여다 볼 수 있지 않은가. 그런데도 알 수 없는 사람 속이란, 사람 속의 내장이 어떻게 생겼는지가 아니라, 사람의 마음을 알 수가 없다는 말이다.

정말 '한 길 사람 속' 곧 사람의 마음속이 어떤 모습인지, 또 그 마음이 어떻게 변하는지를 전혀 알 수 없을까. 때로는 얼굴표정이나 눈동자를 살펴보면서 반가워하는지, 싫어하는지, 두려워하는지, 슬퍼하는지, 화가 났는지, 즐거운지를 짐작하여 알기도 한다. 또 한 가지 방법은 '내 마음과 남의 마음이 같다'는 전제 위에서, 어떤 상황에 놓였을 때, 내 마음을 미루어 남의 마음을 알 수 있기도 하다.

그러나 얼굴표정이나 눈동자를 보고서, 그 사람의 감정을 어느 정도 미루어 짐작할 수 있다. 그런데 표정을 감추거나 꾸민다면 그 감정의 실상을 잘못 알기 쉬워, 올바로 알기는 어려워진다. 또한 '내 마음과 남의 마음이 같다'는 전제도 말이야 아름답지만, 실제로 같은 마음을 만나기는 쉽지 않다. 사람마다 경험도 다르고, 인격도 서로 다르니, 마음이란 제각각이라, '사람마다 마음이 다르다'라고 말하는 것이 실상에 맞는 것 같다. 그래서 남의 마음을 알 수 있는 경우는 극히 적은 부분이고, 많은 부분에서는 알 수 없다고 해야 할 것 같다.

부모라고 자식의 마음을 모두 헤아릴 수 있는 것이 아니고, '한 마음이요 한 몸'(一心同體)라고 일컫는 부부 사이에도 서로의 마음을 분명하게 알 수는 없지 않은가. 사람 사이에 서로의 마음을 알지 못하기 때문에 믿음은 적어지고 의심은 늘어날 수밖에 없지 않은가. 믿음이 없거나 약하니, 세상에는 갈등과 분쟁이 그칠 날이 없는 것이 현실이라 하겠다.

말로는 '믿어 달라'고 해도, 가슴에 울리지 않는 것은, 듣는 사람에게 믿음이 부족한 탓도 있겠지만, 말이 실제로 지켜지는 경우가 별로 없기 때문인 것도 사실이다. 특히 선거철이면 정치인들은 대중을 향해 입으로 온갖 감언이설(甘言利說)을 쏟아내고 있지만, 그 결과로 말로 약속한 바가 실현되는 것이 거의 없다. 그래서 대중들은 너무 여러 번 실망하였으니, 그 가슴에 '불신'이 깊이 뿌리를 내리게 되었다.

'불신'은 코로나 바이러스보다 전파력이 훨씬 강해서, 어쩌면 온 국민의 마음속에 '불신'이 자리 잡고 있는지도 모르겠다. 그래서 사람들은 '믿어 달라'는 말을 좀처럼 하지 않고, '믿겠다.'고 하는 말을 들으면서도 그의 마음속에 의심이 남아 있을 것이라 여기는 것이 아닐까 하는 생각이 든다. 그런데도 우리 주변에 '믿습니다'라 외치고 있는 사람들은 단지 보이지도 않고 들리지도 않는 '신'(神)을 향해 말하고 있는 신앙인들의 마음속에만 있는지도 모르겠다.

누구나 사람과 사람 사이에 믿음이 살아나기를 바란다. 그래야 마음이 놓이게 되기 때문이리라. '불신'이 사람들 마음속에 확산되면, 그 개인이나 사회가 불안해질 위험이 따른다. 그런데 제각기 자기 생각과 자기 의지가 있으니, 서로 믿을 수 있는 세상이 오기는 결코 쉬운 일이 아니다. 물건을 하나 서 혹시 불량품이 아닐까 의심하고, 병원에 가서는 의사가 과잉치료나 하지 않을까 의심하며, 법정에서 재판을 받으면서도 공정한 재판인지를 의심하면, 의심은 우리 마음을 파먹고 들어오는 벌레가 아닐 수 없다.

하기야 남은 못 믿더라도 자기 자신만은 확실히 믿을 수 있는가를 묻는다면, 자신 있게 대답하기가 어렵다. 내 마음도 수시로 변하고, 어디로 튈지 모르는 형편이 아닌가. 그래서 "먹은 마음 사흘이 오간다."(作心三日)고 하지 않는가. 나도 잘못인줄 알면서, 약속을 지키지 못한 일도 많고, 거짓말도 여러 번 하였으니, 내 마음을 나도 믿을 수 없는데, 어찌 남에게 믿기를 요구할 수 있는가.

나 자신도 담배를 끊겠다고 무수히 결심을 하고도 이루지 못하고 있으니, 내게 담배 끊으라고 심하게 압박하는 아내에게서 믿음을 잃은 지 오래임을 잘 알고 있다. 운동을 하겠다고, 설탕을 줄이겠다고, 드라마나 보며 시간을 낭비하지 않겠다고 무수히 다짐하고서, 하나도 지키지 못하고 있으니, 어찌 내가 나 자신을 믿을 수 있단 말인가. 참으로 부끄럽기 그지없는 일이다.

'믿음'(信)이란 '사람-인'(人)자와 '말씀-언'(言)자로 이루어져 있으니, 사람의 말에서 '믿음'이 나오는 것이다. 그러나 그 사람의 말에는 사실과 다른 거짓말도 많이 있고, 실상이 없는 허황한 말도 많이 있지 않은가. 그러니 사람의 말이 바로 믿음을 보장해주는 것은 아니다. 자기가 한 말을 지킴으로써 그 말이 실제 행동과 일치할 수 있을 때라야 비로소 믿음이 일어날 수 있는 것이라 하겠다.

그래서 공자는 "말은 행동을 돌아보고, 행동은 말을 돌아보아야 한다."(言顧行, 行顧言.〈『논어』13-4〉)고 하였다. 자기가 한 말이 행동으로 실천되고 있는지, 또 자기가 하고 있는 행동이 전에 자기가 했던 말과 일치하는지, 끊임없이 반성해봄으로써 만이 비로소 믿을 수 있는 사람으로 인정될 수 있다는 말이다. 그만큼 말과 행동이 일치되지 않으면 누구의 믿음도 받을 수 없다는 사실이 강조되고 있다.

서로의 '속마음'을 알 수 있기 위해서 모두가 말과 행동이 일치하도록 노력하는 것이 필요하다. '사람 속은 알 수 없다'고 하는 말은 우리의 현실 상태를 말하는 것이다. 그러나 우리에게는 '의심'이라는 바이러스를 물리치고 '믿음'을 회복하여, 서로 '사람 속'을 알 수 있는 세상으로 나아가야 하지 않겠는가. 이른바 '신용사회'를 이루고, 모두가 서로의 속마음을 알기에 서로를 믿을 수 있다면, 이런 세상은 바로 우리자신을 구원하는 길이 아니겠는가.

11.

말하지 않는 가르침

노자는 "말하지 않는 가르침"(不言之敎,《『도덕경』 43장》)의 힘이 큼을 강조하였다. 누구나 가르치려면 말을 하게 되는데, '말하지 않는 가르침'이란 역설적인 말로 들리기 쉬운 것이 사실이다. 물론 지식을 전달하는 교육에서는 글자로 보여주거나 말로 설명하지 않을 수 없다. 글자로 보여주는 것과는 달리, 얼굴을 마주 대하고 말로 훈계 할 때는 듣는 사람에게 훨씬 더 심한 압박감을 느끼게 하는 것이 사실이다.

우리의 일상생활 속에서 부모나 조부모가 자손에게 도리와 예절을 가르칠 때는 말로 거듭하여 타이르게 되는 것이 보통 흔히 있다. 그러나 듣는 자손들의 입장에서는 지루하고 따분하게 여겨지는 경우를 흔히 볼 수 있다. 그러나 어른이 젊은이를 앉혀놓고 같은 말을 되풀이하면서 도리와 예절을 가르치다가 젊은이가 제대로 따르고 실행하지 않으면 꾸짖거나 회초리를 들게 되기 십상이다. 이때 꾸중을 듣거나 매를 맞은 다음에 깨우치고 고쳐지는 경우는 매우 드물다. 도리어 거부감이나 반감을 드러내는 경우가 더 많다는 사실은 젊은 날 우리 자신도 이미 경험했던 일이다.

말로 타이르고 가르치는 것은 배우는 자에게 자주적으로 자신의 행동을 결정하게 이끌어주지를 못하는 경우가 많다. 오히려 뒤따라올 질책을 두려워하여 보는 데서는 하는 척하다가, 돌아서서는 무시하는 경우가 다반사라 하겠다. 배우는 사람에게 압박감을 주면, 그 마음에 감동을 일으키지도 못하고, 자주적 의지에 따른 능동적 행동을 이끌어내지 못한다.

그러나 어른이 말없이 모범을 보여준다면, 젊은 사람들은 스스로 감동하여 자발적으로 실천하려는 능동적 의지를 일으키게 되는 경우가 많다. 어른이 행동으로 모범을 보여주지 않는다면, 그것은 마치, "어미 게가 저는 옆으로 걸으면서, 자식들에게는 똑바로 걸으라고 한다."거나, "나는 '바담 풍'하더라도, 너는 '바람 풍'해야 한다."고 가르치는 꼴이 아닐 수 없다. 무슨 가르침의 효과가 있겠는가,

그래서 교육은 모범이 말보다 중요하다는 사실을 강조하는 사람들이 많다. 흔히 가정교육으로서, '보고 배운다.'는 말도 자식들이 부모의 행실을 보고서, 스스로 깨우쳐 실행함을 말한다. 이렇게 모범을 보고 배우는 경우에는 어떤 강요도 받지 않으니, 압박감을 받을 이치도 없다. 따라서 젊은이들은 자신의 마음속에서 느끼고 깨우치는 바가 있어서, 그 가르침의 효과가 훨씬 더 크게 나타나는 것이라 하겠다.

나 자신 자식들이 어릴 때, 거듭 타이르는 말을 따르지 않는다고, 야단도 치고, 때로 매를 들기도 하였다. 그리고 나서 가르침의 효과는 전혀 나타나지 않고, 도리어 자식들이 아비인 나를 멀리하거나 원망한

다는 사실을 깨닫고 크게 후회하였다. 그런데 실제에서 말로 타이르기는 지극히 쉬운 일이지만, 자식이 본받고 싶도록 행동으로 모범을 보이기는 지극히 어려운 일이라는 사실도 뒤늦게 각성하고서, 스스로 몹시 부끄러웠다.

지식의 교육은 말로 할 수 있다. 그러나 인격의 교육은 말로서는 너무 부족하며, 행동으로 모범을 보여주어야 비로소 성과를 거둘 수 있음을 유의해야 한다. 그동안 우리는 지식을 전달하는 이른바 '주입식 교육'에 너무 치중하여, 인격교육은 거의 방치해놓은 상태라 할 수 있겠다. 물론 모범을 보여 인격교육을 하기가 어려운 일이기도 하지만, 우리시대에 적합한 인격교육의 과제와 방법을 찾지 못하는데 큰 문제가 있는 것이라 생각된다.

조선시대의 대표적 유학자인 퇴계(退溪 李滉, 1501~1570)선생은 「도산십이곡」(陶山十二曲)의 노랫말을 짓고서 아이들에게 익히게 하여서, "아이들이 스스로 노래하고 춤추게 한다면, 거의 비루한 마음을 씻어내며, 감동하여 분발하고 막힘없이 통하게 된다."(令兒輩自歌而自舞蹈之, 庶幾可以蕩滌鄙吝, 感發融通.〈「陶山十二曲跋」〉)고 하였다. 말로 훈계하는 것이 아니라, 노래를 부르고 춤을 추면서 가슴에 젖어들어 감동이 일어나 스스로 분발하여 막힘없이 통하게 됨, 곧 '감발융통'(感發融通)하게 함을 교육의 효과를 극대화하는 방법을 제시하고 있다.

마주보며 주고받는 말이 압박감을 초래할 수 있다면, 글로 제시된 경우도 말과는 달리 자율적 판단과 결정을 할 수 있게 해준다. 퇴계는 송나라 진덕수가 편찬한 「심경」(心經)을 읽고 학문의 길로 나아가는 계기를 열었다고 한다. 그래서 그는 "애초에 감동하여 분발하고 떨쳐 일어나게 된 것은 이 책의 힘이었다."(其初感發興起於此事者, 此書之力也,〈「心經後論」〉)이라 하였다.

「심경」이라는 한권의 책을 읽고서, '감동하여 분발하고 떨쳐 일어났음' 곧 '감발흥기'(感發興起)하여, 학문의 길을 찾아 들어서게 되었다는 말이다. '감벌융통'(感發融通)이나 '감발흥기'(感發興起)라는 말에서 교육의 가장 중요한 과제는 배우는 자가 그 마음속에서 스스로 감동되어 불발함으로써 뜻을 세우고 나아가는 것임을 보여준다. 감동이 있다는 것은 그 자신의 마음속에서 일어나 스스로 분발함으로써 인격의 변화가 일어나는 것이다. 이에 비해 감동이 없다는 것은 가르치는 대로 지식만 받아들여 기억을 할 뿐 자신의 주체적 의지가 없으며, 따라서 인격적 변화도 일어나지 않음을 말한다.

누구나 살아가면서 어떤 사람에게서 들은 한 마디 말이나, 어떤 책에서 읽은 한 구절의 글, 또는 고요히 사색하다가 깨달은 한줄기의 생각이 그의 삶과 인간을 변화시킬 수 있다. 문제는 강요에 의해 수동적으로 끌려가는 것이 아니라, 마음속에 감동이 일어나 능동적으로 분발할 수 있느냐 없느냐에 달려 있다. 어른이 가르치는 도리나 예절이 의무로 주어지는 것이 아니라, 그 가르침에서 감동된 바가 있어서 스스로 자신의 길을 찾아가기 위해 떨쳐 일어날 때, 진정한 교육이 이루어질 수 있음을 주목할 필요가 있다.

20세기의 실존철학자 야스퍼스Karl Jaspers)는 "진리란 설득하는 것이 아니라, 호소하는 것이다."라는 말을 했다고 들었다. 내 판단과 신념을 남에게 불어넣으려는 '설득'이 아니라, 남의 가슴속에서 공감이 일어나도록 '호소'하는데서, 진리의 생생한 모습이 드러나는 것임을 보여주고 있다. 늙어서야 자식을 가르치려는 생각에서 벗어나, 자식이 스스로 깨닫도록 모범을 보이려 노력하고, 조언을 요구받으면 가볍게 의견을 말해주는 것이 더 큰 효과를 거둘 수 있음을 깨닫게 되어, 그래도 다행이라 생각이 든다.

12.

부드러운 말솜씨

    사람은 서로 만나면 여러 가지 말을 주고받는다. 주고받는 말 속에는 자신의 지식이나 신념을 밝히기도 하고, 희 · 노 · 애 · 락(喜怒哀樂)의 온갖 감정을 드러내기도 한다. 그런데 말을 하다보면 정답고 부드러운 말이 나오기도 하지만, 거칠고 공격적인 말이 나오기도 한다. 그래서 말을 듣는 사람으로서는 마음에 기쁨이 일어나기도 하고, 분노가 치밀기도 하는 경우가 있다.

    흔히 하는 말에도, "'아' 다르고, '어' 다르다."는 말이 있는데, 미세한 표현에서도 감정이 풀리기도 하고 속이 상하기도 한다. 그래서 세련된 사람은 비난하거나 놀리는 말을 하면서도, 부드럽게 하거나 유머를 실어서 하여, 듣는 사람의 감정을 상하지 않고도 하고 싶은 말을 다 한다. "말 한마디로 천 냥 빚을 가린다."라는 속담처럼, 말의 역할이 크고 중요하다.

    나 자신도 자식들이 어릴 때 타이른다는 것이, 격한 감정에 빠져서

심하게 야단을 치다보면, 도리어 자식들에게 상처를 주고만 어리석은 짓을 많이 했었다. 성인이 된 뒤에도 남들 앞에서 예의바르게 말하려 노력은 하였지만, 때로는 잊어버리고 거칠게 말하여 실덕(失德)을 했던 일도 자주 있다. 똑같은 질문이라도 완곡하게 표현했더라면 바른 대답을 들을 수 있었을 터인데, 질문의 말이 직설적이라 엉뚱한 대답을 듣고 말았던 일도 있다.

언젠가 서울대와 동경대의 공동 세미나가 동경에서 있었는데, 한국 쪽 참석자들 앞에 동경대 문과대학 학장이 나와 인사말을 하면서, 일본이 조선을 식민 지배를 하고, 조선인에게 많은 피해를 입혔던 사실에 대해 매우 정중하게 사과하는 발언을 하였다. 다음날은 동경대 총장이 나와 인사말을 하면서도 또 일제침략에 대한 잘못을 거듭 사과하는 발언을 했다.

그래서 같이 참석한 동료와 선배 교수들이 저녁을 먹는 자리에서, 동경대학에서 교환교수로 강의를 하고 있는 경제학과 K교수에게, "일본 학자들의 사과 발언이 진심입니까?"라고 물었더니, K교수는 한마디로 "진심이지요."라 잘라 대답했다. 그때 동양사학과의 민두기(閔斗基)교수님이 나에게, "질문을 '(그들의) 사과발언이 무슨 의미를 지니고 있습니까?' 라고 고쳐서 해보세요."하고 타일러주셨다. 그래서 다시 질문을 했더니, 그제야 K교수는 "발언에 책임이 없는 일본지식인들은 진심으로 사과하지만, 발언에 책임을 져야하는 일본정부는 절대로 사과하는 법이 없다."고 대답했다. 그때 나는 민 교수님으로부터 큰 가르침을 받았다. 그 후에도 비슷한 실수를 여러 번 했지만, 말을 하고 나서 바로 뉘우쳤다.

내가 중년이었던 어느 날 어떤 학회에서 다산(茶山 丁若鏞)의 사상에 대해 발표를 했는데, 질의하는 시간에 어느 지방대학 원로교수가 "다산의 저술에는 그런 내용이 전혀 없는데, 어찌 무리한 주장을 하느냐."고 반박했다. 나는 내 주장이 많은 사람 앞에서 정면으로 부정당한 사실에 침착함을 잃고 말았다. 그래서 "다산이 읽었던 그 책을 못 보신 것 같습니다."라고, 거칠게 반박했다. 학회가 끝나고 나오면서 바로, "그 책을 보셨더라면, 선생님의 생각도 조금 달라지시리라 생각합니다."라고 조금 부드럽게 말해도 될 것을 나의 치기(稚氣)로 노학자를 대중 앞에서 면박한 것이 몹시 후회스러웠지만, 이미 사과하기에는 늦었다. 그런데 그 교수는 뒷날 나를 그 학교에서 강연하도록 불러주셨고, 우리 부부에게 저녁으로 훌륭한 한정식을 대접해 주셔서, 나는 그분의 넓은 아량에 고개를 숙였던 일도 있었다.

아름다운 말은 미사여구(美辭麗句)로 꾸미거나, 칭찬을 늘어놓는 말이 아니다. 상대방의 마음을 다치지 않게 할 뿐 아니라, 즐겁게 해주고, 유익하게 해 줄 수 있을 때, 그 말이 아름답다고 하겠다. 말의 옳고 그름을 넘어서 상대방의 마음을 상하게 하는 말은 결코 바람직하지도 않고, 품위 있는 말도 아니라 하겠다. 한걸음 더 나가서 듣는 사람의 마음에 감동을 줄 수 있는 말이라면, 아름다움은 말인 동시에 선하고 진실한 말이라 할 수 있다.

한 마디 말이나 한 구절의 글이 한 사람의 인생을 바꾸어놓을 수도 있을 만큼, 말의 힘은 강한 것이 사실이다. 그러나 아무리 똑같은 말이나 글귀라도 듣는 사람에 따라 이해하고 반응하는 양상은 하늘과 땅처럼 차이가 크게 드러날 수 있다. 그 까닭은 사람마다 관심의 정도나 이해의 능력이 다르기 때문이다. 또한 아름답고 선하고 진실한 말이라도 듣는 사람의 마음이 닫혀 있으면, 그야말로 "쇠귀에 경(經) 읽기.”가 되고 만다.

어느 서양학자가 『논어』를 읽고 나서, “너무 당연한 말씀만 모아놓아서, 아무런 감흥을 일으키지 않는다.”라 말했다고 들었다. 그런데 송(宋)나라 정이천(程伊川)은 『논어』를 읽고 난 뒤의 반응양상으로 네 가지 경우를 들고 있다. 곧 ‘아무 일도 없는 사람’(全無事者), ‘그 속에서 한 두 구절을 얻고서 기뻐하는 사람’(其中得一兩句喜者), ‘이 책을 좋아할 줄 아는 사람’(知好之者), ‘자기도 모르게 손이 춤추고 발이 춤추는 사람’(不知手之舞之足之蹈之者.〈『二程遺書』19-79〉)이다. ‘아무 일도 없는 사람’은 감흥이 없다는 서양학자와 같은 수준이라 하겠다. 그러나 ‘자기도 모르게 손이 춤추고 발이 춤추는 사람’은 그 속에 도취되고 황홀경에 빠진 사람이 아니겠는가.

온화하고 여유로운 성품에 하시는 말도 부드럽고 세련되었다면, 인격이 높은 사람으로 남들의 존경을 받는다. 그러나 난폭하거나 조급한 성품에다 거칠고 공격적인 말의 하는 사람에게는 높은 인격을 기대할 수도 없고, 남들의 존경을 받을 이치도 없다. 이처럼 품성과 말씨는 교양인이 갖추어야 할 필수적인 조건으로 어릴 때부터 가정과 학교에서 교육이 될 필요가 있다. 우리 사회가 너무 조급하고 갈등이 자주 일어나며 쉽게 파당을 가르는 것은 이러한 품성교육이 제대로 되지 않은데 큰 책임이 있다고 생각한다.

가정에서나 거리에서 사람들이 주고받는 말이 부드럽고 세련될 수 있다면, 그 사회는 비록 어느 정도 뒤떨어졌다고 하더라도 선진국이라 해야 할 것 같다. 유교의 성현들은 그렇게 가르치지 않았지만, 조선 사회의 유교지식인 내지 양반이란 걸핏하면 도리와 명분을 따지면서 호령이나 하려들었으니, 어디에서 긍휼하게 여기는 어진 마음이나 감싸주는 포용력을 기대할 수 있겠는가. 이처럼 말은 한 사회의 문화적 수준을 보여주는 것이 아니겠는가.

13.

유창한 말솜씨

어쩌다 TV 뉴스를 보게 되면, 우리나라 정치인들이 국민을 향해 연설하면서 원고를 읽고 있는 모습이 너무 답답했다. 이에 비해 서양의 정치인들은 원고 없이 대중을 바라보며 유창하게 연설하는 모습이 시원하게 느껴졌다. 웅변대회에 나온 학생이 연단에서 원고를 읽고 있다면, 어찌 한심하다 하지 않겠는가. 그만큼 대중의 감정에 직접 호소하기 위해서는 대중과 눈을 맞추고 있다가, 대중의 반응에 따라 신속하게 대응해야 한다. 발표능력을 기르는 교육과 주입식 교육의 파급효과는 엄청나게 큰 것임을 확인할 필요가 있다.

중국 역사 속에는 대립하는 세력 사이에 상대방을 설득하기 위해 적진 속으로라도 뛰어드는 '세객'(說客)이 있었다. 소설 『삼국지』에서도 제갈량이 세객으로 동오(東吳)에 가서, 조조의 위협에 겁먹어 항복하려는 동아의 신하들에서부터 주공(主公)인 손권에 이르기까지 한 사람 한 사람씩 설득해 나가는 모습을 볼 수 있다. 제갈량이 설득해

가는 장면은, 고수들의 칼싸움 장면 보다 훨씬 더 장쾌했었다. 이렇게 '세객'의 문화가 있는 사회에서는 대립과 분쟁을 설득과 타협으로 해결할 수 있는 능력을 중시하는 사회라 생각이 든다.

설득을 위해서는 자신이 도리와 명분을 가지고 상대방을 논리적으로 제압할 수 있어야 하고, 이해득실로 상대방의 마음을 이끌어내어야 한다. 그 말 한마디 한마디가 상대방의 마음에 파고들어 부정할 수 없게 되었을 때, 비로소 설득에 성공할 수 있다. 물론 상대방을 설득하려는 입장에서는 말이 명쾌하고 단호해야지, 말이 흐릿하여 애매하거나 허황하면, 아무도 설득시킬 수 없다.

그렇다고 말이 거침없이 유창한 달변(達辯)이라야만 남을 설득시킬 수 있는 것은 아니다. 말이 어눌하여 더듬는 눌변(訥辯)이라 하더라도, 그 말이 정당한 명분과 실질적인 이득을 보여주고, 그 태도가 겸손하면서 진실성을 드러내고 있다면, 분명 상대방의 마음을 움직여 설득에 성공할 수 있을 것이라 믿는다. 공자도 "군자는 말을 어눌하게 하더라도, 행동을 민첩하게 하고자 한다."(君子欲訥於言而敏於行.〈『논어』4-24)〉"고 하였으니, 화려하게 꾸며진 말보다. 실행을 보장해 줄 수 있는 말이 훨씬 더 호소력을 지니고 있으니, 설득에 성공할 가능성이 그만큼 높아지는 것이 사실이다.

"그 사람, 말은 청산유수(靑山流水)지."라 말하는 것은, 유창한 말보다 실행이 되는 말을 더 중시하고 있음을 드러내며준다. 또한 "말만 뻔지러 하다."고 말할 것도, 말은 화려하고 그럴듯하게 꾸며놓았지만, 아무 실속이 없음을 나무라고 있음을 보여준다. 이처럼 말은 실행으로 연결되어야 하는데, 말만 유창하거나 화려할 뿐이라면, 그 말은 바람을 불어 부풀어 오른 갖가지 색깔의 풍선이 공중에서 한순간 터져서 사라지고 마는 것처럼, 공허한 말이 되고 만다는 사실을 잘 보여주고 있다.

말에 결실로 이어져야 한다는 책임감이 실리게 되면, 자연히 말은 가벼울 수가 없고 신중해지지 않을 수 없다. 한마디 주장이나 한마디 대답을 하려면 여러 요소들을 고려하고 살펴야 한다, 그렇게 하지 않고, 자신이 한 말이 결과와 일치하리라 생각한다면, 그것은 환상일 뿐이다. 이렇게 신중한 말이라야 듣는 사람의 믿음을 얻을 수 있을 것이요, 유창하고 화려한 말은 듣는 사람을 유쾌하고 즐겁게는 해주겠지만, 상대방의 가슴에 믿음을 심어주기는 어려울 것이 분명하다.

사실 나는 말을 유창하게 하는 능력이 없어, 유창하게 말하는 사람을 보면, 무척 부러워했었다. 유창하게 말하지 못하면 연설을 하기가 가장 힘들다. 자기가 전공하는 분야의 내용을 대중들 앞에서 강연을 하는 경우에서 큰 부담 없이 편하게 말할 수가 있지만, 연설이나 주례사를 해야 할 경우는 평소에 내가 마음속에 두고 있는 생각이 아니라, 연설문이나 주례사를 미리 써놓았지만, 원고 없이 말하기가 너무 힘들었다. 그래서 대중연설에서 원고를 읽고 있는 우리나라 정치인의 답답한 사정을 얼마간 이해해 줄 수 있을 것 같기도 하다.

유창한 말에도 미덕이 깃들어 있다. 듣는 사람들이 편안하게 들을 수 있고, 이해도 쉽다는 점이다. 신중한 말은 말의 무게가 있어서 깊이 음미해야 하니, 바로 이해하기가 어려울 수밖에 없다. 화려한 말에도 미덕이 있다. 소박한 언어는 실상에 근거한 말이라, 그 내용은 가볍고 직설적이라, 따분하게 느끼기 쉽다. 그러나 화려한 말은 아름다우니, 듣기가 즐겁고 마음도 가벼워지는 것도 사실이다.

말이 유창하게 흘러나오면, 빨라지니, 정해진 시간동안 말을 하자면, 훨씬 더 많은 분량의 말을 하게 된다. 그 만큼 많은 소재의 이야기를 동원하여야 하는 부담이 있다. 그렇지 않으면, 말을 일찍 끝내고, 다음 차례를 기다리며 쉬고 있어야 한다. 그래서 말을 중언부언하거나, 더듬거나, 잡소리를 끼워 넣지 않고, 자꾸만 가지를 쳐서 본래의 흐름을 잊어버리는 일이 없이, 유창하게 하지만, 동시에 알아듣기 쉽고 재미있게 풀이도 해가면서 차분히 말한다면, 가장 매력적인 연설이 될 수도 있으리라 믿는다.

킹(Martin Luther King)목사가 1963년 8월28일, 미국 워싱턴 DC의 링컨 기념관 앞에서 행했던 연설, 〈I Have a Dream.〉(나에게는 꿈이 있습니다)은 사람의 마음을 소용돌이치게 했을 뿐만 아니라, 이 연설의 호소력은 뿌리 깊은 흑인차별의 미국사회를 평등의 사회로 나아가게 하는 법률을 제정하게 했다. 따라서 대중을 선동하는 이 연설 하나가 지닌 힘이 얼마나 컸던 것인지는 가늠하기조차 어렵다. 아마 핵폭탄의 위력보다 훨씬 더 컸던 것은 분명한 것으로 보인다.

이렇게 힘이 있는 말, 오랜 세월 사람들의 입에 회자(膾炙)되는 말은 하루아침에 즉흥적으로 나올 수 있는 말이 아니다. 오랜 세월 독서하고 사색하며, 고민한 끝에 토해낸 피가 엉기듯, 한마디 말로 응축되어, 많은 사람들의 가슴에 소용돌이를 일어나게 할 말이 나오는 것이 아니겠는가. 우리 역사 속에도 사람을 격동시키는 많은 ;격문;(檄文)과 명연설문이 있으니, 우리에게 힘 있는 말을 배울 수 있는 좋은 재료가 될 수 있을 것이라 믿는다.

14.

풍진세상

세상에는 늘 바람이 불고, 바람은 먼지를 실어 나른다. 나의 청년시절만 해도 웬만한 지방도로는 비포장인 흙길이라, 버스를 타고 시골길을 가다보면, 앞에서 달리는 자동차가 피워 올리는 뽀얀 흙먼지의 장막이 앞을 가리기 일쑤요, 가로수 잎은 누런 흙먼지를 가득 뒤집어쓰고 있었다. 더구나 요즈음은 중국에서 불어오는 황사(黃砂)에다 자동차 배출가스나 등 온갖 먼지로 대기오염이 더욱 심각해졌다. 그래서 일기예보에도 미세먼지나 초미세먼지 상태가 좋은지 보통인지 나쁜지를 알려주어, 먼지의 상태가 나쁘면 외출을 자제하도록 조언하기도 한다.

나는 천성이 게을러 내방 청소를 하는 일이 아주 드물다. 나 혼자 쓰는 방인데도 두세 달 만에 한번 청소를 하자면, 책상 밑에나 옷장 위에는 닦아내면 시커먼 먼지가 두껍게 앉아있는 것을 보게 된다. 심하면 솜처럼 엉겨서 덩어리진 먼지들이 구석진 곳에 쌓여있는 것을 보면서 놀라곤 한다. 이렇게 우리가 사는 세상은 언제나 바람이 불고 먼지가 날리는 '풍진세상'(風塵世上)이라는 사실을 어찌 부정할 수 있겠는가.

그래서 먼지로 가득한 이 세상을 먼지투성이 세상 곧 '진세'(塵世)라 부르기도 한다. 우리 자신도 죽으면 그 육신이 먼지와 흙, 곧 '진토'(塵土)로 돌아간다고 하지 않는가. 하기야 우리 몸도 원래 먼지로 이루어져 있는 것이 아닐까 하는 의심이 들기도 한다. 어차피 먼지 속에서 살아야 한다면, 우리에게는 먼지를 원천적으로 모두 없애든지, 그럴 수 없다면 먼지와 함께 어울려 사는 방법도 생각해볼 필요가 있을 것 같다.

나는 타고난 음치라 남 앞에서 노래를 부르는 경우는 거의 없다. 그러나 혼자 심심하게 앉아있을 때에는 더러 「희망가」를 중얼거리며 불러보는 일이 있다. 이 노래의 제목은 '희망가'라 했지만, 노래가사를 음미해보면 '풍진세상'을 살아가는 인간의 희망이란 모두 부질없고 허망한 것임을 말해주고 있으니, 차라리 제목을 '풍진세상'이라 고치면 어떨까 하는 생각을 해보았다.

그런데 얼마 전에 찾아보니, 이 노래의 곡조는 처음에 영국의 춤곡이었는데, 미국에서 찬성가로 쓰였고, 그 뒤로 일본에서 진혼가(鎭魂歌)로 쓰이기도 했다 한다. 그러다가 우리나라에 들어와서는 찬송가로도 쓰이기도 하고, 대중가요로 불리기도 했다는 이야기다. 노래제목도 「이 풍진 세상을」이라 하기도 하고, 「탕자 자탄가」(蕩子自歎歌)라 하기도 하고, 「희망가」라 하기도 했다고 한다. 유래가 깊은 노래임을 뒤늦게 알았다.

벌써 10여년이 지난 옛일인데, 당시 서울대 철학과의 조은수(趙恩秀)교수가 '세계여성 불교학 대회'를 주관했는데, 참석자는 주로 서양

여성학자들이었다. 나는 조은수교수의 배려로 그 학술대회가 끝난 뒤, 베트남의 여러 사찰을 탐방하는 여행에 큰딸을 데리고 이 참석할 수 있는 기회를 얻었던 일이 있었다. 일주일동안 호치민(사이공)시에서 하노이 시까지 남북을 관통하면서, 매일 밤에는 절에서 자며, 참으로 여러 절들을 둘러볼 수 있었다.

오늘날의 베트남은 공산국가임에도 불구하고, 사원에는 승려도 많은 편이라, 불교가 살아있음을 확인할 수 있었다. 특히 베트남 불교는 동남아시아의 소승(小乘)불교 분위기와는 달리 중국불교의 영향을 받아 선(禪)불교 중심의 대승(大乘)불교가 자리 잡고 있다고 하였다. 사찰의 건축양식도 타일랜드에서 본 것처럼 추녀가 예리하게 하늘로 들려올라간 것이 아니라, 중국사원의 형식이 강함을 알 수 있다. 그래도 한국의 불교사찰이 산사(山寺) 중심으로 칼칼한 맛이 있는데 비해, 둘러보았던 베트남 사찰들은 모두 평지에 있어서, 비록 절 안에 수목은 많아도 혼탁한 느낌을 많이 받았다.

전용 버스로 이동했는데, 이동하는 도중 버스 안에서는 모두들 조용했다. 그런데 어느 날 다음에 찾아가는 절이 상당히 멀어서 세 시간 정도 걸린다고 하였다. 여러 날을 버스로 이동하다 보니 모두들 상당히 지쳤고 또 무척 지루했던 것이 사실이었다. 그래서인지 누군가 제안하여 노래를 부르며 가자고 하여, 차례로 돌아가면서 마이크를 잡고 노래를 불렀다. 모두 여성 학자들인데, 나 혼자 '개밥의 도토리' 같은 남자였는데, 중간에 심한 음치인 나에게 마이크가 돌아왔다.

빠져나갈 길이 없음을 알고, 자리에서 일어나, 내가 부를 한국 노래의 제목을 "How to live in this windy and dusty world."(바람 불고 먼지투성이인 이 세상을 어떻게 살아가야 하는가.)라 영어로 소개하고,

「희망가」를 불렀다. 나의 노래야 곡조도 박자도 틀렸을 터이지만, 어떻던 위기를 넘기기는 했다. 그래도 영어노래 하나도 아는 것이 없어, 청중이 아무도 알아듣지 못하는 노래를 불렀다는 것이 부끄러웠던 느낌을 지워버릴 수는 없었다.

서울에 돌아온 뒤에도 베트남의 사찰에 대한 기억은 다 잊어버리고 별로 남은 것이 없으나, 내가 서양여성 학자들 앞에서 「희망가」를 불렀던 사실은 부끄러움과 함께 오래 남아 있었다. 또 '풍진세상'이 우리가 살고 있는 이 세상의 모습이라는 사실을 자주 되새기게 되었다. 바람에 황사가 날아오고, 먼지가 내 주변 구석구석 파고들어 쌓인다는 사실이 괴롭게 느껴지기도 했지만, 나 자신이 끊임없이 먼지를 만들어내고 있다는 사실이 더 괴로웠다.

많은 먼지가 폐에 들어가 쌓이면 진폐증(塵肺症)을 일으켜 생명을 위협할 수도 있고, 자동차가 내뿜는 매연에는 화학물질이 있어서 건강을 해칠 수도 있다는데, 내가 피우는 담배연기가 내 건강을 해칠 뿐만 아니라, 길에서 담배를 피우며 만들어내는 담뱃재는 바로 먼지가 되어 남의 건강도 해칠 수 있지 않은가. 이런 생각을 하면서도 담배를 끊지 못하는 자신이 부끄럽고 한심할 뿐이다.

사실 원주 산골에 살면서 서울과는 비교할 수도 없이 공기가 맑고 상쾌함을 즐겨왔다. 그런데 겨울에는 산골집이 너무 춥고, 나는 추위를 못 견디는 형편이라, 겨울동안 서울에 올라와 지내고 있다. 서울 생활은 코로나도 두렵지만, 나로서는 방안에 먼지가 많을 뿐 아니라, 거리에도 사방에 매연이 가득 날아다니는 것 같아서, 밖에 나가지도 못하고 집안에만 갇혀있는 꼴이라 답답하기만 했다.

그래서 무료한 시간 내가 살고 있는 먼지 많은 이 '풍진세상'을 어떻게 살아가야 하는지 생각하게 되었다. 바람이야 먼지만 없으면 '맑은 바람'(淸風)이 불어서 좋을 것이니, 바람에 무슨 죄가 있겠는가. 먼지도 자연에서 생기는 먼지보다 사람이 만들어내는 먼지가 더 많고 더 해로운 것이 아닌가 하는 생각이 든다. 속언에 "개똥밭에 굴러도 이승이 낫다."는 말이 있으니, '풍진세상'에 살아가면서도 청소나 자주 하고, 먼지를 들 만들려고 노력하며 즐거운 마음으로 살아가는 수밖에 없지 않겠는가.

15.

근백년 유학자들과 만남

　내가 성균관대 유학과에 근무하다가 한국철학과로 옮긴 뒤의 일이
었다. 당시 나는 한국 정신문화연구원(현 한국학 중앙연구원)에 파견
되어 철학종교연구실에서 근무하던 1983년 전후한 시기의 일이었다.
연구 과제를 신청하라 하여, 5년 장기과제로 각 도별 해당지역 대학의
전공학자들이 참여하는 대형과제로 19세기 후반부터 해방이전에 활
동하던 유학자들을 발굴하여 그 사상을 연구하는 과제를 제출했었다.
너무 대형과제이니, 연구기관과 참여 학자를 절반가까이 줄이라고 하
여, 다시 며칠 동안 작업해서 제출했다. 그런데 심사 후에 1년 동안 나
혼자 만의 단독과제로 줄여서 승인이 나왔다.

　속은 많이 상했지만, 그래도 나는 호남지역에 한정하기로 하고, 조
사에 착수했었다. 내가 이 주제에 관심을 갖게 된 까닭은 1979년 2월
에 받았던 박사학위 논문『동서 교섭과 근대한국사상의 추이(推移)에
대한 연구』를 준비하면서, 한말과 일제시기에 활동했던 유학자 몇 사

람의 사상을 다루었었는데, 전국적으로 조사하면 더 많은 유학자들이 발굴될 수 있다는 생각을 하였고, 오늘날 끊어져버린 옛 유학자들의 학맥이 어디까지 계승되고, 그들의 사살이 어떻게 변해 가는지를 알고 싶었기 때문이었다.

이 무렵 어느 날 나와는 학부시절 종교학과 동기생이었던 친구 고광직(高光稙)형을 만났는데, 그는 한국경제신문사 문화부 차장으로 근무하고 있었다. 다방에서 커피를 마시며 한가롭게 이야기를 하다가, 그는 자기 신문사에서 한 페이지의 광고 면을 뺀 전면에 실리는 연재 기획 기사의 주제를 찾는데, 좋은 주제거리가 있겠느냐고 나에게 조언을 구했다. 그래서 나는 마침 연구원에 제출했었던 연구과제였던 근백년 유학자들을 일주일에 한 사람씩 소개해보면 어떻겠느냐고 제안을 해보았다.

얼마 후 고형을 다시 만났는데, 내가 말한 주제가 신문사에서 채택되었다고 하면서, 뒷이야기도 해주었다. 이 주제가 논의에 오르자, 편집국장이하 간부들이 모두 시대에 뒤떨어진 유학자들을 경제신문에 실린다는 것이 부적절하다고 반대의견을 제시했는데, 사장이 적극 찬성하면서, "우리나라 경제가 왜 이렇게 불안정한지 아느냐? 미국서 교육받은 경제장관들이 자기가 배운 서양경제이론으로 한국에서 실험을 하기 때문이다. 우리의 사회현실과 문화의 뿌리를 모르면 계속 서양의 경제이론들을 실험하다가 말 것이야."라 말했다고 전해주었다.

그래서 1주일에 한 인물씩 그 인물의 사상은 내가 집필하고, 고광직 기자는 그 인물의 고향을 찾아가서 현장 르포를 중심으로 기사를 집필하여 '유학근백년'(儒學近百年)이라는 주제 아래, 연재를 하기 시작했다. 도서관에서 찾을 수 있는 유학자의 문집이 너무 부족하여, 고형과 함께 유학자의 고향이나 연고지를 찾아가서, 후손이나 문인들에게서 문집을 얻거나 빌려와 복사를 하여 읽어야 했던 일이 가장 힘들었다. 그래도 의병장을 했거나 역사적인 인물로 등장했던 소수를 제외하면 대부분의 유학자들은 고향으로 찾아갈 수밖에 없었다.

나는 정신문화연구원에 피견근무를 하면서도 성대 한국철학과에서 이틀 동안 책임시간인 10시간 수업을 해야 했고, 연구원에서도 한 강좌 3시간 대학원 강의를 해야 했으니, 부담이 컸는데, 더구나 유학자마다 고향에서 빌려온 한문 문집 한 짐을 빌려와 복사를 하여 밤을 새워 읽어야 했으니, 지치던 끝에 병이 나서 1년 만에 연재를 중단할 수밖에 없었다. 그래도 전혀 모르던 새로운 인물을 발굴하는 재미가 커서, 1년을 쉬고 나서 신문사의 허락을 받고 '속유학근백년'(續儒學近百年)이라는 주제로 연재들 다시 시작했으나, 6개월 만에 내가 자리에서 일어나지도 못할 상태가 되어서, 다시 중단하고 말았다. 결국 미완의 조사연구가 되어 너무 아쉬웠지만 어쩌랴.

뒤에 처음 1년 동안 소개했던 유학자들은 두 사람 공동저작인 『유학근백년』(1986, 박영사)으로 다음 6개월 동안의 연재된 내용은 『속유학근백년』(1989, 여강출판사)으로 출판이 되었다. 그러나 가장 큰 보람은 연재를 준비하면서 그동안 파묻혔던 유학자들이 엄청나게 많은 사실과 그 사상과 행적을 발굴하여 소개할 수 있었다는 사실이었다. 또 조사를 하는 과정에 일제시기를 살던 유학자들이 자식들을 일본인이 세운 신제학교에 보내지 않았고, 일본말을 한 마디도 못하게 하여, 일제(日帝)에 타협하지 않았던 강인한 저항정신에 감탄했다.

어느 유학자의 아들은 아버지를 따라 만주로 망명하면서 모진 고생했던 이야기를 하시면서, 아버지가 지니고 계셨던 줄이 다 끊어진 낡은 거문고를 안고 어루만지며, 눈물을 흘리는 모습을 보며, 나도 눈시울이 붉어졌다. 한계 이승희(韓溪 李承熙)의 고택(古宅)을 찾아가서 손자를 만났는데, 몇 년 전에 부친이 돌아가셨는데, 생전의 말씀을 녹음한 것을 들려주었는데, 16세의 어린 나이에 자기 아버지(韓溪)를 찾아 작은 목선을 타고 블라디보스토크까지 가서, 망명한 조선인들에게 수소문하여, 만주와 러시아의 국경지대에 있는 싱카이 호(興凱湖)까지 뻘 속을 5백리나 걸어가서 아버지를 만나는 장면의 대목에서는 나도 모르게 눈물이 흘렀다.

그러나 해방이후 대한민국정부는 일제에 저항하던 유학자들이 자손들을 신제 학교에 보내지 않았던 사실 때문에, 무학력(無學歷)으로 취급하여, 어디에도 취직을 할 수 없었던 사실이 안타까웠다. 이들은 한문만 공부했기 때문에 더러 취직을 했더라도 종로 6가에서 신설동까지 퍼져 있는 한약방에서 한약처방을 해주며 호구(糊口)하거나, 국립도서관 한적실(漢籍室)의 임시직인 촉탁(囑託)으로 일하는 정도가 고작이었다. 이 시대 유학자들의 자식이나 제자 가운데는 드물게 근대교육을 받아 대학교수로 있는 사람도 있어서 반가웠다.

또한 유학자들의 후손이나 제자들이 파묻혀 있을 줄만 알았던 자신들의 선조나 스승이 세상에 빛을 보게 되었다고 반가워하여, 갓 쓰고 도포 입은 노인들이 여러 명, 성균관대학 나의 연구실로 찾아오기도 했고, 내가 서울대 종교학과로 옮긴 뒤에도 갓 쓰고 도포 입은 노인 몇 분이 찾아오기도 하여, 이 진풍경은 학생들에게 재미있는 구경거리를 제공해 주었던 일도 있었다. 또 유학자의 후손인 이한기(李漢基)총리는 남산 근처 고급 요릿집에서 우리들에게 저녁을 사주시기도 했다.

돌아보니, 내 평생 유학을 전공하면서, 우리와 가장 가까운 시대의 유학자들을 발굴했던 것은, 비록 누락된 유학자가 다수 있을 터이니 완전한 발굴은 못되었지만, 나로서는 가장 보람 있는 일이 아니었던가 하는 생각이 든다. 내 주위에 있는 인물도 못 알아보고 지나쳐버린 일이 많아 후회스럽지만, 그래도 전통유학자의 마지막 세대를 찾아내었던 것이, 우리 역사가 놓치고서 후회하지 않기를 바란다. 나로서는 평생에 가장 열정적으로 일했던 순간들이기도 하다.

16.

바둑 두던 시절

1) 바둑 두던 시절

이제는 내가 바둑을 두는 일이 거의 없지만, 노년에 접어들어 10년간은 바둑 두기를 몹시 즐겼었다. 돌아보면 내가 바둑판을 처음 들여다 본 것은 백령도에서 군복무 하던 24세 때(1966), 나를 찾아왔던 사병이 휴게실에 놓인 바둑판을 보고는 나에게 바둑을 가르쳐 주겠다 하여, 딱 한번 바둑판 앞에 앉았던 기억이 있다. 그 때는 아무 것도 몰랐고 흥미도 없었다.

군복무 시절인 26세때 강릉에서 근무할 때 고등학교는 1년 선배이지만 대학과 군대는 1년 후배였던 백세빈(白世彬)소위와 한동안 강릉 시내에서 함께 하숙을 했는데, 봉급으로는 용돈이 모자라자, 바둑판을 한틀 사다놓고 근무시간 이외에는 하숙방에서 밤낮으로 바둑을 두며 지냈었다. 그때도 나는 백지 상태여서 처음에는 내가 검은 돌을 새

까맣게 깔고 두었는데, 한두 달 지나자 둘이 맞두게 되었다. 강릉의 성남동(城南洞)에서 하숙할 때, 반찬이 너무 부실해서 바둑에 진 사람이 생선 한 마리를 사다 주인 할머니에게 드리면 생선찌개나 구이를 먹을 수 있었던 기억이 난다. 뒷날 생각해보니 "그때 내게 바둑을 가르쳐주었던 백선배는 자칭 8급이라 했는데, 그의 바둑실력이 2,3급만 되었어도 내가 지금 하수(下手)의 설움을 면할 수 있었을 터인데." 하는 아쉬움이 남아 있다. 그러다가 내가 1968년에 서산(瑞山)으로 전출되면서 바둑을 완전히 잊고 지냈다.

다시 바둑판 앞에 앉게 된 것은 1980년 38세때 성균관대 유학대학 유학과 교수로 있던 시절 '광주사태'가 일어나 군인들이 시민들을 잔혹하게 학살했다는 소문으로 세상이 뒤숭숭하던 시기였다. 휴교령이 내려서 당시 설악(가평군 설악면 사룡리 용문내마을)에 이웃하여 시골집을 가지고 있었던 유학과의 동료 송항룡(又玄 宋恒龍)교수와 설악에 내려가서 두 사람이 밤낮으로 정신없이 바둑을 두었다. 밤을 새우며 바둑을 두다가, 배고프면 라면을 끓여 먹고, 졸리면 자고, 깨면 다시 바둑을 두었다. 그렇게라도 해서 미쳐서 날뛰는 세상을 잊고자 했었다. 한 주일쯤 그러다가 서울로 나오니 혼돈에 빠졌던 세상이 조금 가라앉아있었다. 그러고 나서 다시 바둑을 까맣게 잊고 지냈다.

서울대 인문대학 종교학과에 근무하던 시절 1996년 미국 칼리포니아의 버클리대학에 가서 방문학자로 일 년 동안 머무는 사이에 뇌하수체종양(腦下垂體腫瘍)이 발견되어 수술을 받았고, 이듬해 봄에 돌아왔다. 그 뒤로도 건강문제로 불안하여 정년퇴직할 때까지 살 수 있을까 걱정을 하며 지냈다.

그러다가 또다시 바둑판을 찾게 되었던 것은 2005년경이었던 것 같다. 그 무렵 건강상태가 나빠져 머릿속이 흐릿하여 고통스러울 뿐 아니라, 집중하여 일하기도 몹시 어려웠다. 그래서 출근만 하면 교수휴게실에 가서 커피를 연달아 석잔을 마시고 나서야 연구실에 와서 오전동안 일을 할 수 있었다. 오후에는 다시 머릿속이 흐려져, 휴게실에서 바둑 두는 것을 곁에서 구경하거나 바둑을 두기 시작했다. 이상하게도 바둑만 두면 집중이 되고 머릿속이 맑아지니, 나도 모르게 자주 바둑판을 찾게 되었다.

때로는 휴게실에서 차를 마시는 다른 교수들을 붙잡고 바둑을 한수 가르쳐 달라고 부탁하여 바둑을 두는 모습을 보고서, 허물없이 지내는 어떤 후배교수는 "금선생은 구걸바둑을 두는군요."라고 놀리기도 했다. 어떻던 이때부터 2016년까지 10년 남짓 바둑만 둔다면 시간과 장소를 가리지 않고 나섰다.

내가 바둑에 빠졌다는 소문이 났는지, 국사학과에서 학위를 받은 노관범박사는 그의 부친 노영하(프로 9단)씨가 뒷면에 싸인을 한 바둑판 한 틀을 선물해주었다. 최고급인 비자나무 바둑판인데, 네 발이 달린 것이니 바닥에 앉아서 두는 것으로, 두께가 엄청 두꺼워 나이테를 세어보니 200년이 넘었다. 또 종교학과 후배인 김종서(金鍾瑞)교수가 나에게 퇴직선물로 탁자 위에 올려놓고 둘 수 있는 비자나무 바둑판을 한 틀 선물해주었다. 휴대용 접이식 바둑판까지 셈한다면 세 틀의 바둑판을 소유하고 있는데, 집에는 바둑 두는 사람이 없으니, 고급 바둑판 두 틀을 죽기 전에 누구에게 물려주어야 할지 모르겠다.

바둑실력이 8급 정도니, 인문대학 교수휴게실에서만 아니라, 어디를 가도 최하수(最下手)였다. 정년퇴직을 하던 66세 때(2009)까지 4년 남짓한 세월동안, 나는 저술에 힘을 기울였다. 공자는 "실행하고서 남는 힘이 있으면 글을 배워야 한다."(行有餘力, 則以學文.(『논어』 1-6))고 하셨는데, 나는 '바둑 두고서 남는 힘이 있으면 저술을 했다'(棋有餘力, 則以著述.)고 해야겠다.

퇴직한 뒤로는 동창회 바둑대회에도 세 번이나 나가 최하수 팀에 참여하기도 했다. 일 년에 두 번 열리는 인문대교수 기우회(棋友會) 바둑대회에는 한 번도 빠지지 않았다. 다른 교수들은 서너 판 두고는 바쁘다고 돌아가거나 늦게 나와 두세 판 두고 말지만, 나는 아침부터 나가서 종일 바둑을 두었으니, 다른 교수들보다 두 배 이상 많은 판을 두게 되었다. 기우회의 규정에는 한 판에 승자는 2점 패자는 1점이라, 내가 여러 판을 졌더라도 패자점수가 많아서 우승상도 몇 번 받았다. 나는 평생에 어떤 단체나 모임에 장(長)이 되는 것을 극히 싫어했는데, 그래도 인문대교수 기우회의 회장을 한번 했던 사실은, 아무도 기억하지 않겠지만, 나로서 무척 명예롭게 생각한다.

그래도 나와 바둑을 두어주는 옛 친구들이 있어서 고맙다. 고교동문 친구들 가운데 주일청(和鏡 朱一清)감독은 본인이 약한 일급이라 하는데, 최근 4,5년 동안 매주일 3,4번은 만나서 바둑을 여러 판 두었다. 주로 중간지점인 불광동이나 연신내의 기원(棋院)에서 만났지만, 내가 사당동에서 살 때 몇 번 우리 집까지 찾아와서 바둑을 두기도 했다. 주감독은 내가 몇 년을 두어도 실력이 전혀 늘지 않아서 무척 답답했을 터인데도 잘 참고 대국해주는 그의 넓은 아량과 따스한 우정에 마음으로 감사한다.

내가 주감독과 바둑을 두면서 비록 실력의 향상은 없었지만, 그래도 바둑의 이치를 나름대로 터득하여, '기리삼조'(棋理三條)를 마음에 새겼다. 첫째가 "돌이 '죽는지 사는지'(生死)를 잘 살피자.", 둘째가 "판 위에서 '어디가 큰지 작은지'(大小)를 넓게 둘러보자.", 셋째가 "내 돌이 '선수가 되는지 후수가 되는지'(先後)를 세밀히 돌아보자."라는 것이다. 그래서 바둑 두러나가는 길에, 전철 안에서 입속으로 "생사(生死), 대소(大小), 선후(先後)"의 여섯 글자를 주문(呪文)처럼 반복해서 외우고 있다. 그러다가 막상 바둑판 앞에 앉으면 마음을 맑게 가라앉혀서 환하게 보는 '명징'(明澄)이 아니라, 대취한 술꾼인 듯 '명정'(酩酊)에 빠진 꼴이 되고 만다. 바둑판에 앉기만 하면 외우고 다니던 주문은 다 날아가 버리고, 머릿속이 백지상태가 되어, 무념무상(無念無想)으로 구름 위의 선경(仙境)을 헤매다가, 구름 아래의 나락(奈落)으로 떨어지기를 되풀이 할 뿐이다.

나는 주감독과 위로 6점까지 올라가 보았고, 아래로 10점까지 내려가기도 했다. 여러 해를 자주 두었지만 항상 그 자리를 맴돌고 있어서 바둑을 가르치는 그가 답답해 할 뿐만 아니라, 바둑을 두고 있는 나도 부끄럽고 안타까울 뿐이다. 나로서는 그를 사부(師傅)로 모시고 바둑을 배우며, 노년을 즐겁게 지내는 것으로 만족한다.

김영한(仙巖 金榮漢)교수는 건강이 좋은 편이 아니라서 오래 바둑을 두지는 못하지만, 워낙 자상하고 정이 깊은 친구라, 내가 바둑을 좋아한다고 두 달에 한 번 정도는 꾸준히 전화로 나를 불러주어 고맙게 생각한다. 김교수와는 예전에 오다가다 만나면 기원을 찾아가서 4점을 붙이고 바둑을 두었던 일이 몇 번 있었는데, 그 때는 그가 "이번 판은 만방으로 이길 거야."라 미리 말하고서 시작하면 나는 어김없이 만방으로 졌으니, 내 실력이야 알만 했을 것이다. 몇 년 전에는 잠실나루역 근처 그의 개인연구실을 찾아가서 몇 번 두었고, 주로 강남의 교대역 근처 기원에서 바둑을 두는데 항상 시작은 3점으로 하지만 어김없이 4점으로 내려갔는데, 요즈음은 3점을 간신히 지키고 있는 것으로 보아 바둑 실력이 조금은 늘었는지도 모르겠다.

또 성균관대학 시절 동료교수였던 송항룡교수는 당고개 너머 흥국사(興國寺) 입구에도 시골집을 가지고 있는데, 이곳에서 주말마다 노장(老莊)사상에 대해 공개강의를 해오고 있다. 몇 년 전에는 두 주일에 한번 꼴로 송교수 댁에 가서 밤을 새워 바둑을 두었던 일이 있는데, 요즈음은 서로 건강이 나빠서 바둑둘 엄두를 못내는 처지라 안타깝다. 나는 송교수에 대해 혹을 잡고 맞두는데, 그는 노장철학자답게 거침없는 우주류(宇宙類) 바둑이 부러웠다.

나는 집에서도 바둑을 두고 싶어서 아내를 온갖 감언이설(甘言利說)로 꾀어 바둑을 가르쳐주겠다고 했지만 딱 두 판을 두어보고는 바둑만은 배우지 않겠다고 완강하게 거부당했다. 딸과 아들에게도 가르쳐보려 했지만 거절당하고 말았다. 그 대신 둘째 딸이 컴퓨터에 깔아준 바둑프로그램은 컴퓨터와 두는 것인데, 원주에서 밤마다 컴퓨터와 바둑을 두기도 했다. 컴퓨터와 바둑을 두다보니, 나의 가장 큰 약점은 상대방이 두는 것을 제대로 안 본다는 사실이요, 컴퓨터는 기계라 반사적으로 같은 수를 두고 변화를 못시키니, 마치 두 바보가 바둑을 두는 꼴이라 우습기도 하다. 그래도 책을 읽을 기운도 없을 때, 컴퓨터와 바둑을 둘 수 있는 것만도 다행한 일이다.

2) 바둑판에서 자신을 돌아보며

바둑을 두면서 내가 얼마나 조급한 성격인지, 또 생각을 깊이 못하는 기질인지, 내 성격의 약점이 여지없이 드러나고 말아. 친구 주감독으로부터 자주 지적을 받았다. 그렇다면 바둑을 두면서 내 조급한 성격을 침착하게 가라앉히고, 아무 생각 없이 덤벙거리는 경솔함을 신중하게 바로잡을 수 있다면, 그야말로 바둑이 허송세월하는 한가한 수작이 아니라, 허술한 내 성격을 다듬고 연마하는 도량(道場)이 되는 소중한 기회가 될 수 있을 터이니 얼마나 좋을까.

바둑에는 인생의 묘리(妙理)가 숨어 있다는 말을 자주 듣게 된다. 그래서 바둑의 격언이 많은데, 그 격언 가운데 특히 나에게는 "작은 것을 탐내다가 큰 것을 잃는다."(小貪大失)라는 경계함이 일상생활에서 항상 주의를 기울여야할 교훈이라 생각된다. 늘그막에 바둑을 애인 삼아 바둑에 빠져 살고 있으니, 바둑이 가르쳐주는 인생의 이치를 배우는데 눈을 뜰 수 있으면 좋겠는데, 이 일도 결코 쉽지가 않다.

내가 바둑을 자주 두었던 것은 20대에 강릉에서 군복무 시절 동료에게 바둑을 배우기 시작하면서 몇 개월 동안이었고, 60세 이후 지병으로 머리가 흐려져 집중을 못하게 되었을 때, 10년 동안 바둑을 다시 두었을 때이다. 지금은 바둑을 두는 정도의 집중을 하기도 어려워 바둑 두기를 포기 한지도 몇 년이 되었다. 그래도 지난날 밤을 새우며 바둑을 두었던 추억이 있어서, 바둑에 대한 애정과 향수를 간직하고 있다.

그런데 나 자신은 바둑판에서 여러 점을 붙이고 접바둑을 두면서도 한 수 앞도 내다볼 줄 모르는 만년 하수였으니, 내가 세상을 살면서 어찌 변화의 기미를 읽고, 슬기롭게 대처할 줄을 알 수 있었겠는가. 바둑 둘 때에 앞이 안보여 답답하였던 것과 마찬가지로, 세상을 살면서도 앞을 내다볼 줄 몰라서 답답하게 살았던 사실을 인정하지 않을 수 없다. 그래서 이사를 가려고 집을 사야하는 경우에도 내가 결정했을 때는 언제나 가족들로부터 원망을 받았고, 아내는 나에게 "아무 것도 하지 않는 것이 돕는 것이다."라 말하기도 했다.

바둑을 좋아하여, 몇 해나 바둑을 두었지만, 바둑에서 배우지를 못했으니, 배울 수 있는 능력이 없었음을 알겠다. 따라서 세상을 내다보는 지혜도 없고 상황의 변화에 대응하는 능력도 없는 무능한 사람으로 평생을 살았던 것이다. 남은 길은 노자(老子)에게서 아무 것도 하려들지 않는 '무위'(無爲)의 도리를 배우고, 마음을 다 비우는 '허심'(虛心)의 방법을 배워서, 세상을 있는 그대로 바라보고, 온갖 변화를 그대로 받아들여, 자유롭게 떠가는 구름처럼, 바람 따라 눕는 풀처럼 살아가보고 싶을 뿐이다.

3) 바둑에서 배우다

공자는 바둑을 하찮은 일로 보면서도, "종일 배불리 먹고서 아무 마음쓸 곳이 없다면 딱한 일이다. 장기나 바둑이라는 것이 있지 않으냐? 이것이라도 하는 것이 그래도 나을 것이다."(飽食終日, 無所用心, 難矣哉, 不有博奕者乎, 爲之猶賢乎已.〈『論語』17-20〉)라 하였다. 아무 생각도 없이 사는 것 보다는 바둑이 차라리 낮다는 정도로 바둑을 가벼운 놀이로 보고 있는 것이다.

맹자도 바둑을 가벼운 재주로 보면서도, 바둑을 배우는데도 마음을 집중해야 하는 것임을 지적하여, "바둑 두는 것으로 말하면, 그 기술이란 대단찮은 기술이지만, 마음을 오로지 하고 뜻을 극진히 하지 않으면 얻을 수 없는 것이다."(今夫奕之爲數, 小數也, 不專心致志, 則不得也.〈『孟子』11-9:1〉)라 하였다. 곧 바둑같은 자잘한 재주도 집중해야 배울 수 있는데, 하물며 사람의 마음을 바로잡는 중대한 일을 하는데, 집중하지 않고서 이룰 수 있겠느냐는 말이다.

그러나 바둑은 신선들이 즐기는 놀이로 '신선놀음'이라 한다. 그래서 바둑에 빠져 있으면, "신선놀음에 도끼자루 썩는 줄도 모른다."고 하지 않는가. 그런데 바둑이 세상을 다 잊어버리고 한가롭게 세월을 보내는 놀이라고만 말할 수는 없다. 바둑 속에서 세상을 살아가는 이치를 읽을 수도 있다. "작은 것을 탐내다가 큰 것을 잃는다."(小貪大失)는 바둑의 격언은 세상에 살아가면서 언제나 잊지 말아야 할 원칙이기도 하다.

바둑은 상대방과 마주하여 두는 놀이이다. 상대방의 생각을 무시하고 자기 생각대로만 해서는 안된다. 그래서 바둑에 능숙한 사람은 상대방이 두는 수를 여러 수 내다볼 줄 안다. 앞을 내다보는 안목 곧 '예지'(豫知)가 있어야 무슨 일을 하더라도 성공할 수 있다. 생사(生死)와 존망(存亡)이 걸린 전쟁터에서 장수가 앞을 내다볼 안목이 없어서 자신의 용력만 믿고 적진으로 뛰어든다면, 원균(元均)이 삼도수군(三道水軍)의 함대를 전몰(全沒)시켰던 것과 같은 결과를 초래할 수밖에 없다.

그래서 퇴계도 세상에 나서서 일을 하는 사람에게 말 한마디나 행동 하나가 얼마나 중요한 결과를 초래하는지를 경계하면서, 바둑에 비유하여, "한 수라도 헛수를 두면 전판이 무너진다."(一手盧着, 全局致敗.〈『退溪全書』권9, 答朴參判[淳]〉)고 하였던 일이 있다. 바둑을 두면서 한 수 한 수 바둑돌이 놓여질 때마다 전판의 형세를 살펴야 하고, 상대방의 수를 여러 수 앞을 내다 볼 수 있어야 한다. 이점은 나라를 경영하거나, 사업을 하는 사람의 원칙이 바둑을 두는 원리와 다르지 않음을 알 수 있다.

조선말기 실학자 최한기(惠岡 崔漢綺)는 "바둑이란 자잘한 기술이나, 이것으로도 기미에 따라 일을 처리하고 변화에 대응하여 도수를 고치는 방법을 알 수 있다. 두 사람이 바둑판을 대하면 반드시 상대편의 바둑돌 놓는 것을 헤아려서 나도 이에 기미의 변화를 베푼다. 만일 상대편의 바둑돌 놓는 것이 내가 예측했던 것과 틀리면, 나는 다시 마땅한 바를 구하여 그에 응해야 한다."(夫奕小數也, 可見其隨機處事, 應變改度, 兩人對棋局, 必須測人之下子, 我乃設其機變, 至若人之下子, 違我所測, 我乃更求其所當而應之〈『推測錄』, 권5, 推己測人: 應變改度〉)고 하였다. 사람이 살아가면서 일을 처리함에 있어서, 상황의 변화에 따라 수시로 예측하고 대응방법을 찾아가는 원리가 바둑판에서도 찾아볼 수 있음을 보여주고 있다.

어디 그뿐인가. 바둑판을 보면 우주의 질서와 사회의 제도를 형상하는 사실을 알 수 있다. 바둑판은 바둑돌을 놓는 자리가 모두 361점이 있는데, 그것은 중심의 한 점인 '천원'(天元)을 둘러싸고 360점이 있는 것이다. '360'이란 우주의 도수(度數)로서 음력으로는 한 해가 360일이요, 우주의 형상인 원(圓)이 360°라는 사실에서도 알 수 있다.

또한 바둑판은 가로 세로 19줄이 교차하고 있으며, 9개의 '화점'(花點)이 있다. 하나의 '화점'은 9칸이 4개 모여있는 모습을 보여준다. 여기서 9칸은 '정'(井)자를 이루고 있으며 4개는 '전'(田)자를 이루고 있다. 이것은 중국고대의 이상적 토지제도인 '정전제'(井田制)의 모습이다. 토지제도는 사회질서의 근간이니, 바둑판이 바로 사회제도의 근간인 '정전제'를 형상화하고 있는 것임을 알 수 있다.

17.

내가 죽었을 때 울어줄 친구

내가 겨울동안 원주 시골집이 너무 추워서, 서울에 올라와 지내고 있지만, 코로나 바이러스 때문에 친구들을 찾아갈 수도, 만날 수도 없어서, 하루하루를 심심하게 지내고 있었다. 아무 하는 일 없이 무료하게 하루하루를 보내자니, 옛날 생각을 하게 되고, 옛 추억에 젖어서 지내기 일쑤였다. 온갖 추억이 파노라마처럼 지나가고 있었다. 담배연기를 날리며 추억에 젖어 있자니, 옛 친구들 생각이 나서 한 사람씩 기억을 더듬어 떠올리며, 즐거워하고 있었다.

마침 그 때에 나의 옛 친구 청라(靑羅 金永寬)가 전화를 걸어와서, 오랫동안 담소하다가, 이야기 도중에 문득 "자기 죽음 앞에서 울어줄 친구가 한 사람만 있어도 성공한 인생이다."라는 글을 읽었던 일이 있었다고 말했다. 이 이야기를 하면서, 그 자신도 이 말이 가슴에 절실하게 와 닿아서, 요즈음 자주 생각한다고 했다. 그의 말이 나에게는 무척 처연(凄然)하게 들렸다.

내년이면 나이가 80이 되는 노인이라, 그도 나도 죽음을 자주 생각하게 되는 것이 현실이다. 그러나 항상 밝았던 그의 목소리에 쓸쓸함이 묻어나서, 나도 숙연(肅然)해졌다.. 그래서 나는, "그렇게 생각하지 마시게. 물론 내가 자네보다 먼저 죽겠지만, 만에 하니 내가 살아 있다면, 나부터 엉엉 울어 줄 것이요, 그대에게는 많은 사람들이 울어줄 터인데 아무 걱정도 말게나."라고 위로의 말을 했다.

통화를 마치고 나서도, 나는 베란다에 그대로 앉아서 담배연기를 날리며 친구의 그 말, '자기 죽음 앞에서 울어줄 친구'라는 말을 되새기고 있었다. 과연 내가 죽었을 때 울어줄 친구가 있을까. 나는 누구의 죽음 앞에 가서 울까. 그러나 내 마음은 나의 죽음 앞에서 누가 울어주기를 바라지 않는다는 것이 사실이다. 나는 이미 아내에게 유언을 전해주면서, 내가 죽었을 때 장례는 가장 간소하게 하도록 부탁했다. 병원 영안실 앞에 화환이 즐비하게 늘어서 있고, 문상을 마친 사람들이 끼리끼리 모여 술잔을 기울이면서 와글와글 이야기하는 소리로 가득한 상청(喪廳)의 모습을 나는 여러번 찾아가 보았다. 그러나 나에게는 언제나 영안실 풍경이 그리 좋아보이지는 않았다.

그래서 나는 병원의 입원실이 아니라, 내가 살아왔던 나의 집 내 방에서 내가 입던 옷을 입은 채, 관에 넣어지고, 문상객도 아주 가까운 몇 사람에게만 연락하도록 당부했다. 문상객에게 부의금을 받는 일이 없어야 하고, 밥과 술과 안주를 푸짐하게 마련하여, 대접하도록 부탁했다. 나는 나의 죽음 앞에서 울고 싶은 사람은 울고, 웃고 싶은 사람은 웃고, 노래 부르고 싶은 사람은 노래 부르고, 춤을 추고 싶은 사람은 춤을 추어도 좋다고 생각한다.

누가 나의 죽음 앞에 와서, 나를 원망해도 좋고, 나를 비웃어도 좋고, 모욕해도 좋다고 생각한다. 그 말들이 그의 마음속에 지니고 있는 내 모습의 진실한 토로임이 분명하다고 생각하기 때문이다. 이런 감정들을 다 털어내고, 가면, 분명 내 영혼이 편안해지지 않겠는가. 생전에 내게 하고 싶었던 말이거나, 차마 못했던 마음속의 말이라면, 무슨 말을 해도 좋다고 생각한다. 그래야 그의 마음도 풀리고, 내 마음도 풀리지 않겠는가.

나는 할머니가 부산에서 사시던 집에 할머니의 상청(喪廳)을 차리고, 이틀을 널(棺) 앞에서 잤었다. 또 서울에서 어머니가 외조모를 모시고 있었는데, 그래서 어머니의 방에 외조모의 상청을 차리고, 이틀을 널 앞에서 자며, 두 분을 보내 드렸다. 어린 시절 외조모가 베풀어 준 사랑이 가슴에 사무쳐서, 외조모의 널이 고향 문경으로 떠나신 뒤에, 방안에 혼자 앉아 울었던 일이 있었다. 부친의 상은 두 사위의 의견에 따라 병원 영안실에 모셨는데, 외형은 화려했지만, 마음으로 조용히 보내드릴 시간을 갖지 못해 섭섭했었다.

내가 죽었을 때, 사정들이 있어서 친구가 아무도 못 왔다 하더라도 결코 섭섭해 하지 않을 자신이 있다. 자식들이 못 오더라도 섭섭해 하지 않겠다. 혹시 아무도 안온다고 해도 마음 편하게 받아들이겠다. 다만 가난한 집에 시집와서 평생 고생만 했던 노처가 내 널을 어루만지며, 울어준다면, 그것으로 더 바랄 것이 없다고 생각한다. 내가 죽은 뒤에 아무도 나를 기억조차 해주지 않는다 하더라도 나는 섭섭해 하지 않기로 마음먹었다.

나는 성격이 내성적이고 모든 일에 소극적이라, 숨어서 살아왔는데, 그래도 나를 친구로 끌어내어 어울리게 해준 나의 친구들에게 감사한다. 내가 아비 노릇도 제대로 못해 마음에 상처를 받았을 자식들에게 미안한 마음을 간직하고 있다. 먼저 돌아가신 아버님이나 아직 생존해 계신 어머님께 자식도리를 못한 점을 항상 죄송스럽게 생각하고 있다. 그러니 고맙고 미안할 뿐이지, 누가 내 죽음 앞에서 울어주기를 바라겠는가.

무엇보다 어리석고 게으르며, 병골(病骨)이었던 나를 평생 보살피느라 고생만 하고 살았던 아내에게 미안한 마음은 무엇으로도 갚을 길이 없음을 알고 있다. 아내는 지금도 내가 정기적으로 병원에 가서 채혈도 하고, 의사의 진단도 받기 위해 나설 때에는 같이 서울에 있는 동안은 늘 나를 동반해 주고 있다. 결혼 하면서 치과치료를 받느라 밥을 먹을 수 없어, 죽을 쑤기 시작하여, 지난 46년 동안 수시로 나를 데리고 병원을 들었고, 게을러서 책상 앞을 떠나지 않는 나를 끌고 산책을 나가거나 산중턱까지라도 끌고 올라갔던 아내에게는, 내가 무거운 멍에였으니, 내가 죽으면 아내는 그 가슴에 쌓인 한(恨)을 눈물로 풀지 않을 수 없으리라.

그러고 보니 나는 세상에 많은 사람들에게 받기만 하고 갚지 못해, 빚만 잔뜩 지고만 죄인이었다. 그러니 내 죽음에 울어줄 사람을 기대하는 것은 가당치도 않은 일이다. 그래도 몇 사람 안 되는 내가 사랑했던 친구들 가운데 누가, 내 평생이 너무 가여워서, 눈시울을 붉혀준다면, 그것만으로도 나는 감격할 것이 틀림없다. 혹시라도 내가 죽은 뒤에 나를 기억해주는 사람이 있다면, 감히 바랄 수는 없지만, 너무 고마운 일이 아닐 수 없다.

나는 죽은 다음에 또 하나의 세상이 있는지 없는지에 대해서는 전혀 관심이 없다. 그래도 나는 조상들이 해오던 전통에 따라, 내가 장손이니, 조부님 내외와 아버님의 제사를 드려왔다. 나는 조상의 신령이 있어서 제사에 흠향(歆饗)한다는 확신이 있어서 제사를 드리는 것은 아니다. 단지 내 생명을 있게 해주신 조상님들을 생각하는 자리로, 제사를 드림으로써. 내 마음이 편안함을 느끼기 때문이다. 그러니 내가 내 자식들에게 나를 위해 제사를 드려주기를 기대하지 않는다.

옛 사람들 생각처럼, 혹시 내가 죽은 다음에 아는 사람들을 다시 만난다면, 살아 있으면서 내가 저질렀던 온갖 섭섭한 일에 대해 사죄를 하고 싶다. 누구보다 아버님에 대해 내가 불손했던 모든 허물의 용서를 청하고 싶다. 또 내 종교학과 동기생이었던 친구 이동삼(疏軒 李東三)에게는 고마운 마음을 전하고 싶고, 내 고등학교 시절의 친구 노흥규(淡海 盧興圭)에게는 내가 마음이 좁아 그를 이해하지 못한 잘못을 사과하고 싶다.

금장태

- 1943년 부산생
- 서울대 종교학과 졸업
- 성균관대 동양철학과 박사과정 수료(철학박사)
- 동덕여대 · 성균관대 한국철학과, 서울대 종교학과 교수 역임
- 현 서울대 종교학과 명예교수
- 저서 : 비판과 포용, 귀신과 제사, 퇴계평전, 율곡평전, 다산평전 외

깊어지는 그리움

초 판 인 쇄 | 2021년 7월 16일
초 판 발 행 | 2021년 7월 16일

지 은 이 금장태

책 임 편 집 윤수경

발 행 처 도서출판 지식과교양
등 록 번 호 제2010-19호
주   소 서울시 강북구 우이동108-13 힐파크103호
전   화 (02) 900-4520 (대표) / 편집부 (02) 996-0041
팩   스 (02) 996-0043
전 자 우 편 kncbook@hanmail.net

ISBN 978-89-6764-172-6 93810   정가 17,000원

저자와 협의하여 인지는 생략합니다. 잘못된 책은 바꾸어 드립니다.
이 책의 무단 전재나 복제 행위는 저작권법 제98조에 따라 처벌받게 됩니다.